理性神与爱神

——从拉辛《费德尔》看古典时代理性的"降临"

孙雪晴 著

人民文学出版社

图书在版编目（CIP）数据

理性神与爱神：从拉辛《费德尔》看古典时代理性的"降临" / 孙雪晴著. -- 北京：人民文学出版社，2023

ISBN 978-7-02-018408-8

Ⅰ.①理… Ⅱ.①孙… Ⅲ.①拉辛 (Racine, Jean Baptist 1639-1699)－悲剧－戏剧文学评论 Ⅳ.①I565.073

中国国家版本馆 CIP 数据核字 (2023) 第 229218 号

责任编辑	朱卫净　孙玉虎
装帧设计	李苗苗

出版发行	人民文学出版社
社　　址	北京市朝内大街 166 号
邮　　编	100705
印　　刷	凸版艺彩（东莞）印刷有限公司
经　　销	全国新华书店等
字　　数	216 千字
开　　本	710 毫米 ×965 毫米　1/16
印　　张	21.25
版　　次	2023 年 1 月北京第 1 版
印　　次	2023 年 1 月第 1 次印刷
书　　号	978-7-02-018408-8
定　　价	89.00 元

如有印装质量问题，请与本社图书销售中心调换。电话：010-65233595

"诠释"与"延异"

◎ 张　先

孙雪晴的博士论文《理性神与爱神——从拉辛〈费德尔〉看古典时代理性的"降临"》即将出版，虽然距答辩通过（2016年）已历六年，也很是值得推崇与赞扬。论文的出版不仅表现了雪晴十余年专业学习的认真与刻苦，还表现了她对自己钟情研究领域的专注和执着。

雪晴2004年到中央戏剧学院戏剧文学系读书，从本科到读硕，读博，直到2016年留在系里教书。冬夏翻转，岁月更替，如今已到2022年。算起来她与中戏戏文系已结缘十八年。时光将她从一个满带青涩的小作者（高中即有散文作品集出版）型塑成一位戏剧文学系的专任教师，写作、学习、教学、参访、科研；劳作与时日勾勒出一个杭州姑娘在北京孤身奋战的指标线，并且一路高光。

雪晴的论文是研究法国古典主义戏剧三大巨头之一的让·拉辛。通过对拉辛代表作《费德尔》的多角度分析，她对剧中人物表现出的理性与非理性的关系进行深度探讨，指出情感的权威性、宿命性、暴力性所表现出的非理性和爱情作为幸福之源与生命之依赖的社会传统理性，在《费德尔》的主人公身上形成一种共同在场的状态，理性和非理性只是观察这个状态的两个角度，它们互相依赖出自同一个体。相较之下，当下学界对此的解读似乎比较草率。

在雪晴论文的结尾，作者进行了个人化的表述：本文以女性角色的死亡以及死亡诸形式为线索，勾勒出拉辛悲剧中最为本质的一层对立关系——理性与非理性。这一对立不仅存在于拉辛剧作中，存在于古典时代中，也将会存在于我们当代社会中。拉辛让我们看到了理性与非理性共存于人一身的可能性，而我们也将会看到它们的博弈不仅存于变化的人本身，同时也存于变动的文化结构、文化框架中。两者间的博弈与相互吸收，不单单体现在文艺作品中，也正在我们生活中的切实领域，诸如刑罚、医疗、教育等系统中运行并发生着效用。

笔者以为，酒神颂中产生的戏剧艺术，说明了酒神狄奥尼苏斯的神性来自人类的生活。它不仅是人丰富感官体验的认同肯定，也是让人在迷醉之中得到解脱，更是将人的生存状态引向无限的欢愉。从历史发展来看，人们以本能为基础的情感欲求越来越明确，成为趋势，不断地挑战人类靠逻辑思维建立的理性体系。而这种个体的欲望要求冲破社会理性认知限制的非理性状态，总会成为不同时代剧作家创作的模本，被淋漓尽致地展示于舞台。阿波罗代表的理性在狄奥尼苏斯的神性面前或是一筹莫展，或是一败涂地。非理性在舞台上不断地进行着更新式的表达，绵延至今。古希腊戏剧的《安提戈涅》《酒神的伴侣》（索福克勒斯）描写了情感作用下人的癫狂；中世纪戏剧的《人人》（佚名）描写了除去情感后人的寂寥；文艺复兴戏剧的《哈姆莱特》《麦克白》（莎士比亚），描写了欲望要求对人的重要意义；古典主义戏剧的《费德尔》（拉辛），虽然崇尚理性，却将个人情感的价值推向了顶峰；现实主义的戏剧《罗斯莫庄》（易卜生）、《父亲》（斯特林堡），在深究个人情感的前提下，剖析展示了看得见的世界和看不见的世界之间的差异性；直到现代派的戏剧《等待戈多》（贝克特）、《犀牛》（尤奈斯库）从宇宙的视角描写个体生存本质的无意义及个体人生被群体、被社会、被历史的无情绑架和剥夺。人生历程中那些顿挫、那些冲突、那些意外、那些跌宕起伏，有多少能用理性的体系抚慰和说明！阿波罗统辖人类精神世界的童话一次次在舞台上破产，而非理性则在舞台上高歌猛进。

回到论文结尾，雪晴就"理性和非理性"话题进行延伸性的总结：理性／两者都是人类力图认识自身时的一种虚设，它们的对立与区分带有被设计出来的差异性，而它们的共存则是构成一个整体的同一性要求。应该说该总结具有深度的客观性，使人联想到了当代法国（出生于阿尔及利亚）以批判和颠覆传统西方理性主义文化为己任的哲学家雅克·德里达。在德里达看来，传统西方文化特指的是西方传统的形而上学（逻各斯中心主义、言语中心主义）与本体论。西方传统文化习惯采用二元对立的模式来论证人的理性及自由、道德、主体性等概念。这些在德里达看来都是受逻各斯中心主义和言语中心主义所规范的一种对人的限定与主宰。一个活生生的、充满血肉情感和真正自由的"人"，在规范面前就会消失掉。"诠释"和"延异"两个概念也来自德里达解构主义的哲学体系 [诠释（hermeneutics）：指以人类主体性为基点来建构生活世界的意义，强调自我审查、批评及人际关系互为主体性是沟通的必要。延异 (difference)：德里达说，你使用一个词，一个指谓来表达某物在场时，一定有一个时间上的延迟和意义上的增补，这就造成了与指谓的差异]。

同时，德里达指出西方的逻各斯中心主义和言语中心主义还意味着理性主义或说话主体的中心地位。人在面对自然及客观世界，他人及整个社会的主体中心地位，都是由以理性主体和说话主体的基本假设为基础和出发点，这种主体中心主义就导致种族主义。西方种族主义意味着西方文化的优越地位，并为西方文化去同化或"漂白"其他民族文化提供了特权。

作为文化批评的研究者，笔者非常推崇德里达对文化历史的深度解析和真知灼见。他的解构主义哲学非常具有广度的揭示出文化历史及传统的具有真相性的本质。然而，如果说西方文化中的形而上学（逻各斯中心主义、言语中心主义）支撑着当前世界对于理性主义的遵守，那么别的文化历史（东方主义或许是之一）有没有提供对理性主义的不同支撑。是没有，抑或是已阶段性地消失？

因为雪晴博士论文对历史、对传统、对当下、对未来都有一定深度的触及，会导引阅读者产生较多的联想。"向古代提问，回答当代的问题"——这是论文作者撰写论文前的一个设定，我想对孙雪晴和任何一个阅读者来说，这也必然是该论文出版的意义。希望雪晴在同样的设定下继续向前跋涉，坚持辨识人类文化历史的不同真相！

2021 年 7 月 30 日初稿

2022 年 4 月 6 日修改

（作者系中央戏剧学院戏剧文学系孙雪晴博士导师，博士论文指导教授）

自　序

本书的主体内容来自于我 2016 年的博士论文《阿波罗／阿弗洛狄忒，对立抑或共存——从〈费德尔〉看拉辛悲剧中女性角色的死亡》（存于中央戏剧学院研究生论文库）。

为撰写这篇自序，前段时间，我又一次翻看了当初的博士论文，在"后记与致谢"中，我这样写道：历时四个月，终于完成了博士论文的写作。北京，已是初春。

其实已经很难清楚地回忆起 2016 年的初春，我是怀着怎样的一份心情去写的那篇"后记与致谢"，应该是感慨万千的。那会儿我刚结束博士论文的写作，也结束了我在戏剧学院长达十年的学习生活。事物之间总有着微妙的呼应，当我完成书稿全文以及两位老师的序言与对谈录的校对、修订与整理工作时，时间已是 2022 年 4 月，又是一个初春。在相隔六年的两个初春里，一部书稿诞生了。我说它是一次破壳，一次回应，但更像是完成了一次自我对话。

得知人民文学出版社有该书的出版计划后，我怀着忐忑的心情联系了张先老师和徐枫老师，想请两位老师来为本书作序。一来是担心两位老师事务繁忙，不知是否有空，二来是对于自己的"拙作"多少有些不好意思的心理。两位老师欣然答应，还为本书的修订与调整提出了很多中肯的建议。

张先老师是我的硕博导师，也是我本科时期的老师。我至今都记得本科时张老师跟我们说的，认识自己，是了解他人，了解社会的第一步，也是无比重要的一步。如何去认识人，去认识一个活生生的、充满血肉情感和真正自由的"人"，从某种意义上说，也是我做博士论文谈拉辛戏剧的原初动力。毕竟整个人类文化的历史就充斥着不同形态的自恋。人类爱自己，想要了解自己，而对于我们，对于人自身而言，可能从来就没有一个确切的，绝对真理性的解答。我们只能无限地去接近那个所谓的"绝对真理"。由衷地感谢张老师引领我步入这充满挑战的学术之路，如果说，这篇自序里我不免"夹带私货"，那一定是出自学生对于老师最真诚的感谢。对于书稿的序言写作，张老师也给予了极大的支持与耐心。在一次次的邮件和微信语音沟通中，仿佛让我又一次地回到了课堂，回到了那段"无忧无虑"的读书时光。

同徐枫老师的初识与合作，缘起于2016中央戏剧学院的《费德尔》项目。那会我刚留校入职，还是一个初入社会的"愣头青"。这次借由书稿的出版，再一次有机会向徐枫老师请教和学习。

徐枫老师也为书稿的序言部分提供了很多有益的建议。原定是两位老师的双序言，考虑到内容与形式的问题，徐枫老师建议将他的序言部分改作以对谈录的形式呈现。在与出版社的编辑老师多番沟通后，最终敲定了这一方案。这样，2022年的初春，我与徐枫老师在安定门边上一家安静的西餐厅里完成了关于拉辛《费德尔》的深入对谈。这是一次太有趣的对谈了。徐枫老师儒雅且充满活力，无论是用法语对原剧本进行的解析，还是对于我博士论文提出的许多中肯建议，都让我受益匪浅。我们从晚上六点的光景一直谈到了夜里近十二点。呵，又是一次初春。仿佛这部书稿与春天定下了"不解之缘"。六个小时的访谈，四万余字的内容初稿，最终被整理成近三万字的文字稿。也再一次感谢出版社的编辑老师们，最大程度地保留了对谈的内容，也使得这次对谈之于原论文形成了一个有趣的呼应，成为某种意义上的互文。

  关于本书的名字。我将原先的论文作了调整，将其修改为《理性神与爱神——从拉辛〈费德尔〉看古典时代理性的"降临"》。原因有二。其一，是考虑到读者受众的缘故，原先的博论题目过于"精细"与"冷僻"。其二，受到了两位老师的序言与对谈录的启发。可以这么说，理性这个概念波及影响了整个古典时期的戏剧创作，如果我们去读拉辛，去读高乃依，就会发现在他们的剧作当中，那个恒定不变的闪光点，就是理性。古典时期具有代表性的剧作家，都在反复言说一个东西：理性向非理性关上大门的那个瞬间，理性的降临。

从这个大背景来把握似乎更准确。主标题的"理性神与爱神"则更多地受到了徐枫老师观点的启发。尼采的日神与酒神是一组有趣的对立，事实上这是两种不同的艺术境界。而本书的出发点却落在一个相对微妙的对立位置，理性神阿波罗仍旧处在日神的位置，但它的对立面却并不落在酒神的位置，而是代表着爱与美的女神阿弗洛狄忒，当然他们扮演的角色都是非理性的。

这也为我的后续深入研究提供了一些思路与方向：书中所涉及的二元对立与尼采的二元关系之间有何关联和区别？作为阐释者的主体，我是否带有着某种无法剔除的女性意识？又或者，别的文化历史有无提供对理性主义的不同阐释支撑……诸如此类，或许一项研究的结束（以书稿的形式），将会是另一项研究的起始。在对这份书稿的不断修改与整理的过程中，它所产生的意义也绝非局限于这一本书。正如我的导师张先老师在序言中所盼那般，希望我能继续向前跋涉，坚持辨识人类文化历史的不同真相。

本书的出版恰逢许多的不可抗力，而最终这部属于初春的书稿能有机会与大家见面，得不免俗地加上一句"好事多磨"。

最后，要再次感谢人民文学出版社·九久读书人的黄育海先生，他的规划和安排，使本书最终成形。还要感谢朱卫净、孙玉虎二位责编，他们以自始至终的严谨、细致和耐心，让本书平添光泽。

本书若有可取之处，应当归功于他们，归功于在我不断求索的学术道路上给予谆谆教诲的老师们。在此，谨向他们致以诚挚的谢意。

孙雪晴

2022 年 8 月 25 日

北京

目 录

绪 论 ·· 001
 一、研究对象：题解 ·· 005
  主标题：阿波罗 / 阿弗洛狄忒，对立抑或共存 ············ 005
  副标题：从《费德尔》看拉辛悲剧中女性角色的死亡 ··· 007
 二、研究现状：拉辛悲剧国内外研究综述 ······················· 010
  国内部分 ··· 010
  国外部分 ··· 014
 三、研究思路及论文框架 ·· 020
  研究思路 ··· 021
  研究框架 ··· 024

第一章 事实层面 ·· 026
 第一节 死者为谁？ ··· 027
  1.1.1 死者是谁 ·· 027
  1.1.2 已死的人 / 活着的人 ·· 028
  1.1.3 悲剧主人公与剧中相似性的角色 ····················· 029
   爱人者身份：费德尔与依包利特、阿丽丝 ············ 029
   被统治者身份：费德尔与依包利特、阿丽丝、厄诺娜 ··· 032
   共同阵营：费德尔与厄诺娜 ·································· 033

  1.1.4 悲剧主人公与剧中对立面的角色 ……………………… 035
   一组对立关系：爱人者与被爱者 ……………………… 035
   两组三角关系 …………………………………………… 041
  1.1.5 知己型人物：厄诺娜 ………………………………… 050

第二节 "死亡"形式 …………………………………………… 054
  1.2.1 自杀 / 他杀 …………………………………………… 055
   无限靠近的彼岸：费德尔的赴死之路 ………………… 055
   费德尔的"面对"与依包利特"逃避" ………………… 058
   费德尔的想要"全部"与厄诺娜的只要"部分" ……… 066
  1.2.2 已死 / 未死 …………………………………………… 073
  1.2.3 已死 / 疯狂 …………………………………………… 083

第三节 死亡解决了什么？ ……………………………………… 098
  1.3.1 最本质的对立冲突：理性 / 非理性 ………………… 098
  1.3.2 成为平衡理性 / 非理性方案的死亡 ………………… 101
  1.3.3 小结 …………………………………………………… 105

第二章 编剧层面 ………………………………………………… 108
第一节 三个世界的划分 ………………………………………… 109
  2.1.1 过往世界 ……………………………………………… 110
   《费德尔》中的过往世界 ……………………………… 111
   对比《昂朵马格》《勃里塔尼古斯》中的过往世界 … 119
  2.1.2 当下世界 ……………………………………………… 121
   致使过往世界的矛盾在当下世界爆发的轨迹 ………… 122
   当下世界与过往世界的区别 …………………………… 130
  2.1.3 未来世界 ……………………………………………… 134

第二节 关于"时间"的发现 …………………………………… 137
  2.2.1 高度隐喻的时间 ……………………………………… 138

2.2.2 表述时间的三种方式 ······ 140
　　使用具体表述时间线索的台词 ······ 140
　　使用对白的方式 ······ 142
　　使用意象：白昼／黑夜 ······ 147
2.2.3 神的形象 ······ 154
第三节 关于"发现"的发现 ······ 159
2.3.1 与古希腊悲剧中含义不尽相同的"突转"与"发现" ······ 161
2.3.2 《费德尔》中的"突转"与"发现" ······ 163
2.3.3 考察《昂朵马格》《勃里塔尼古斯》 ······ 168

第三章　历史-文化层面 ······ 177
第一节 古典时代思想视阈中的理性主义 ······ 178
3.1.1 我们所是之内涵 ······ 179
3.1.2 关于"理性"概念的界定 ······ 182
3.1.3 古典时代的理性主义如何产生 ······ 188
第二节 古典主义戏剧创作理念下的理性主义 ······ 206
3.2.1 理论基础 ······ 208
3.2.2 方式 ······ 209
3.2.3 法则 ······ 216
3.2.4 功用 ······ 218
第三节 两次关于"人"的发现 ······ 220
3.3.1 反思自我的形式 ······ 222
3.3.2 "人"的诞生 ······ 223
3.3.3 "人"的死亡 ······ 230
第四节 文化框架与文化界限 ······ 234

结　语 ······ 245

附录一	254
附录二	256
参考文献	261
中国作者文献	261
外国作者文献	262
网络文献、硕博论文、期刊资料	266

后记与致谢 270

爱的迷思与追问
——关于拉辛《费德尔》以及法国古典主义戏剧的对谈（徐枫 孙雪晴）274

绪　论

让·拉辛（Jean Racine，1639–1699）无疑是古典主义戏剧的代表人物，在十七世纪的法国文学史上，他与高乃依、莫里哀并称为古典主义戏剧三杰。他的名字，他的作品，他的影响，均是里程碑式的存在，若是我们试图谈论、研究古典主义戏剧，拉辛必然是一项无法逾越的任务。

那么，拉辛是谁？古典主义是什么？古典主义戏剧又是什么？我们当然可以给予定义。古典主义（CLASICISM），源于拉丁文"Classieus"，意为"典范的"，法语写作 Le Classicisme，含义有二：一是指十七世纪初由法国兴起后流行于欧洲各国的一种文艺思潮，同时也可指古典主义的创作方法。古典主义戏剧则是戏剧流派之一。在欧洲十七世纪盛行的古典主义文艺思潮影响下形成，十七世纪法国发展得最为完备，在欧洲戏剧界曾占支配地位，到十九世纪浪漫主义戏剧兴起后逐渐消失。以上的定义是我们熟知的，简单的，明晰的，然而它终究只是一个概念，或者说是一种概念的表述。它背后究竟涵盖、承载了多少古典主义、古典主义戏剧的相关内容，又是不确定的，模糊的。

这里，需要澄清本篇论文的研究对象，古典主义以及古典主义戏剧并非本文的重点。古典主义是需要介绍和厘清的，而在这个过程中，笔者试图不陷入古典主义是什么、谁是代表作家等当时的历史泥沼中，涉及它们的论述，仅仅是论说一个历史概念的限定。

同样的，拉辛是谁？我们也可以用多种方式论述，介绍他的生平；罗列他的作品；考察他的感情、仕途等，这些都能从不同层面发现拉辛，表述拉辛。然而这些发现与表述却又不可能体现一个"完全独立"的拉辛，套用罗兰·巴特的老话，零度的拉辛并不存在。对于文学史和思想史而言，甚至于历史本身，完全纯粹单一的拉辛并不存在，试图阐明的企图只不过是理智的幻影罢了，因为他们企图把拉辛变得像图书馆索引一样"具体"。那么，拉辛到底是谁？有批评家索性这样说，拉辛就是拉辛。我们大可以发现情人拉辛，圣书拉辛，激情拉辛，写实主义者拉辛，等等。总之，拉辛永远是拉辛之外的某个人[1]。这样说，并不意味着要奔向结构主义批评的大营（结构主义本身又是一个言说复杂的概念），事实上，它缩小了本文的考察范围。

---

[1]《拉辛就是拉辛》为罗兰·巴特《神话修辞术》一书中的文章名。罗兰·巴特：《神话修辞术／批评与真实》，屠友祥、温晋仪译，上海人民出版社2009年版，第107—108页。

拉辛是谁，不是本文的重点。同时研究作品，作者身份又是必然不可抹杀的。因此即使涉及拉辛，本文试图探究的也不是朝臣身份的拉辛，爱恨情仇中的拉辛，而是存在于文本中的拉辛，存在于拉辛悲剧作品中的拉辛。关心的不是拉辛是谁，而是在具体文本中拉辛是怎么说的，他是如何处理自己的剧作的，同时这样做又体现了他的何种认识。因而，在本文中的拉辛是重要的，同时他又是不重要的。

"作者已死"这句来自西方批评学界的口号，它所表述的源于信仰危机背后的文学危机，如今已经不再"先锋"。至少有两层意思被国内学界所接受。其一，进入我们视野的传统经典大都出自那些已经过世的作家，"作家已死"是个既定事实；其二，一部作品或文本的意思不能自己产生，作者永远只能给出意思的假设，或者说，只能给出形式，余下的需要由读者去完成。而批评家又需要比读者再多走一步，他必须将自己的感受表述出来。第二层的"作者已死"意味着作者已经丧失了对自己作品的绝对解释权，同时，作品阐释者的参与变得更加重要（当然这里的阐释并不是随意的）。笔者认为，这无关于学派抑或新旧批评之争，说来复杂，有句老话道出了个中缘由：一千个人有一千个哈姆雷特。在作者、读者、批评者三者之间，唯一处在中心的，具有"权威"的，就是"语言"本身，而创作与批评同样都是一种书写。

我们又再一次缩小了论文的考察范围，在本文中，相关拉辛生平的介绍会大量略去，我们不尝试使用作者生平推导作品内涵的研究方式。笔者认为，论文是学术研究的结果。它的特点使之具有了"诡辩"的资格：强调个人性，即一家之言。这并不意味着一种绝对真理的发现，它的贡献在于（笔者试图做到），为别人提供一套不同的分析思维系统。自然，这不是人人必须接受的系统。

下面，简要介绍拉辛悲剧的篇目及创作时间（喜剧与抒情诗的创作由于在本文研究范围之外，故略去），以便于具体章节中文本分析的研究。

让·拉辛生于1639年，一生共创作了11部悲剧。1664年自莫里哀剧团排演的《德巴依特》（Thebans, 1664）、《亚历山大大帝》（Alexander, 1665）始，拉辛开始了戏剧创作的生涯。1667—1677年的十年间，拉辛的创作日趋完善，先后发表了以下悲剧作品：《昂朵马格》（Andromaque, 1667）、《勃里塔尼古斯》（Britanicus, 1669）、《贝蕾妮丝》（Berenice, 1670）、《巴雅泽》（Bajazed, 1672）、《米特里达特》（Mithridate, 1673）、《伊菲革涅亚》（Iphigenie, 1675）和《费德尔》（Phedre, 1677）。由于《费德尔》上演时遭到了一部分保守贵族的恶意攻击，拉辛被迫搁笔达十二年之久。直到1689年，拉辛才为圣·西尔女校重新执笔，创作了生命中最后两出宗教题材的悲剧：《爱丝苔尔》（Esther, 1689）、《阿塔莉》（Athalte, 1691）。1699年，拉辛死于肝癌。

一、研究对象：题解

拉辛是谁？古典主义是什么？古典主义戏剧又是什么？这些都不是论文所要研究的重点。现在我们需要明确论文的研究对象。这项工作，具体而言，我们可以先从题目入手。

主标题：阿波罗／阿弗洛狄忒，对立抑或共存

主标题分为两个部分。

阿波罗与阿弗洛狄忒分别是什么？在《费德尔》的文本中，它们是有具体指涉的，分别指涉剧本一幕三场费德尔口中的太阳神与维纳斯。它们出现在这一场费德尔的出场台词与接近尾端的台词中，同时一幕三场也是《费德尔》中悲剧主人公费德尔的首次出场。熟悉希腊神话的，我们会知道，拉辛的《费德尔》改编自欧里庇得斯的《希波吕托斯》，而欧里庇得斯的《希波吕托斯》的故事原型便是源自费德尔与希波吕托斯的希腊神话。在希腊神话与欧里庇得斯的悲剧中，太阳神就是天神宙斯之子阿波罗（希腊文 Ἀπόλλων；拉丁文 Apollo），而维纳斯则是宙斯之女，爱与美的女神阿弗洛狄忒（希腊文 Αψροδιτη；拉丁文 Aphrodite），维纳斯是她在罗马神话中的名字。

阿波罗与阿弗洛狄忒除了是神祇的名字，在拉辛笔下，它们似乎还被赋予了另一层更深的含义。从文本层面，我们可以说，它们代表着费德尔的理性与非理性；而在剧作家拉辛的角度，我们可以说，这两位神祇的运用显示着拉辛个人对于理性与非理性的认识；或者，再进一步，我们可以探究处在古典主义时期的拉辛对于理性与非理性的认识。

对立抑或共存的讨论则是从两个角度考量的：拉辛剧作中对于"理性／非理性"的认识；当下对于"理性／非理性"的认识。

前者我们已经简要谈及，文本中的拉辛是如何认识"理性／非理性"的，同时这种认识又造就了他对于剧中人物关系以及情节走向的何种处理（拉辛天赋或曰拉辛技巧）。需要说明的是后者。作为阐释者的我们对于"理性／非理性"的认识与剧本的解读并不会是完全断裂的，当然，这并不意味着我们无法分辨哪些是"他"的，哪些是"我们"的，而是说，我们是带着我们"当下"对于"理性／非理性"的认识去看待拉辛剧作的，这种潜意识的"自觉"是无法割裂的。

阐释文本的方式千千万。大体可有三类：传统与实证的；强烈个人的；社会的。笔者倾向于第三类，社会的文化分析，它承认了三种变量：研究对象（作者／文本）与研究者的共变；研究对象与研究者的互变；价值因素的介入（大规模的社会政治变化，如战争、种族争端、工业与后工业发展、经济衰退，等等）。作品是以某种复杂的习俗，社会与历史的联系存在着的；阐释者同样受到习俗惯例的限制，简言之，我们构筑的阐释也并非完全主观的，它同样是由一系列的观念习俗所框定。而观念习俗是如此的根深蒂固，如此普遍的被接受，以至于人们无法将它与我们与生俱来的精神结构相区分。

"我们"不是处在古典时期的"我们"，由于物理因素、历史因素、文化因素，"我们"无法存在于那个当下，而是另一个"当下"。这里，阐释经历了它必然的困难与曲折，但也正是如此，阐释才被赋予了意义。带着当代对于"理性／非理性"认识的我们，如何去看待拉辛，看待处在古典时期的他怎样看待与处理"理性／非理性"的问题，而一切的讨论，又被归结到拉辛的剧本中。不在彼处，就在此处。因此后一种角度的考量：我们当下对于理性与非理性的认识（它们是对立还是共存的）是不容忽视的。

前者是论文第一、第二章所关注的重点(前文已谈，不再赘述)；后者是论文第三章以及结语试图表述的。简言之由两点构成：拉辛的这种认识和处理与同时代的古典主义剧作家有何区别和超越；当下和拉辛对"理性／非理性"在理解上的差异（这个差异是必然存在的）。阐述的是这段时光，并非要给出一个定论。

副标题：从《费德尔》看拉辛悲剧中女性角色的死亡

这里含有三个要点：《费德尔》；拉辛悲剧；女性角色的死亡。

《费德尔》与拉辛悲剧是同一概念下的中心词，它界定了考查范围。拉辛悲剧是一个大的考查范围，进而范围缩小，以《费德尔》为主的拉辛悲剧，同时还将涉及拉辛的另两部剧作《昂朵马格》《勃里塔尼古斯》，将其与《费德尔》作横向对比。需要说明的是，后两部剧作并不会以分章节的形式单独出现，它们的出现是为了辅佐《费德尔》的剧本分析，同时尽可能地探究拉辛在创作悲剧时某些共通的、通用的方式。因为这关联到拉辛对于"理性／非理性"的认识。

"女性角色的死亡"有三层含义。

其一,并非单指拉辛悲剧中真正死去的女性,而是涉及死去的女性以及她的死对于剧中世界(人与物的世界)所带来的影响(《费德尔》)。

其二,女性死亡的可能性(人物自身提及死亡但最终并没有真正死去)以及她们的这个选择对剧中世界(人与物的世界)所带来的影响(《昂朵马格》《勃里塔尼古斯》)。

其三,由女性死亡或死亡可能性所带来的剧中男性的死亡以及疯狂。

这里出现了一个暗含议题:死亡。

死亡与写作的亲缘关系古已有之。在希腊叙事或史诗中,死亡用于保证某个英雄不朽的概念,英雄接受一种早死,因为他的生命通过死亡的奉献和赞美变成了永存(当然从人类学的角度,这源于一种仪式的献祭),而叙事补偿了他对于死亡的接受。英雄总是与"死亡/重生"联系在一起的。而到了阿拉伯的民间故事《一千零一夜》中,讲故事的人把自己的故事一直讲到深夜,以此阻止死亡,推迟那个人人都陷入沉默的不可避免的时刻。战胜死亡的策略变成了故事存在的动因、主题和借口[1]。

那么到了拉辛这里,死亡之于他的剧作又有什么含义呢?这个兴趣点引发我们对拉辛悲剧中"死亡"几种形式的关注:

---

[1] 提醒我注意到两者关系的是福柯一次在法国哲学协会的演讲,题目为《作者是什么?》,当然死亡与写作不是他演讲的重点。原文为法文,英译有两个版本(Donald F. Bouchard、Sherry Simon《语言、反记忆与实践》;Josue V. Harari《美学、方法与认识论》),中译更是版本繁多,这里主要参考了逢真的译本。王潮选编:《后现代主义的突破:外国后现代主义理论》,敦煌文艺出版社1996年版,第274页。

自杀（自我的选择）／他杀（被选择）。

已死（死亡是既定事实）／未死（提出死亡的选择，但最终并未执行）。

已死（死亡是既定事实）／疯狂（某种层面上的"活死人"）。

之于剧中人物，从悲剧观的角度，人是自然、宇宙中的一员。帕斯卡尔如是说："纵使宇宙毁灭了他，人却仍然要比致他于死命的东西高贵得多，因为他知道自己要死亡，以及宇宙对他所具有的优势，而宇宙却对此一无所知。"[1] 基于此，拉辛的悲剧主人公首先是意识到生命局限性的人，特别是死亡的不可避免性，而人又是惧怕死亡的，这种恐惧与生俱来，因此死亡绝非一种简单随意的选择。注定的死亡与希望不死在这里成为人生命中其他一切二重性抉择取舍的象征性表示：灵魂与肉体在不死中得到结合。悲剧主人公（不仅仅是拉辛的悲剧主人公）的崇高性首先在于有意识地、自愿地接受痛苦与死亡，这种接受把生命变成作为范例的命运。在拉辛悲剧中，相较于其他两部考察的剧作，悲剧主人公的崇高性无疑在《费德尔》中表现得最为明晰。这也从一个侧面体现了拉辛悲剧中《费德尔》的经典意义。

之于剧作者拉辛，这变成了一种平衡方案。拉辛选择以最极致的方式——死亡——化解"理性／非理性"的冲突。拉辛决定让他笔下的角色选择死亡，因为即使他如此精彩地描写了人物的非理性时刻，他也并不意在宣扬这种非理性，他恰恰是为了表现被主人公"抛弃"的理性，为了让人们重新去建立理性。

---

[1] 帕斯卡尔：《思想录》，何兆武译，商务印书馆1985年版，第176页。

以上是关于题解的阐述。

二、研究现状：拉辛悲剧国内外研究综述

阿姆斯特丹大学比较文学系教授约翰·雷渥巴渥曾在一篇论及阐释多元化的文章[1]中提到当今文学阐述多元化的一个最显著的特征：放弃对立。

当然，多元批评所给予解释的那份宝贵的自由不是唯我的，它必须伴随着某些开放性，必须考虑其他人的见解和意愿，既由于解释者的缘故，也由于要使社会交往成为可能。下面，我们来看看关于拉辛悲剧国内外研究的概述。

国内部分

古典主义戏剧批评是我国戏剧研究的弱项。不仅批评数量较少，在批评的内容上也略显单一、表面。大多数国内学者对于古典主义戏剧的批评集中在两类上：戏剧技巧、人物情感。就戏剧技巧而言，多数集中在对"三一律"利弊的探讨上；而人物情感便会提及情欲的毁灭效用。无论何种，总是使用一些似是而非的概念去总结古典主义戏剧。也有少数"另辟蹊径"，例如探讨古典主义剧作与古希腊悲剧之间继承与改编的问题，令人略显失望的是，经过重重对比，结论还是落在戏剧技巧与人物情感上，并

---

[1] 约翰·雷渥巴渥阐释多元化的相关论述，参看约翰·雷渥巴渥：《批评的多元与阐释的对立》，谭君强译，《文艺理论研究》1994年第2期，原载《诗学》1985年第14期。

无推进。这些批评往往"借古说古",像是一个恶性循环,使我们对古典主义戏剧的认识也愈来愈僵化。

具体到拉辛悲剧,国内尚无专著,相关的学术研究现状也并不乐观。笔者简单绘制了一份2000—2015年相关文章发表的情况表[1]。

作者	题名	刊名
李琛琛	激情与理性——欧里庇得斯与拉辛相同题材古典悲剧的比较研究	黑龙江大学(2004)
袁效辉	拉辛悲剧中的性别意识	河南大学(2006)
徐芳	论拉辛悲剧作品——《昂朵马格》中的伦理思想	华中师范大学(2007)
钱晓燕	论"费德拉"和"希波吕托斯"神话故事的改编与比较研究	上海戏剧学院(2008)
郑克鲁	古典主义悲剧思想艺术的新高度——拉辛悲剧论	上海师范大学学报(哲学社会科学版)(2000)
卢晓莉	拉辛悲剧创作中的古希腊文化因素——以《昂朵马格》为例	传奇.传记文学选刊(理论研究)(2012)
刘洁	欲望后的毁灭——论拉辛戏剧的悲剧性色彩	黄河之声(2012)
石蕾	古典主义悲剧艺术的新高度——论拉辛悲剧作品	戏剧文学(2009)

---

[1] 研究文章及发表出处资料来源于知网空间网站:http://epub.cnki.net/kns/brief/default_result.aspx。标灰处为论文标题中涉及与拉辛《费德尔》相关的篇目。五四之后直至2000年,国内研究及发表的拉辛悲剧研究共7篇,相关内容参看袁效辉:《拉辛悲剧中的性别意识》,河南大学,2006年比较文学与世界文学硕士论文,第3页脚注④。

作者	题名	刊名
邓斯博	拉辛对古希腊戏剧的继承与超越——以美狄亚、爱妙娜、费德尔三位女性形象的比较分析为例	法国研究（2009）
石蕾	拉辛：古典主义悲剧艺术的新高度	时代文学(下半月)(2009)
徐芳	个体欲望——伦理主体的生命确证——解读拉辛悲剧《昂朵马格》中的人物欲望	时代文学(双月上半月)(2009)
王天保	吕西安·戈德曼"悲剧世界观"视阈中的拉辛	外国文学研究（2013）
宋雄华	夏沃什悲剧和拉辛《费德尔》互文性的文化阐释	江汉大学学报(人文科学版)(2003)
徐芳	社会法则：伦理行为的外在规范——解读拉辛悲剧《昂朵马格》中对人物欲望的调节	湖北广播电视大学学报(2010)
杨海龄	《昂朵马格》：理智与情感的较量	西藏民族学院学报(哲学社会科学版)(2008)
丁尔苏	情理碰撞、尸体纷呈——法国古典主义悲剧之主要特征	外国语言文学（2015）
赵学峰、张文奕	《费得拉》的神话原型解读	台州学院学报（2007）
廖敏	法国古典主义戏剧大师——高乃依与拉辛比较	科教文汇(下半月)(2006)

其中四篇为硕士论文，余下十四篇为期刊发表文章，当然也不排除后者中有前者论文的裁剪版。十八篇文章从批评内容上看，仍未脱离国内古典主义戏剧研究的窠臼，而是单纯地介绍作家生平、作家作品与动用模糊概念（如人物情感、戏剧技巧）总结拉

辛悲剧并存。这其中有两类研究方向值得关注：袁效辉关于拉辛悲剧中女性身份的研究；徐芳的文学伦理学之于拉辛悲剧的研究。

前者涉及拉辛选择女性作为悲剧主人公的三个影响因子（生平经历、时代环境、欧里庇得斯的影响），根据女性心理及行为特征，将拉辛悲剧主人公分为：爱欲型、政治型和思想型三类，从中反观拉辛的性别意识，论文落脚于拉辛性别意识的进步性。笔者认为启用新的角度阐释拉辛悲剧是有其意义的（国外不乏从性别角度阐释拉辛悲剧的研究），但问题还是存在的。且不论将费德尔归类为爱欲型角色的解读是否脸谱化，立足女性主义批评看待拉辛悲剧本身就是一个值得商榷的问题。如果仅将拉辛本人性别意识的进步性作为论文的基点，那么这个"预设"就显得过于草率，且过于依赖拉辛本人的选择好恶，而这也必将走向将性别意识置于人的意识之上，使得悲剧主人公"自我价值"的确认简单置换为"性别价值"的确认。

后者文学理论学的研究主要倚重《昂朵马格》的文本解读，试图梳理《昂朵马格》的内在逻辑结构（三个伦理维度：个体欲望、社会法则、上帝旨意），并在文本的历史语境中阐发其伦理思想，揭示这一伦理意识的组成部分及其思想渊源。如作者所言[1]，文学伦理学批评，不是使其中的伦理价值、伦理思想等同或者取代其审美价值，而是要挖掘出伦理思想作为一个重要因子如何参与、推动了文本的有机构成，并催化了审美价值的不可穷尽性。笔者

---

1 相关内容参看徐芳：《论拉辛悲剧作品——〈昂朵马格〉中的伦理思想》，华中师范大学，2007年比较文学与世界文学硕士论文，第6—7页。

认为论文从历史语境的维度考量作品意义是值得借鉴的,这也应和了吕西安·戈德曼在《隐蔽的上帝》中所强调的世界观问题。然而可惜的是,由于篇幅所限,在拉辛伦理思想渊源的探析部分(古希腊悲剧的熏染、理性主义影响、冉森派教义启示)略显生硬,变成了资料的堆砌,成为另一种形式的作家生平介绍,尤其是最后一点,更像是《隐蔽的上帝》第二篇社会基础和精神基础的简要书摘。

有趣的是,相关拉辛《费德尔》的文本研究(表格中已标注)均是涉及文本与古希腊悲剧间的继承、改编问题的。无一例外,除开钱晓燕从神话故事原型角度,介绍性地引入茨维塔耶娃、萨拉·凯恩的改编剧作,其余三篇研究文章的论述结果与国内古典主义研究殊途同归。

国外部分

相较国内,国外相关拉辛悲剧的研究明显丰富许多。各类批评流派云集,名家辈出,着实可以用"战场"来形容。20世纪50年代的法国是"拉辛时代",此前此后十余年,拉辛悲剧成为各类批评话语的活动场所,似乎所有法国的新批评方法都可以在拉辛悲剧中找到入口或契合点。而20世纪60年代末兴起的女性主义批评也迫不及待地在拉辛研究中匀分一杯羹。由于国外拉辛研究数量过于庞大,大多结集成书且有些与本文的研究内容关联甚微,故国外研究综述部分仅仅只是涉及几大批评门类[1],不做具体

---

[1] 部分资料来源得益于郭宏安一篇介绍法国当代批评的文章,相关内容可参看郭宏安:《拉

文章、流派细分研究。

简单梳理后大致为五类：传统批评（生平批评）；社会学批评；精神批评；结构主义批评；女性主义批评。

传统批评的代表作为莱蒙·毕加尔的《拉辛的事业》（1961）。毕加尔搜集了有关拉辛的身世、教育、创作、社交、仕途、家庭等各个方面的详尽资料，这部著作所研究的是作为社会人，作为路易十四朝臣的拉辛。生平批评庞大的资料搜集体系是值得我们参考的，但也因为大量资料的堆砌，作者生平与作品之间缺乏内在联系。生平批评被诟病为"外围批评"。

对于作家作品而言，到底什么人能阐释得更好？了解语言及其历史意义的人？了解一位作者所有作品及其作品类型流变史的人？或者了解作者生平、历史环境的人？阐释的差异最终成为一个对与错的问题，砝码则压在了信息资料的搜集程度和真实与否上，而这种差异被天真地认为是可以解决的。

社会学批评的集大成者为吕西安·戈德曼的《隐蔽的上帝》（1955）和《剧作家拉辛》（1956）。《隐蔽的上帝》全书分为悲剧观、社会基础和精神基础、帕斯卡尔、拉辛四部分。拉辛部分着重分析了其九部悲剧，并将其划分为拒绝悲剧、现实世界悲剧、有"突变"和"发现"的悲剧、宗教题材悲剧四类。戈德曼的社会学研究将作为"部分"的作品纳入社会集团或社会阶级的"整体"（特定时期内社会、政治、经济、文化的生活）中加以考察。因为作品并不是作者个人的创造，作者也非无所依附的孤立的个人。

辛与法国当代文学批评》，《国外文学》1983年第2期。

然而，就笔者看来，这类批评的弊端也显现出来：过分看重作者意义（意图）；使用作者、作品与特定社会集团（阶级）做结构类比，最终旨在用作品去解释社会集团。《隐蔽的上帝》中关于悲剧世界观的分析不乏精彩，然而如罗兰·巴特所言，"甚至戈德曼也屈从了这样的设定：帕斯卡尔和拉辛均属于政治上失意的社会集团，他们的世界观再现了这种失望的心境，仿佛作者除了将自己和盘托出之外，就没有别的本领了"[1]。

精神批评的代表作是夏尔·莫隆的《拉辛作品和生平中的无意识》。莫隆试图利用精神分析来说明作品是如何受到作家无意识心理制约的，其结论是：拉辛悲剧的心理结构是无意识的，且与拉辛本人的心理结构相一致，都表现了现代心理学的基本规律——俄狄浦斯情结。

弗洛伊德的精神分析原则，笔者在本文中不涉及，而由此领域延伸出的"无意识"却能引发思考。具体而言是结合了诺斯罗普·弗莱的原型批评与列维－斯特劳斯的人类学、神话学批评的神话原型批评。解读《费德尔》文本中出现的男神女神：太阳神阿波罗、爱神维纳斯（阿弗洛狄忒）、海神波塞冬的神话原型似乎有助于我们理解古典时代理性／非理性之于人们的意义，同时悲剧人物的关系也从一个层面上反映了原始部落时期最主要的两种关系：欲望关系与权力关系。

罗兰·巴特的《论拉辛》（1963）集中体现了结构主义之于文学批评的研究范式。众所周知，他对作者"不感兴趣"，而更

---

[1] 吕西安·戈德曼：《隐蔽的上帝》，蔡鸿滨译，百花文艺出版社1998年版，译本序第15页。

关注作者所给出的形式,即符号的整体。从这个角度而言,罗兰·巴特的分析是封闭的。他避免从作品到作者、从作者到作品的推论。但是,这一批评方式的缺陷可能也如李幼蒸所说,在这里,我们似乎正好遇到了一个相反的问题:巴尔特强调了他的对象(写作或文学的功能)的历史性格,却欠缺了一种历史方法。

笔者认为,罗兰·巴特对于拉辛悲剧中结构及符号的发现是具有意义的,然而他真正的贡献却在别处[1]。他强调语言与象征性。因为"批评不需要去判定,只需以谈论语言代替运用语言,就足以显示其破坏性了"[2],而"象征并不等于形象本身,它就是意义的多元性本身"[3]。

其实,当时西方批评界对于诸如罗兰·巴特、福柯、拉康等所谓"结构[4]主义"者的种种非议,大多源自文艺复兴时建立的"人是万物的中心"与十九世纪末尼采的"上帝死了"之间的对垒,是"人

---

[1] 罗兰·巴特的《论拉辛》的确是一部强悍生猛的论著,他以此向当时法国的传统批评开战,可谓批评界的"欧那尼之战"。而笔者更感兴趣的却是他在三年后整理"战场"所著的《批评与真实》(1966),薄薄一部小册子却道尽了当时批评界的普遍危机。由于结构主义是20世纪80年代才进入中国的,直到90年代才逐渐成为文学批评话语中的关键词,这个国内外批评学界间不可避免的时间差,使得早在20世纪七八十年代已告一段落的新旧批评之争,变作正切切实实上演在国内学界的当下。而罗兰·巴特所说批评界的普遍危机即语言的危机。如他所言:"自从人们发现(或再发现)语言的象征性(或者可以说象征的语言性)的时候起,事实上这种危机就是不可避免的,这就是今天在精神分析与结构主义相互作用下所产生的情况。"(见罗兰·巴特《批评与真实》引言部分,温晋仪译,上海人民出版社1999年版,第47页。)

[2] 罗兰·巴特:《批评与真实》,温晋仪译,上海人民出版社1999年版,第6页。

[3] 罗兰·巴特:《批评与真实》,温晋仪译,上海人民出版社1999年版,第50页。

[4] "结构"一词源于拉丁文"stmctura",它的字面意义好解释,起初的含义是"建造大楼的方式"。然而它的实际含义,何为"结构",相信没人能说明道清。围绕"结构"一词的争议已有百年。结构主义也分很多种:生成的、现象学的、后结构的、解构的,等等。究竟何谓结构主义?没有方法论的援助,如何能找寻到结构?无怪乎罗兰·巴特要戏言,还有一种"学院"的,专指作品的"布局"。

017

本主义"与怀疑"人本主义"的一切社会体系间的对垒。此间战场太大，在本篇论文中不宜也言说不清。同时结构主义者们（姑且称之）的主张繁多，有时还会自己打架。但他们的这一主张，笔者是认同的：总之要把作品归还文学，就要走出文学，并向一种人类学的文化求助。

女性主义批评方面，巴奇·瓦特的《拉辛戏剧中女主角的形象研究》是现存比较综合的研究[1]。而迪斯楠的《隐蔽的悲剧——拉辛作品中性别的社会结构》[2]则是另一次尝试。

通过梳理，我们看到拉辛悲剧大可以用多种方式分析，然而每一种方式又都有着它的不足。承认它的不足，说到底就是承认文学的特殊性。文学本身就是自相矛盾的，它是某些事物、某些规则、某些技巧和某些作品的总和。同时，随着历史、文化的变迁，"作品"本身的意义也在改变，它不再是一个历史事实，而成为人类学的事实。因为任何历史都不可能把它穷尽表达。那么，在社会生活中，它的作用是让人接受主观性的东西，而为了适应这种情况，文学批评本身也变得自相矛盾。相较国内拉辛悲剧批评

---

[1] 无奈这部著作却应当隔绝于女性主义批评之外，因为它通篇企图证明的仍是"夏娃之罪"的老论调：女性的本质和存在就是所有冲突的根源。巴奇·瓦特的相关论述参看袁效辉：《拉辛悲剧中的性别意识》，河南大学，2006年比较文学与世界文学硕士论文，第2页，转引自 Véronique Desnain: Hidden Tragedies——the Social Construction of Gender in Racine, Edinburgh: Edinburgh University Press, 2002, p5.

[2] 迪斯楠发现了拉辛悲剧中当时社会结构对女性的限制与压抑。从而，她提出，拉辛为我们提供了一个女性与世界斗争的观念，他塑造的女性角色并非能够反抗不公平系统的精神健全的女性，而是一个个被损害的个体；拉辛也许并不是伟大的女性心理刻画家，而只是在描绘女性面对的生存尴尬方面擅长。迪斯楠相关论述参看袁效辉：《拉辛悲剧中的性别意识》，河南大学，2006年比较文学与世界文学硕士论文，第2页。

的内容单一，西方则是各类批评流派你方唱罢我登场，由于很多批评方式均是舶来，可能出现的情况便是，我们视作"先锋"的，西方学界早已"明日黄花"或已然掌握话语权，成为主流，甚至在某种程度上与传统握手。

总体而言，较之西方学界对于拉辛悲剧的研究，我国批评界的缺陷还是很明显的：内容单一；概念僵化、泛化；更重要的是，这些批评往往忽视了以下两点——

其一，古典主义对理性的推崇在人类发展史上起到的不可磨灭的作用。我们现今一切由经济基础所建构的上层建筑无一不是在"理性观念"的观照下形成的。当然，理性主义是否真的具备这样的基础性，我们是可以提出质疑的，但起码它形成了这样一个系统，在某种意义上说，理性主义掌控了我们几百年。它是贯穿古典时代与现代社会的一种对现象的标准，而这个标准便是以人自身而出发的。

其二，古典主义戏剧，尤其是拉辛的剧作，聚焦理性／非理性的斗争与博弈，尤为可贵的是，拉辛在崇尚"理性"的古典时代描绘了这种博弈，而这种博弈也必将贯穿古典时代与现代社会。古典时代的剧作家如何看待理性／非理性，如何看待它们之于人的关系，如何看待人，这些未必是古典时代剧作家能够回答的问题，却是处于现代社会的我们仍需解答的问题。

然而，这些缺失与忽视却为本课题的研究提供了实现的基础。

目前，以《费德尔》为重，从拉辛悲剧女性角色死亡的角度看待两个"当下"对待理性与非理性的异同，国内还未有相关的批评。理性与情欲是常被提及的话题，但就资料整饬的结果来看，这一话题也并未得到应有的重视，且常常流于表面。

阐释的对立并不阻碍批评的多元化，从这个意义上说，批评固然是可以多元的，但须"言之有物"，它仍然是一项"理性的事业"。所以，乐观而言，不管批评与阐释可能怎样，它也总是向其他人讲述的话语；被后人言说的文本以及与先前的批评家和现在的同事们的对话。同时，它还是一种书写。

三、研究思路及论文框架

对于文化，美国人类学家克罗伯.A.L.这样定义：文化是一种架构，其中包括了各种内隐或外显的行为模式，通过符号系统习得或传递。无独有偶，理安·艾斯勒在谈论文化时这样说，人类文明史，过去被认为是真理的事物不过是一种变化中的文化结构[1]。

人类学学者的见解是富于深意的，它意味着，作为个体的我们一旦出生，就落入某种文化结构中，被各种传统、习俗所包裹，而这是我们无从选择，也不可超越的。那么，处在"当下"的我们就一定忠于传统吗？艾斯勒强调了"变化中"的文化结构，换句话说，她承认这张由文化所编制的巨大网络对我们的影响，同时也看到了"当下"与"过去"的差异，因为这个"文化结构"并不是恒定的，它是变动的。

---

[1] 相关内容参看理安·艾斯勒：《神圣的欢爱——性、神话与女性肉体的政治学》，黄觉、黄棣光译，社会科学文献出版社2009年版，第313页。

承认差异，是我们研究的前提。

研究思路

解读拉辛，解读《费德尔》，正如笔者前面所言，方式千千万。但是我们所不能忽视的并非拉辛是谁，古典主义是什么，古典主义戏剧又是什么，而是作为解读者的我们自身。我们带着怎样的疑问去重读拉辛，带着怎样的预设去重读古典主义剧作，从这个角度上说，提出问题不代表解决的必然，而是带来解读的方向与可能。德里达把阐释的实践定义为误读，有意思的是，可能是由着上下语境的不切实，这句话常常被人们"误读"。可以肯定的是，阐释的意义不会因为"误读"而消解，德里达也不是消极地对待文本，而是积极地提出了阐释的诸多可能性。带着当下对于"理性／非理性"的思考，笔者重读了拉辛。

问题在一开始就已提出：

处在古典时期的拉辛为何书写了《费德尔》这样一部极力描绘非理性的剧作？他是为了宣扬非理性吗？什么是古典时期的非理性？拉辛描绘的是非理性还是人物非理性的时刻？非理性本身能够被书写吗？

带着这样的疑问笔者重读了《费德尔》，重新发现了费德尔的死。继而问题又出现了：

费德尔的死亡是选择的还是被选择的？费德尔为何要选择自杀？她的死亡给剧中的其他人物带来了什么？死亡对于费德尔意味着什么？拉辛让悲剧主人公死亡意味着什么？

随着问题的累加，指向也愈发明确：理性与非理性——《费德尔》中最本质的对立冲突——线索逐步清晰，而死亡则成为拉辛调和两者的解决方案。

至此，文本事实层面的解读完成，而追问却没有结束，它带领我们来到另两个更有趣的层面：作者层面（编剧层面）、历史－文化层面。

拉辛在剧作中是怎么处理理性／非理性的？这种处理说明了拉辛的何种认识？我们是如何看待理性／非理性的？我们是如何看待拉辛看待理性／非理性的？理性／非理性是之于什么而言的？是之于人吗？理性／非理性是完全对立的吗？还是有可能共存？问题不断地出现，然而正如笔者前面所言，问题的提出不代表解决的必然，它带来的是阐释的可能。

带着这些追问，我们启动了一次经由文本[1]到作品，再由作品回归到文本的征程，试图去建立"古典时期拉辛"与"当下我们"之间的一场跨时空对话。这场征程里的"文本"就不再是传统概

---

1 "文本"这个概念需要厘清。

首先这是个舶来词，拉丁语写作 Texus，无论法语中的 Texte，还是英语中的 Text 都是日常语言中的普通词汇，同时也是文学批评中的常用术语。相对应的是"作品"（works，法语写作 oeuvre）。Texte 这个概念译作"文本"并进入国内文学批评的话语体系是 20 世纪 80 年代发生的。

需要澄清的是，本文中所提到的"文本""作品"概念，主要仍是站在传统角度上的探讨。即"文本"指涉剧作的事实层面（论文第一章），而"作品"意味着文字之上的意义与价值。到了编剧层面（论文第二章）中的文本探讨，诸如"时间的象征性""神祇的象征意义"则涉及新批评中"文本"的概念。这样的"混杂"处理，并非有意为之，或是刻意搬弄"新潮"，而是随着作品解读的深入，笔者的研究思路及论述重点的转换造成的。对于西方学界的诸多术语、名词，笔者认为，概念本身就是最大的迷惑。学界流派、术语本繁杂且其间又有包含和矛盾，因此不在于称谓的"出新""出挑"，更重要的是，对于概念背后的理解和运用。取法乎上，仅得乎中。一句话，为我所用。目的是为了更好地帮助自身课题研究的展开与实现。

念中的含义了。传统概念中的"文本"是指文学作品的表面现象，它是作品中的词语交织形成的纺织物，它的组织是为了尽可能确定独一无二的稳定意义。简言之，在传统概念中，"文本"意味着书面上的文字，而"作品"意味着文字之上的意义和价值。当某一个书写的产物被称之为"作品"的时候，也就意味着它有某种超出文字本身的东西获得了承认。"文本"，即作品的现象，是语文学的范畴；而"作品"，则意味着精神、美感与深度。

由于新批评的出现，西方20世纪六七十年代的文本观是建立在"文本"与"作品"的对立关系之上的，罗兰·巴特就曾明确提出，文学研究和批评应当从作品问题转为文本问题。这种转化是伴随着"作者之死"以及与"作品"一系列相关概念的"死亡"与"危机"产生的，同时遭遇危机的还有阐释、品味、美与精神，等等。新批评提倡的"从作品走向文本"意味着从话语秩序走向对秩序的破坏和越界。促成这一前提的是对于语言本身多元性的认可与发现。新批评者这样宣称，"任何读者都想知道，假如他不想被字面意义所吓倒，他怎么会不感觉到与超越本文的某个东西有接触？"，而"假如词语只有一个意义，也就是说词典上的意义，假如第二种语言没有扰乱或解放'语言的确定性'，那就没有文学了"[1]。这里的第二种语言指象征性语言或语言的象征性。因为在继续以语言学工具探索文学话语普遍规律的学者那里，"文本"依然是最主要的研究对象，文本研究的目的是掌握整体文本的结构。

当然，西方学界也存在着"回巢"的现象，这批先锋批评家

---

[1] 参看罗兰·巴特：《批评与真实》，温晋仪译，上海人民出版社1999年版，第50—51页。

在掌握话语权以后，也开始在一定程度上与传统握手。正如热奈特1999年在一篇名为《从文本到作品》的访谈中，就再一次强调了文学研究新方法与传统审美批评的相互结合。然而征程也就必然意味着某些回顾，某些推翻，某些重建[1]。

现在，让我们把目光收回来。这场跨时空对话的主角仍旧是语言，而谈论的内容是变化中的理性与非理性。

我们要向古典主义时期的拉辛提问，同时，我们也在向当下的自己提问。而文化框架的意义就在这种差异、这种追问、这种延迟中显现出来。

说到底，理性与非理性的讨论只是或只能是对过去相关文化艺术现象的痕迹的讨论，而在这其中，又因有着时间的因素，故讨论也只能是一种延迟与延异的讨论。当然，这也是本篇论文的目的，因为只有在当下，我们才有可能进行这种讨论。

研究框架

本文论述由事实层面、编剧层面、历史－文化层面三部分以及结语构成。

阐释以拉辛悲剧《费德尔》为主，结合《昂朵马格》《勃里塔尼古斯》另两个文本的解读（具体作品的加入，使得阐释部分落实）。探究拉辛剧作中理性与非理性的关系，同时观照当下对

---

[1] 相关"文本"概念的梳理，参看以下几篇文献：钱翰：《从作品到文本——对"文本"概念的梳理》，《甘肃社会科学》2001年第1期；潘知常：《从作品到文本——在阐释中理解当代审美观念》，《江苏社会科学》1999年第4期；冯文坤：《走向文化研究的文学选择——论文学从作品到文本的历程》，《上海师范大学学报（哲学社会科学版）》2002年第1期。

于这一关系在解读上的差异。

事实层面由死者为谁、"死亡"形式、死亡解决了什么三部分构成，发现拉辛悲剧中理性与非理性这一本质对立关系的存在。

编剧层面由三个世界的划分、关于"时间"的发现、关于"发现"的发现三部分构成，分析拉辛是如何运用技巧在剧作中体现理性与非理性的。

历史-文化层面由古典时代思想视阈中与古典主义戏剧创作理念下的理性主义、两次关于"人"的发现、文化框架与文化界限四部分构成，讨论两个"当下"对于理性／非理性在认识上的差异。

批评不同于科学。而它不同于科学之处，不在于研究对象和研究方法。科学是探索意义的，而批评是产生意义的。罗兰·巴特提倡一种积极批评，向过去提问，回答的却是当代的问题。这也就是笔者在本篇论文中尝试去作的努力。

第一章　事实层面

何为事实层面？在研究剧本本身之前，我们需要简单解释一下这个问题。

斯丛狄在他的《现代戏剧理论》中这样概括戏剧危机之前的状态："戏剧是绝对的，从另一个角度来说这个观点可以如下表述：戏剧是原生的。它不是某种（原生）东西的（派生）展现，而是展现自我，就是自我本身。"[1] 同时，人际互动关系和由此形成的"间际"氛围构成了这一戏剧概念的全部，"戏剧的整体归根结底具有辩证的渊源，它的产生不是归功于耸立于作品之中的叙事性自我，而是通过人际的辩证关系"[2]。我们很清楚，斯丛狄讨论的不

---

[1] 彼得·斯丛狄：《现代戏剧理论（1880—1950）》，王建译，北京大学出版社2006年版，第9页。

[2] 彼得·斯丛狄：《现代戏剧理论（1880—1950）》，王建译，北京大学出版社2006年版，第11页。

是产生于文艺复兴时期的近代戏剧，而是19世纪末伴随戏剧危机而出现的现代戏剧，但是，他的这一定义却为我们的研究范畴——古典主义戏剧——提供了便利。因为，古典主义戏剧恰恰被排除在斯丛狄所探讨的戏剧危机之外，而他所定义的戏剧概念也正是古典主义戏剧所恪守的稳定的戏剧准则。

戏剧，再明确一些，古典时期的戏剧再现的是人、事和各种关系的"这个世界"，其中，人与人之间的互动关系是这个世界的中心。而"这个世界"（人与物的世界）就是本文第一章中所指的事实层面。我们将围绕"女性角色的死亡"展开事实层面的文本分析。

第一节 死者为谁？

现在，让我们先从《费德尔》中死亡的女性入手。从某种程度上说，它是最符合题眼的，同时，它又是我们后续研究展开的一块重要的引路砖。

1.1.1 死者是谁

谈及《费德尔》中死亡的女性，但凡阅读过剧本，都能够马上作答：她们是悲剧主人公费德尔与她忠心的乳母厄诺娜，且无一例外，均是选择自杀。同时，我们也不能忽视剧中死亡的男性角色：依包利特。拉辛悲剧中，从来不缺死亡的角色，在《昂朵马格》中他们是卑吕斯与爱妙娜，《勃里塔尼古斯》中则是勃里塔尼古斯。

正如在绪论中所谈，女性角色的死亡含义有三：拉辛悲剧中真正死去的女性，以及她们的死对于剧中世界带来的影响；女性死亡的可能性（人物自身提及死亡但最终并没有真正死去）以及她们的这个选择对剧中世界带来的影响；由女性死亡或死亡的可能性所带来的剧中男性的死亡以及疯狂。在这里，"疯狂"是个有意思的议题，它涉及"未死而疯"的状态，但容许我们先把这个议题稍稍后延，先来谈谈死者以及与死者相关的人物，因为，在剧本中只谈人物，是没有任何意义的，我们还要关注人物关系，具体而言，就是剧本在事实层面为我们所交织展现的这张人际网络。

1.1.2 已死的人 / 活着的人

生与死首先划分了《费德尔》剧中人物的两大阵营。就主要人物而言，费德尔、厄诺娜、依包利特被划分在死者阵营，而忒赛、阿丽丝则被划分在生存者阵营。这是最显而易见的一层划分。在这层划分中，费德尔似乎因着有两位同盟者而显得并不"孤单"，事实上，在剧中费德尔还将被置身于多个同盟阵营中。

有意思的是，正如她在一幕三场的第一句台词一样，"不要再走远了，亲爱的厄诺娜，就待在这儿吧！"[1] 她始终站在那儿，

---

[1] 一幕三场。拉辛：《拉辛戏剧选》，齐放、张廷爵、华辰译，上海译文出版社1985年版，第198页。

一个人，孤立无援，直至死亡，并无同盟。在此之前，我们还是先来关注一下这些围绕在费德尔周围的所谓同盟。

1.1.3 悲剧主人公与剧中相似性的角色

爱人者身份：费德尔与依包利特、阿丽丝

一切从厄诺娜与费德尔间的那场问询开始。

厄诺娜：您在爱？

费德尔：我经受着爱情的狂风暴雨。

厄诺娜：对谁的爱情？

费德尔：您就要听到闻所未闻的丑事。

我爱……一听到这恐惧的名字，我颤抖，我呻吟，

我爱……

厄诺娜：爱谁？

【一幕三场】[1]

这是费德尔关于自己的爱情，那件"闻所未闻的丑事"的首次讲述，她为此早已三天三夜浑浑噩噩，惧见阳光[2]。当然，她的

1　以下《费德尔》引用均来自拉辛：《拉辛戏剧选》，齐放、张廷爵、华辰译，上海译文出版社1985年版。
2　厄诺娜在先前与费德尔的对话中这样说："黑暗已经三次笼罩住苍穹，睡意却没有一刻进入您眼中。骄阳已经三次驱逐黑暗，您却不思饮食，精神备受煎熬。"拉辛：《拉辛戏剧选》，齐放、张廷爵、华辰译，上海译文出版社1985年版，第200页。

爱情种子埋得更深更早,早在雅典与依包利特的那第一次相遇[1]。

接下来我们看到同样的问话出现在德拉曼尔与依包利特之间。尽管被问询的对象采取了截然不同的回应方式。

> 德拉曼尔:您在爱吧?王子!
>
> 依包利特:朋友,您怎么能这样讲?
>
> ……
>
> 难道我能触怒父亲而去娶她?
>
> 难道我能做出忤逆的榜样?
>
> 可是我的青春正在被爱情所苦恼……
>
> 德拉曼尔:……
>
> 无疑地,您在恋爱,在情火中焚烧,
>
> 您隐藏着心病而日益憔悴。
>
> 迷人的阿丽丝可知道她使您欢喜?
>
> 【一幕一场】

爱情的面相逐渐清晰。事实上,从场次看来,我们得知依包利特的爱恋对象更早些。依包利特爱着父亲仇敌的妹妹阿丽丝,而费德尔爱着自己的继子依包利特。最后加入这场爱人者同盟的是阿丽丝。同样,也是发生在一场对话中。

---

[1] 参看一幕三场费德尔的台词:"在雅典,我看到了这个傲慢的敌人,我看到他就满脸通红,神色不安,心里顿时七上八下,乱作一团;我什么也看不见,连话也讲不出,我感到四肢僵硬,全身发烧。"拉辛:《拉辛戏剧选》,齐放、张廷爵、华辰译,上海译文出版社1985年版,第204—205页。

伊斯曼娜：他的眼光徒劳地想避开您。

　　"情人"这一个词早已消除了他的骄横，

　　即使他未说出，可眼神却有这种表示。

阿丽丝：我的心呀！伊斯曼娜，贪婪地叫着您，

　　尽管您讲的可能是缺少根据！

……

　　坦率地讲，我爱依包利特的高傲，

　　从未有一个女人能把他压倒。

……

　　依包利特懂得爱吗？有什么祉福

　　会使我把他折服……

【二幕一场】

　　这三组主仆间关于恋爱对象的问话暗藏玄机。我们看到前两组看透主人心思的心腹们都小心翼翼地使用了疑问句，他们在试探主人，同时预示着这场可能成立的爱恋是暗含危机的，而在阿丽丝这里，伊斯曼娜使用了陈述句，而且是肯定地告诉阿丽丝，依包利特他在爱。不同句式的运用当然可以多解，然而在这场爱情的角逐里，它的指意十分明显。费德尔与依包利特的爱情，至少在旁人看来，是具有困难的，而阿丽丝的爱情却相对容易，她只需确定对方的心意[1]。事实上，结果也是如此，在接下来的二幕

1　当然这其中还有一个不容忽视的原因，我们在一幕四场被告知忒赛已死，消息已在宫

二场中依包利特便与阿丽丝互相确定心意,而费德尔的爱情却始终悬而未决,这份悬而未决确定了悲剧的基调,并非在于依包利特拒绝的回应,而是他的拒绝具有模糊性,因为他并没有给予费德尔他"不爱"的真正理由。

在这场爱人者身份(费德尔与依包利特;费德尔与阿丽丝)的确认中,因后两者的相互爱慕,同盟阵营由于情感的三角关系而瓦解,费德尔却始终无法获得理解和认同。可以这么说,我们关注爱人者同盟的理由是,费德尔看似身处同盟,然而却只身一人。

被统治者身份:费德尔与依包利特、阿丽丝、厄诺娜

忒赛是雅典的王,虽然直至三幕四场他才迟迟出现,然而他的存在无疑是附加在所有人物身上的无形枷锁。也就是说,纵使前三幕他不在场,但他又无处不在。我们同样可以列举几段人物台词予以说明,虽然这是太显而易见的事实。

依包利特:我无权像他(指忒赛)[1]那样情丝盈怀。
　　　　　即使我倨傲的心理会松弛,
　　　　　我也不能拜倒在阿丽丝的脚下。
　　　　　纵使我神志恍惚,难道会忘记
　　　　　隔开我们的那个永久的障碍?
　　　　　父亲压迫着她,颁布了严峻的法律,

中传开。自然对于二幕一场的阿丽丝来说,爱情最大的障碍已经消除。

[1] 由于引文上下语境的关系,为方便阅读,笔者在一些重要人物台词中会使用( )标注具体人物所指为谁。后文剧本台词引用同上,不再作单独解释。

不许她的兄弟们能有侄辈。

【一幕一场】

费德尔：厄诺娜！从他（指依包利特）走后，我心情放宽，
我依附丈夫，日子不再那么纷乱，……

【一幕三场】

厄诺娜：忒赛的死解除了你同他的结俪，
这种关系使您犯罪，给您的情焰带来恐惧。

【一幕五场】

被统治者身份是君／臣关系的直观体现，然而具体到人物关系，它又延伸出众多分支：忒赛与依包利特的父子关系；忒赛与费德尔的夫妻关系；忒赛与阿丽丝的仇敌关系。显然，在剧中，这些关系，这些威胁都是统治者／被统治者的衍生，因为忒赛始终是掌控权力的一方，而对应的费德尔、依包利特、阿丽丝、厄诺娜等人对于这一事实是认可，并试图遵循的，至少一开始是如此，当然，这里后来的反叛者仍旧是我们的悲剧主人公——费德尔。关注被统治者身份还有另一层意图，在隐含的对立关系中，也就是说在情欲、欲望关系背后还存在着不容忽视的权力关系。

共同阵营：费德尔与厄诺娜

在《费德尔》中，费德尔所谓的共同阵营很好确认，即费德尔与乳母厄诺娜。我们看到厄诺娜是那个处处为主人考虑的角色，从最初的担忧询问、出谋划策，到计划失败，最终投海自尽，她

无一不体现着自己的忠诚。而这个"知己型人物"厄诺娜却又是造成费德尔悲剧的帮凶，对于她的死，费德尔似乎显得过于绝情和冷漠。

> 费德尔：可恶的厄诺娜完成了这一罪孽。
> 　　　　她担心依包利特知悉我的情欲，
> 　　　　会把令人作呕的真情吐露。
> 　　　　这该死的利用我致命的错误，
> 　　　　急于在您面前把他控诉。
> 　　　　现在她早已罪有应得，
> 　　　　寻个便宜的死法葬身海底。
>
> 【五幕七场】

笔者认为，值得我们关注的并不是费德尔为何这样说，是原本自私自利、冷酷无情抑或由于依包利特的死而性情大变；这也并非"人物本就这样，没有选择余地"的诡辩，真正的原因在于，费德尔与厄诺娜本就不处在一个世界，她们是完全不同的人。理解是单方面的，是厄诺娜自认为对费德尔的，或者可以这样说，费德尔对于厄诺娜的认同和回应并非对针对厄诺娜以及她所给出的计谋，更多的是借由厄诺娜，费德尔在与内心的自己对话，那个希望"追回失去的理性"[1]的，"坠入可耻的情网"[2]的费德尔。

---

[1] 一幕三场。拉辛：《拉辛戏剧选》，齐放、张廷爵、华辰译，上海译文出版社1985年版，第205页。

[2] 三幕二场。拉辛：《拉辛戏剧选》，齐放、张廷爵、华辰译，上海译文出版社1985年版，

厄诺娜激发了费德尔内心的"那个自己"的外化。

关于费德尔与厄诺娜的同盟阵营，真正激发我们兴趣的是，纵使在某一个时间节点上（处理依包利特事件），她们或许做了相同的决定，然而本质上她们完全不相似。"知己型人物"厄诺娜是理解费德尔悲剧的重要线索，因此，后文我们还将单独分析。

以上，我们分析了《费德尔》剧中与悲剧主人公费德尔具有相似性的角色。我们看到，费德尔与其他角色的相似性中同样存在着对立面，因此这个相似，这份同盟对于最终选择死亡的费德尔而言，是虚妄的，不存在的。与剧中其他人物的相似性更加体现出费德尔的孤独。

她是孤身一人站在这个世界的中央，又因着她的悲剧性站到了悲剧的中心。

1.1.4 悲剧主人公与剧中对立面的角色

一组对立关系：爱人者与被爱者

首先，正如前文所说，这层对立关系的形成是由于依包利特拒绝了费德尔，但这份"拒绝"的真正原因又是模糊的，因此，我们说，依包利特总是在"回避"费德尔，而非"拒绝"。剧中依包利特的"回避"与"拒绝"含义不同，因为这牵扯到人物的选择问题。依包利特是一个逃避选择的人物，而同时，人物的"选择"

第232页。

在《费德尔》中起到了十分重要的作用,它决定了最终悲剧的走向。

事实上,我们看到费德尔与依包利特虽同为爱人者,但他们的选择不同:一个面对,另一个逃避。这份不同的"选择"建构了他们在爱情中的对立关系。费德尔作为依包利特的继母,"忒赛的未亡人"[1],她深知这份情感是不体面、不道德、失去理性的,但她仍旧选择了"说"。她向依包利特坦诚了这份情感,"热烈的爱情使我忘其所以,啊!我对您只讲些深情蜜意。报复吧!惩治我可耻的爱情,您完全称得起是英雄的后代,把触犯您的魔鬼清除出这个世界吧!"[2]但是费德尔错了,依包利特并没有"报复",他甚至没有最后的"回应"。在二幕五场(剧中费德尔与依包利特唯一的一场对话)中,依包利特始终处于失语状态,他的所有慷慨陈词都是无比理性的,对应的是责任、义务、崇高使命以及对先父忒赛[3]的哀悼。仅有一处,他回应了费德尔的情感。

依包利特:天哪!我听到了什么?夫人,难道您忘记
　　　　　忒赛是我的父亲,他是您的丈夫?
费德尔:您凭什么说我已经把他忘怀?
　　　　王子,难道我会把他的名声糟蹋毁坏?

---

[1] 二幕五场。拉辛:《拉辛戏剧选》,齐放、张廷爵、华辰译,上海译文出版社1985年版,第225页。

[2] 二幕五场。拉辛:《拉辛戏剧选》,齐放、张廷爵、华辰译,上海译文出版社1985年版,第225页。

[3] 这里对应的情节是众人被告知忒赛战死。

但是很快这个回应又被他所认为的"误会"掩盖。他以为自己误解了费德尔的意图，而这个误解又是十分"依包利特式"的。他认为费德尔向他表露爱情时忘却了戒律和荣誉，而在他看来，这些构成理性的事物，一旦缺乏，何谈情感？所以，对于依包利特，根本不是爱与不爱的问题，而是成不成立的问题。因为费德尔的继母身份，依包利特觉得这样大胆的示爱在根本上就是丧失理性的，是"糟蹋名誉"的，是不正当的。所以当费德尔声称自己不会忘怀忒赛的死时，这个"误会"便轻易地解除了。因为在依包利特看来，这个承认代表着不越轨，代表着"安全"。他从根本上就不认为情感中可能存在那些"不安全"的、"越轨"的、"非理性"的部分。

所以，当他以为自己误会了费德尔爱他时，他感到羞愧，他立即说：

依包利特：请原谅我，夫人！
　　　　　错怪了您的一片真情。
　　　　　我羞愧万分，简直不敢看您。
　　　　　我要走了……

事实上，依包利特又错了。费德尔爱他，即使费德尔感到无比的羞愧，她"从没认为自己洁白无辜没有错"[1]，她也知道这份

1　二幕五场。拉辛：《拉辛戏剧选》，齐放、张廷爵、华辰译，上海译文出版社1985年版，第224页。

情欲使她神魂颠倒，无药可救，她痛恨自己远甚于依包利特对她的痛恨，但是，她依然爱。这才是依包利特所无法理解的，或者说，这才是他想要"逃避"的，是他所真正"害怕"的。

依包利特安心地活在自己世界的清规戒律中，他看到费德尔所祈求的是完全十恶不赦的东西，他根本无法理解费德尔的语言。因此，他绝不会是费德尔口中的那个"英雄的后代"，他也无法"把魔鬼清除出这个世界"。因为，他们根本不处在同一个世界。由于依包利特的"回避"，费德尔的爱情建立在一种幻想的状态中，她爱上的并不是实体的依包利特本人，而是她所以为的爱情本身。所以，在这段爱情关系中，真正受到影响的自始至终只是费德尔一个人。

拉辛在二幕五场让我们看到了费德尔与依包利特之间异常精彩的对峙，尽管这是他们唯一的一次对话，但它的结尾实在意味深刻。最终费德尔夺过了那个她认为可以"把魔鬼清除出这个世界"的人的佩剑，她说，"或者您的手不愿沾上我的血迹，那么，不用您动手，把剑给我吧"。她准备自己解决这个"魔鬼"，也就是那个受情欲迷乱的自己，但是让我们看看依包利特的反应吧，他在这一场的结尾只字未说，而在下一场的开始，他眼光发呆，面色沉沉。

> 依包利特：德拉曼尔，我们走吧！我从来没有这么吃惊，
> 　　　　　我连看到自己都感到害怕。

费德尔……不，天哪！让这骇人的秘密长埋心底。

【二幕六场】

关注费德尔与依包利特情感关系的同时，还有一层也不容忽视，即前文提到的权力关系。费德尔与依包利特除开是爱人者与被爱者的身份，同时也是继母与继子的关系，而这层关系又由于作为国王、丈夫、父亲三重身份的忒赛的介入，勾连出君／臣、父／子、统治者／被统治者这三层暗含的关系。

事实上，情感关系与权力关系的交错，在《费德尔》中体现得并不明显，而在拉辛的另两部剧作《昂朵马格》《勃里塔尼古斯》中却刻画入微：表面上是情感关系的斗争，实质上却是权力关系的斗争。

举例而言。A 对 B 有完全的权力，A 爱上 B，而 B 却不爱 A[1]。在这层关系中，A 与 B 同时受到制约。A 被情欲所制约，而 B 被权力所制约。在权力上，B 属于 A，但在情感上，B 反抗 A。

《昂朵马格》中体现在卑吕斯与昂多马格的关系上。卑吕斯俘虏了厄克多的孀妇昂朵马格，他爱昂朵马格，并以拯救她儿子性命为条件，要求昂朵马格嫁给自己，然而昂朵马格并不爱他，

---

[1] 提醒我注意到拉辛悲剧中权力关系存在的是罗兰·巴特的《论拉辛》。如果说在《费德尔》中非理性的情感因素致使了悲剧的最后发生，那么，在《昂朵马格》《勃里塔尼古斯》（尤其是后部剧作）中，非理性的情感因素只能成为一个导火索，那么，人物动机的真正根结是什么？罗兰·巴特似乎给出了答案：权力关系。但这一推论太过绝对，罗兰·巴特认为拉辛悲剧的实质是权力斗争，表面的所有斗争都是权力关系的作用。这也是我试图在本文中反驳的地方。相关权力关系与情感关系的错置，参考钟晓文：《结构与精神分析双重视域下的作家与文本批评——析罗兰·巴特的〈论拉辛〉》，《福建广播电视大学学报》2011 年第 2 期，转引自 Roland Barthes: On Racine, translated by Richard Howard[M]. NY: Performing Arts Journal Publications, 1983, p24。

悲剧也就自此开始。《勃里塔尼古斯》中则体现在尼禄与朱妮的关系上。尼禄的母亲阿格里比娜夺去了原本属于勃里塔尼古斯的王位，将之交与尼禄手上，而尼禄却爱上了勃里塔尼古斯的情人朱妮，他千方百计想使朱妮入宫，然而朱妮并不爱他。在权力关系中占优势的卑吕斯、尼禄均在情感关系中处于下风，他们能控制所爱之人，却无法得到她们。

有意思的是，正如我们所看到的，拉辛在处理《费德尔》时采取了与另两部剧作不同的方式。他没有使权力关系如此深刻地发生在费德尔与依包利特身上（费德尔对依包利特并没有绝对的控制权），只是借由忒赛的存在牵出了暗含的权力关系。从这个角度，对作为国王、父亲、丈夫身份的忒赛来说，费德尔和依包利特都处在他的权力网络之下；而对三者关系中作为中介的忒赛来说，他的权力网络又在费德尔与依包利特的情感关系中不起实质作用。这样一来，实则是弱化了权力关系，而强调了情感关系。

那么，拉辛为何要这样处理，就变得值得深思了，原因恐怕有二。

其一，性别问题。当然这也是无法回避的，在古典时期剧作中处于权力统治者的一方多为男性。然而在拉辛的剧作中，处于情感统治者的一方多为女性，且均为被爱者。《昂朵马格》中的昂朵马格、爱妙娜；《勃里塔尼古斯》中的朱妮；《费德尔》中要相对复杂一些，看似费德尔处处受控于依包利特对她的态度，她爱他，而他不爱她。但是如同前文的分析，费德尔始终处在一种爱情的幻想中，她爱上的不是"真正的"依包利特，在她的爱情世界里，只有她一个人，她才是自己爱情的真正主宰，她具有掌控权。而费德尔需要与之博弈的不是别人，而是另一个自己，这就涉及了第二点。

其二，关乎拉辛《费德尔》剧作的构思。在《费德尔》中，拉辛关注的是纯粹或者说相对纯粹的情欲作用于女性身份本身的问题，聚焦的是人物煎熬焦灼的内心。他需要把情欲所带来的毁灭程度——那个"非理性的瞬间"——放到最大，因此，回收了实际存在的权力关系。

我们最终看到了《费德尔》这样一部剧作。费德尔的"爱"与"不能爱"（注意，不是"不爱"而是"不能爱"）都来自于她自己，外界（权力关系所带来）的影响被降到了最低，内心的博弈过程被放到了最大。

毫无疑问，《费德尔》是三部剧作中刻画悲剧主人公内心最为细致的一部，因为，煎熬来自于自身，悲剧存活于主人公的内心。

两组三角关系

毋庸置疑，拉辛悲剧善写情感，尤以多角情感关系为甚。

不同于《昂朵马格》《勃里塔尼古斯》中错综复杂、环环相扣的多角情感关系，《费德尔》中人物的情感脉络相对集中，也较少分支，具体而言，由以下两组三角关系构成：费德尔、依包利特、阿丽丝；费德尔、依包利特、忒赛。但除开费德尔，其余三人似乎都在与之相关的情感三角中存在不同程度的缺席。费德尔与依包利特的爱人者／被爱者关系，我们在上文中已简要提及，费德尔始终活在自己的爱情幻影中。那么,现在我们来看另两位缺席人物,他们与费德尔的关系如何,同时他们又是为何缺席的。

相较拉辛别的悲剧,费德尔与阿丽丝这对情敌关系,应该算得上是决绝的了。这里需要提一下《昂朵马格》,它算是个特例。卑吕斯与昂朵马格亡夫厄克多之间的情敌关系,由于厄克多已死是既定事实,生死相隔使情敌间无法对话,也使厄克多变成了无法"战胜"的情敌。回到《费德尔》,正如剧中所示,她们绝无对话的可能。不仅五幕中她们没有任何一场"对手戏",连阿丽丝的名字也是四幕四场费德尔从忒赛的转述中得知的[1]。当然,这个名字出现的次序并不妨碍它的非凡毁灭效用,毫无疑问,阿丽丝是费德尔爱情幻想中遭遇的最后一次重击。

费德尔:依包利特很多情,但对我毫不动情!
　　　　阿丽丝占有了他的心,取得了他的信任。
　　　　啊!天哪!我的一番柔情蜜意他不肯领,
　　　　始终是那么正气凛然毫无感情。
　　　　我以为他的心对爱情永远关闭,
　　　　对我们女性全部都是一种秘密。
　　　　另一个异性却已得到他的青睐,
　　　　他可能有一副慈软的情怀。
　　　　只有对我他简直不屑一顾……

---

[1] 四幕四场。忒赛怀疑依包利特的用心,他这样告诉费德尔,当然他是不相信的:"他硬说只有阿丽丝一人在他心间。他爱她!"拉辛:《拉辛戏剧选》,齐放、张廷爵、华辰译,上海译文出版社1985年版,第250页。

【四幕五场】

原先费德尔仅仅以为,她对依包利特不是那个"特殊",她退步到"全部女性"的位置,因为依包利特的爱情对全部女性都是一个秘密,他的心门从不曾打开。然而阿丽丝的名字却使费德尔"还未熄灭的情焰又在心里复燃"[1],因为她得知,依包利特并非"谁也不爱",同时"不爱她",而是依包利特"不爱她",并且一直深爱着某个人。明确对手后,这是一场必输的战役。

当然,在费德尔与阿丽丝的战场上,除开情敌关系,同样暗含着权力的争斗。只是这条辅线如同别的描述权力斗争的辅线一样,不是拉辛叙述的重点。下面,让我们来简单梳理一下。

自一幕四场柏诺帕带来忒赛已死的消息后,这条线索逐渐展开。

柏诺帕:夫人,可也有人把国法视而不见,
　　　　梦想把王位让给异族人的后代。
　　　　据说,还有一个目无法纪的团体,
　　　　想推选勃朗特的后裔阿丽丝。
　　　　这危险的局面,该引起您的注意。

【一幕四场】

厄诺娜:您同他(指依包利特)面临着共同的对手,
　　　　联合起来同阿丽丝战斗!

---

[1] 拉辛:《拉辛戏剧选》,齐放、张廷爵、华辰译,上海译文出版社1985年版,第251页。

【一幕五场】

依包利特：为推选一个继承人，雅典举棋不定，
　　　　　　有人提您，提我，也有赞成王后的嫡子。
阿丽丝：王子，要推选我？
依包利特：……
　　　　　　但是，更合法的理由阻碍了我的行动：
　　　　　　我要让步，应当把位子留给您，
　　　　　　我该把这根权棒还给您。

【二幕二场】

阿丽丝：走吧！王子，遵循您高贵的理想，
　　　　让雅典由着我们来统辖，
　　　　您给我的礼物我全部收下。

【二幕三场】

依包利特早在二幕二场就已将治国的权杖连同自己的心意通通奉送给阿丽丝了，当然，这也发生在费德尔所不知道的那个战场。而此时的费德尔呢，她似乎没有余力顾忌这些。有趣的是，不断有人提醒她关注权力关系，而这些人除了柏诺帕还有她的心腹，那个"完全不理解"她却始终忠诚的厄诺娜。

厄诺娜：行使权力吧！支配起整个国家，
　　　　来打击这个只想逃亡的薄情郎。
费德尔：我来统治？把国家置于我的意志下，

可我连自己的理智都不能管辖！

连自己的感情都不能控制！

我正在可耻的羁轭下熬煎；

我很快就要离开人间。

【三幕一场】

　　费德尔的回应中有三层意思值得我们关注，她表述了三个同时存在的"自我"。

　　前两个十分好辨认：求死的费德尔；失去理智的费德尔。为何失去理智就不能统辖国家？费德尔这句话的关键是唯恐自己不能更好地治理国家吗？答案是否定的。因为她真正否定的不是那个不能治理国家的费德尔，而是那个不能管辖理智的费德尔。那不能够管辖的理智是什么？是可耻的激情吗？是越界的情欲吗？让我们来给它一个合适的名字吧，它叫作非理性，更具体地说，是非理性的瞬间。费德尔感受到了这个非理性的瞬间给自己造成，或者可能造成的毁灭性效用。因此，她害怕，她恐惧，她"很快就要离开人间"，她提及死。

　　所有的原因在于，失去了理智，费德尔感到她不配成为一个"人"。不配成为"人"才是她真正惧怕的发生，其次，才是这个"人"无法管辖国家，因为她连自己的情感也无法管辖。事实上，遵循费德尔后来自杀的轨迹，我们会发现，她也许根本就无暇顾及这个国家到底由谁来统治。那些外部的、权力的、道德的、伦理的事物，对于费德尔而言，远没有自己的内心重要。

那么，她的内心，那些真正使她备受煎熬的到底是什么？是什么在费德尔这里不断地博弈？

答案似乎呼之欲出，但暂且让我们保留这些疑问，因为关注到这些疑问，意味着我们发现了费德尔表述中的第三个"自我"：说话的费德尔。第三个"费德尔"，让费德尔如此痛苦挣扎的正是说话的那个自己。因为说话的费德尔意识到了以上我们所谈论的那份危机。她"在爱"；她被可耻的情欲蒙蔽；她丧失了理智；她敢于驱逐依包利特，却不能离开他；她遭到了依包利特的拒绝，想要一死了之。同时，她又明白"现在不是时候"[1]，"廉价的严格界限已经突破"[2]，她的耻辱已在他面前暴露，但一切都不算太迟，因为她相信她"爱情的光与热"[3]，因为"他总懂得爱"[4]。费德尔的第三个"自我"要求她"纠正"这一切的错误，使一切回到正轨，不仅使自己恢复理性，同时得到爱情。

这第三个"说话的费德尔"，是期望恢复理性的费德尔。她没有停止诉说，因为她期待"活"，而非"死"。但最终，费德尔停止了说话，她看到被她"亵渎的上苍将恢复它的明净"[5]，这个"说话的费德尔"最终以她的死亡来换取理性的恢复。

---

[1] 三幕一场。拉辛：《拉辛戏剧选》，齐放、张廷爵、华辰译，上海译文出版社1985年版，第229页。

[2] 三幕一场。拉辛：《拉辛戏剧选》，齐放、张廷爵、华辰译，上海译文出版社1985年版，第229页。

[3] 三幕一场。拉辛：《拉辛戏剧选》，齐放、张廷爵、华辰译，上海译文出版社1985年版，第230页。

[4] 三幕一场。拉辛：《拉辛戏剧选》，齐放、张廷爵、华辰译，上海译文出版社1985年版，第230页。

[5] 五幕七场。拉辛：《拉辛戏剧选》，齐放、张廷爵、华辰译，上海译文出版社1985年版，第271页。

让我们再次回到费德尔与阿丽丝的战场，可以说，在情感和权力的两个向度上，费德尔都输得一干二净。最后，我们来关注阿丽丝这个人物的设置。在费德尔、依包利特、阿丽丝的三角关系中，阿丽丝是以依包利特的仇敌（忒赛屠杀了阿丽丝的六个兄弟，并将她作为俘虏软禁于雅典）兼爱人的身份出现的，为的是体现依包利特对待爱情的态度，因为仇敌身份预设了两人相恋的困难。

但是，相较于费德尔和依包利特，阿丽丝似乎是个零。她是善良的（当心腹伊斯曼娜带来忒赛已死的消息时，她是唯一一个对仇敌之死半信半疑的人，甚至关心起忒赛是如何结束一生的）[1]；她是善解人意的（依包利特向她表明心意并表现出对费德尔一贯的回避后，她不忘提醒"尽管她对您的敌意彰明昭著，您也该对她的悲哀略加劝慰"）[2]；但她又是中性的[3]，剧中没有过多着墨她的爱恨。而在剧中最危急的时刻，依包利特受到厄诺娜诬陷命悬一线正要出逃时，她又自愿要求缔结婚约，与依包利特远走高飞[4]。这一片段，被蒂埃里·莫尼埃注意到，并十分精彩地叙述为，阿丽丝提出结婚这一事实把她"变成了一个住在寄宿学校里的大家闺秀"[5]。

无论怎样，由于依包利特过早的表述心意，而阿丽丝的态度

---

[1] 具体参看《费德尔》二幕一场阿丽丝与伊斯曼娜的对话。

[2] 二幕三场。拉辛：《拉辛戏剧选》，齐放、张廷爵、华辰译，上海译文出版社1985年版，第219页。

[3] 戈德曼也注意到阿丽丝人物设置的"不存在"，他提到，"阿丽丝似乎是个零，是中性，是个没有存在的人物"。吕西安·戈德曼：《隐蔽的上帝》，蔡鸿滨译，百花文艺出版社1998年版，第578页。

[4] 具体参看《费德尔》五幕一场阿丽丝与依包利特的对话。

[5] 吕西安·戈德曼：《隐蔽的上帝》，蔡鸿滨译，百花文艺出版社1998年版，第578页。

也是欣然接受，因此在与费德尔的情敌关系中，真正受到影响的始终是费德尔，而非阿丽丝。

在第二组的三角关系（费德尔、依包利特、忒赛）中，费德尔爱上了不该爱同时不爱她的继子依包利特，她与丈夫（国王）忒赛之间的夫妻关系、君臣关系面临崩解。然而与阿丽丝相同，在情感关系上忒赛并不起真正的作用。

首先，费德尔在剧中第一次叙述与忒赛的夫妻关系时，用的是"好像"这个词。她说，"当婚姻的誓约把我同爱琴的儿子连接在一起。我的归宿，我的幸福好像已经确认"[1]，要是这个词使在别处，我们大可以认为是夫妻关系变淡的一个表征罢了，但随即我们便发现了"好像"背后的残酷意味，因为接下来费德尔立刻饱含激情地描述了她那个"傲慢的敌人"，真正的爱人依包利特："我看到他就满脸通红，神色不安，心里顿时七上八下，乱作一团；我什么也看不见，连话也讲不出，我感到四肢僵硬，全身发烧"[2]。

仅仅是这一眼，一瞬间的激情，使费德尔在火热的爱情里无药可救。这是拉辛要描写的"失去理性"的爱情。而在遇见依包利特之后，费德尔竭力在"追回失去的理性"[3]，她为爱神维纳斯建立神庙，竭尽所能驱逐依包利特，成为一个暴虐的母后，然而一切都已改变。那个"好像"是幸福归宿的忒赛成了费德尔现在

---

[1] 一幕三场。拉辛：《拉辛戏剧选》，齐放、张廷爵、华辰译，上海译文出版社1985年版，第204页。

[2] 一幕三场。拉辛：《拉辛戏剧选》，齐放、张廷爵、华辰译，上海译文出版社1985年版，第204—205页。

[3] 一幕三场。拉辛：《拉辛戏剧选》，齐放、张廷爵、华辰译，上海译文出版社1985．年版，第205页。

满眼里的厌恶,"藏起内心的激动,在清白中消磨时日,我悉心培育我们可悲结合的后代"[1]。

有趣的是,拉辛对于忒赛这个人物的设置。在费德尔的爱情里,他不但是个伦理上无法逾越的障碍,对于费德尔,他还有另一层更深刻的痛苦:父亲的形象里有儿子的身影。这是太绝妙的设置,也是费德尔无法逃脱的囚笼。每日所见并非爱人,而这个人的存在又无时无刻不唤醒她所爱之人的形象。伦理的障碍竟然成为情欲无法遏制的豁口。在谈及忒赛之死时,费德尔这样说:

> 费德尔:您说对了,王子,我为忒赛激动,哀痛,
> 　　　　我爱他,却不是他在地狱里的这副面容。
> 　　　　他是一个轻薄好色之徒,
> 　　　　甚至连冥王的床榻他都要玷污。
> 　　　　可是他忠诚、自负,略有些粗鲁,
> 　　　　既年轻,又可爱,受到大家的仰慕。
> 　　　　就像传说中的天神那样,就像您这样。

【二幕五场】

"就像您这样",费德尔情真意切的吐露自己的爱情,她在依包利特身上看到了理想化的、纯洁的、面目一新的忒赛,这才是她真正热爱的丈夫,也正因为如此,拉辛诡辩式地使忒赛在这

---

[1] 一幕三场。拉辛:《拉辛戏剧选》,齐放、张廷爵、华辰译,上海译文出版社1985年版,第205页。

组三角关系中缺席（对于费德尔而言）。当然，费德尔的爱情，依包利特是不可能理解的。在他看来，这是最平庸、最肉欲意义上的欲望的得胜。这样的失去理智，使他要立即竖起心中律法的壁垒，而这份壁垒就是伦理意义上对"君王／父亲"身份的恐惧与敬重。

由此，我们引出了忒赛这个人物对全剧的真正影响。

其一，关于忒赛生死的两次消息关系到整个悲剧的进程（依包利特与费德尔之死），这一点我们会在后文中涉及。

其二，忒赛的统治者以及父亲身份。在三角关系中，忒赛身份的意义更多作用在依包利特身上。"父亲／君王"代表着一种束缚、局限、障碍，这层牢笼的效用波及拉辛悲剧中的所有人物。

至此，我们就把费德尔周遭的所谓"同盟""敌对"阵营梳理完毕了。最后，我们还要再谈谈厄诺娜，尽管这位忠心的乳母已经在同盟阵营里露过面了。

1.1.5 知己型人物：厄诺娜

如果说拉辛悲剧充斥着各种的对立关系（A ←→ B），那么知己的角色则是非 A 或非 B 的。厄诺娜是一个与悲剧主人公有矛盾但并非对立的角色，从亲疏程度上看，她是费德尔的绝对"心腹"。我们先来列举一下，剧中费德尔与其余人物的对话场次。

费德尔向依包利特表达爱意，一场：二幕五场；

费德尔与忒赛谈话，三场：三幕四场、四幕四场、五幕七场；

费德尔单独出场，两场：三幕二场、四幕五场；

费德尔与厄诺娜谈话，六场：一幕三场、一幕四场、一幕五场、三幕一场、三幕三场、四幕六场，此外还有两处（二幕五场、三幕四场）厄诺娜也均在场，尤其是费德尔与依包利特谈话的重要场次（二幕五场），舞台提示中特别标注：（费德尔）在舞台深处对厄诺娜[1]，说明这一场次，费德尔与依包利特表明心意的谈话是在远处厄诺娜的注视下进行的。

厄诺娜是费德尔的乳母，由于这个身份，她与费德尔更像是忠诚的主仆，甚至母女关系。

厄诺娜：通向死亡的道路数百成千，
　　　　我将悲痛地选择最短的路线。
　　　　您这么残忍！我的忠诚何时使您失望？
　　　　想一下您出生时，我用双臂抱着您，
　　　　为了您，我背井离乡，舍弃孩子和一切，
　　　　难道您就这样来报答我的赤胆忠诚？

【一幕三场】

面对费德尔一出场郁郁寡欢的"求死"，厄诺娜在整部剧中的目的就只有一个，使她"活着"。然而这个"活着"与费德

---

[1] 二幕五场。费德尔的舞台提示。拉辛：《拉辛戏剧选》，齐放、张廷爵、华辰译，上海译文出版社1985年版，第220页。

尔所要求的"活着"意义不同。费德尔想要的是"全部",她既要保持荣誉也要获得爱情。这份爱情是绝对的,纯洁的,尽管也是被禁止的。费德尔被"理性"地想要成为一个"人"的自己与"非理性"地想要表达一个"人"真实情感的自己所挟持,但是她两样都要,因为两个都是她,她要"全部",而厄诺娜要求她只要"部分"。戈德曼这样称呼厄诺娜,"这个良知的化身,因而也是妥协的化身"[1],悲剧中却没有妥协。悲剧要求整体,而不是部分,不是妥协。全要／全不要,这里没有折中,要么拒绝,要么全要。所以,厄诺娜成为不了悲剧主角,同样地,依包利特也成为不了。

事实上,尽管厄诺娜看似站在费德尔这一边,但她并不能理解那个被"非理性瞬间"击中和控制的费德尔。厄诺娜是理智的,她所有让费德尔"活着"的理由都指向了这一份理智:活下去,就必须放弃力所不及的东西,去选择可能拥有的东西。

而即便是这份"理智",也不是费德尔所追求的"理性"。因此,费德尔说,"厄诺娜,您的忠告却不合时宜,只是迎合我,却不帮助我恢复理性"[2]。它们在本质上不同。厄诺娜的理智代表着妥协并且活下去,是世故的;而费德尔的理性却是想要控制自身的"非理性",从而成为一个"人",然而这份"理性"却使她最终走向了死亡。多么可贵的理性!我们甚至要说,这俨然就是拉辛的理性。

---

[1] 吕西安·戈德曼:《隐藏的上帝》,蔡鸿滨译,百花文艺出版社1998年版,第589页。
[2] 三幕一场。拉辛:《拉辛戏剧选》,齐放、张廷爵、华辰译,上海译文出版社1985年版,第231页。

知己型人物代表着理智对情感（情欲）的反对，厄诺娜很好地体现了这一点，因为即便她赞成费德尔去"爱"，那也仅仅是因为她觉得，"飞来的不幸已给您带来了新的局面"，"忒赛的死解除了您同他的结俪"，"王上已驾崩，该有个人来继承"[1]。从根本上，她赞成的就不是让费德尔去爱，而是活下去，去选择可能拥有的东西。

失败造就悲剧主人公，难以避免。悲剧主人公又在失败中超越，体现出自身的崇高，而在知己的眼中，这个失败却是可以避免的，它只是主角的选择而已，只要她／他"这样"而不"那样"做，只要她／他选择"部分"，她／他就可以成功，就可以存活下来。如果说悲剧主人公的对立面从反面凸显了她／他的悲剧性，那么，知己则从非对立面的角度同样凸显了她／他的悲剧性。

现在，我们基本上完成了这一节的工作，不仅仅追问了标题所示的"死者为谁"，更重要的是，发掘剧本在事实层面为我们呈现的那张人际网络。

我们大体梳理了《费德尔》剧中的人物阵营。正如前文所谈，它们有同盟的，也有敌对的；它们是可见的，也有隐蔽的，它们是：悲剧主人公／其余人；女性／男性；死亡／存活；爱人者／被爱者；统治者／被统治者（君／臣、父／子、夫／妻）。

无疑，我们在《费德尔》中看到的悲剧主人公形象最为清晰，

---

[1] 一幕五场。拉辛：《拉辛戏剧选》，齐放、张廷爵、华辰译，上海译文出版社1985年版，第107页。

似乎因着她，所有人物都黯然失色。无论同盟还是对立，唯有费德尔一人站在了旋涡的中心。整部剧就是独个的"她"与所谓的世界的对抗，她要如何面对伦理、道德、权力等外在的斗争，同时更加紧要的是，她在与内心的自己对抗，她要如何面对自身心灵、情感与理性的分裂。

然而在《昂朵马格》《勃里塔尼古斯》中，悲剧主人公的面容却不那么好辨认，当然，这是我们后面需要进行的工作。

第二节 "死亡"形式

通过上一节的分析，我们看到围绕在费德尔周遭的这个人与物的世界。现在，让我们来关注她的赴死之路，同时，也容许我们稍稍扩大考察的范围——基于拉辛悲剧"死亡"形式的探讨——进入我们视野的是《昂朵马格》《勃里塔尼古斯》。

首先，我们来看下面这份表格[1]。

"死亡"的形式	《费德尔》1677	《昂朵马格》1667	《勃里塔尼古斯》1669
自杀 自我的选择	费德尔 厄诺娜	爱妙娜	/
他杀 被选择	依包利特	卑吕斯	勃里塔尼古斯

---

[1] 表格中打上阴影的为女性角色。

"死亡"的形式	《费德尔》1677	《昂朵马格》1667	《勃里塔尼古斯》1669
未死 预先"张扬"的死亡； "遁世"	/	昂朵马格	朱妮
疯狂 某种意义上的 "活死人"	/	奥赖斯特	尼禄

如图所示，我们将拉辛悲剧中的死亡分成了四类：自杀、他杀、未死以及疯狂。其中需要稍作解释的是"未死"，它并不指剧中最后存活的人物，因为很明显，在《费德尔》中他们是忒赛与阿丽丝。笔者定义的拉辛悲剧中的"未死"有两层含义：其一，自己提出了死亡的选择（自杀），同时这也是人物重要的选择，但最终没有真正地执行，可以说是预先"张扬"的死亡，而这个"未死"就是针对人物之前选择的"死亡"而言的；其二，"遁世"，即在人世间无法生存，继而在神的世界中生存。

《费德尔》依旧是个中心，我们所有的对比工作都是围绕它展开的，具体而言，是围绕费德尔最终自杀的行为而展开的。首先，我们来看费德尔、依包利特、厄诺娜三者不同的赴死之路。经历"死者为谁"后，我们要问"为何而死"。

1.2.1 自杀 / 他杀

无限靠近的彼岸：费德尔的赴死之路

有必要简单地梳理费德尔的赴死情节，虽然这对于我们太过熟悉。

首先，费德尔处在各式各样的对立关系中，君／臣、夫／妻、爱人者／被爱者的，她爱上了不该爱的继子依包利特，这份"可耻的邪恶感情"[1]，一时的激情，我们更可以称它为原初的罪恶。当得知依包利特的名字时，厄诺娜这样说：

厄诺娜：呀，完了！呀！罪孽！呀！可怜的人类！
不幸的远行呀！多灾难的国度！
您怎么能去靠近那危险的彼岸！

【一幕三场】

这罪孽使费德尔靠近那危险的彼岸，然而，费德尔只能是无限靠近，她终究无法到达那个彼岸，这是费德尔之苦。情欲（非理性）驱使她驶向那个彼岸，理智（理性）又阻止她这样做，然而那份原初的罪恶又使她无法回到厄诺娜、依包利特、忒赛、阿丽丝所在的这个此岸。

希腊阿提斯剧院始创人特佐普罗斯提醒我们注意到一个有趣的事实，他说，在拜占庭时期，去教堂时要走得很慢。这种慢是有目的的：目标永远无法达到。这就是节奏：你从 A 走向 B，但永远达不到。而古代戏剧就是向 B 行走的漫长旅程[2]。由此，我们

---

1 一幕三场。拉辛：《拉辛戏剧选》，齐放、张廷爵、华辰译，上海译文出版社1985年版，第206页。

2 特佐普罗斯等：《特佐普罗斯和阿提斯剧院：历史、方法和评价》，黄觉、许健译，沈林校，

看到了悲剧的节奏。与剧中其余人物的"静止"不同，悲剧的费德尔是一直在"运动"的费德尔。她不在此岸，也不在彼岸，她永远在无限靠近彼岸的途中。

此岸到彼岸的距离，这份焦灼，在费德尔这里，是无数的矛盾。它们是对外的斗争（伦理、道德、权力意义上的），也是对内的分裂，是自身心灵的分裂，是情感与理智的分裂。关于忒赛生死的两次消息无疑加速了这场分裂，而两次起先都是情感的费德尔占了上风。第一次，由于忒赛的死，费德尔决定向依包利特袒露心意，但遭到拒绝；第二次，由于忒赛的活，费德尔决定由厄诺娜代替自己实施诬骗[1]。事实上，虽然污蔑依包利特的言语都出自厄诺娜，但费德尔默认了这一切，四幕四场中费德尔错失了坦白的机会（谈话中忒赛提及了阿丽丝的名字），也是由于这次错失，间接造成了依包利特的死，也最终成就了费德尔的自杀之路。

这期间我们看到了许多个费德尔，求死的、想活的；失去理智、想要追回理智的；由于嫉妒想报复的、由于爱情想保护的……而最终，她们汇集成为两个费德尔，理性的费德尔与非理性的费德尔。她们互相博弈、争夺，使我们的悲剧主人公一直徘徊在去彼岸的那条路上，然而，从未到达。

无论从哪个层面上说，费德尔的死都是值得我们深思的。我们看到，这个由瞬间激情开始的旅程最终演变成了对生命本质的追问。同时，我们也看到了结局的两种可能：那个理性的费德尔

中国戏剧出版社 2011 年版，第 48 页。

[1] 四幕六场。费德尔："……我这个人真是罪恶滔天，两者汇于我一身：乱伦与诬骗。"拉辛：《拉辛戏剧选》，齐放、张廷爵、华辰译，上海译文出版社 1985 年版，第 254 页。

杀死了自己，为的是将那个非理性的自己永远封存，然而死却是一种最极致的非理性行为。于是，我们又说，那个非理性的费德尔杀死了自己，从而，理性的费德尔也失去了存活的可能。又或许，哪种推论都不对，因为我们忽视了很重要的一点，这也是使拉辛的费德尔得以成立，成为人物，成为经典，成为众多个"人"的化身的原因。

其实很简单，两个费德尔都是"她"，都是费德尔本身，难道因为她们的相互博弈，我们就忘了她们本就是一体的吗？难道不是因为我们过于清晰地划分她们彼此间的领域，而忘了她们的关系本是迂回式的相互指涉吗？

费德尔的"面对"与依包利特"逃避"

人物的"选择"在《费德尔》中十分重要，它决定了悲剧的最终走向。我们说，费德尔与依包利特的选择不同：一个面对，另一个逃避。那么，依包利特到底是个怎样的人？我们应该怎样叙述这位无辜的受害人？

是依包利特自己口中的"对道德只是求之过于苛刻，对自己的软弱也丝毫不肯放过"[1]的正直王子？德拉曼尔口中的"始终不为男女爱情所动，（对）维纳斯，高傲得不屑一顾"[2]的高傲王子？阿丽丝口中的长相俊美，风度出众，"德行得到人人颂扬"[3]的高

---

[1] 四幕二场。拉辛：《拉辛戏剧选》，齐放、张廷爵、华辰译，上海译文出版社1985年版，第246页。

[2] 一幕一场。拉辛：《拉辛戏剧选》，齐放、张廷爵、华辰译，上海译文出版社1985年版，第193—194页。

[3] 五幕三场。拉辛：《拉辛戏剧选》，齐放、张廷爵、华辰译，上海译文出版社1985年版，

贵王子？费德尔口中的"既年轻，又可爱，受到大家的仰慕"[1]，"总懂得爱"[2]的完美王子？抑或是忒赛口中的罪孽深重"竟然连父亲的床也要玷污"[3]的卑劣逆子？还是厄诺娜一语中的："这个只想逃亡的薄情郎。"[4]

事实上，依包利特一直在逃避，这从他的第一句台词就能看出。

依包利特：亲爱的德拉曼尔，我已经打定主意马上动身。
　　　　　我要离开特列榭这令人留恋的行宫。

【一幕一场】

依包利特为何要离开，仅仅是为了去寻找失踪的父亲吗？还是如他所言，为了避开另一个敌人——年轻的阿丽丝？他要离开和躲开的到底是什么？这引起了笔者的关注。

依包利特：而我就要尽义务出外去察访，
　　　　　我也可以躲开这个不敢再滞留的地方。

第262页。

[1] 二幕五场。拉辛：《拉辛戏剧选》，齐放、张廷爵、华辰译，上海译文出版社1985年版，第223页。

[2] 三幕一场。原对话中，费德尔的"总懂得爱"是指依包利特的母亲，因为厄诺娜称她为野蛮人，费德尔反驳，"她总懂得爱"。但其实这里也可理解为费德尔认为依包利特的母亲并非"野蛮人"，她教会儿子去"爱"。拉辛：《拉辛戏剧选》，齐放、张廷爵、华辰译，上海译文出版社1985年版，第230页。

[3] 四幕二场。拉辛：《拉辛戏剧选》，齐放、张廷爵、华辰译，上海译文出版社1985年版，第243页。

[4] 三幕一场。拉辛：《拉辛戏剧选》，齐放、张廷爵、华辰译，上海译文出版社1985年版，第229页。

德拉曼尔：唉！从何时起，王子，您厌恶了这静谧的地方，
　　　　　而您少年时是多么地喜欢它。
　　　　　……
　　　　　是什么不幸或忧伤又把您从这里赶跑？
依包利特：良辰美景一去不返，这里一切都已变样，
　　　　　自从米诺斯和帕西法厄的女儿
　　　　　受神意驱遣来到这块地方。
　　　　　……
依包利特：我要避开，点穿了吧！这个年轻的阿丽丝，
　　　　　我家宿世冤仇留下的唯一后代！

【一幕一场】

　　戈德曼也注意到了依包利特的逃避，但他说得似乎过于绝对，"使他害怕的，他所逃避的，就是菲德拉"[1]。戈德曼是从波尔－罗亚尔修道院隐修者的角度去分析依包利特的（事实上，从社会结构入手分析拉辛剧作的内部结构也是戈德曼《隐蔽的上帝》中一贯遵从的社会学研究思路），他认为，依包利特逃避的不是他所接受并寻求的世界，而是扰乱世界秩序的自相矛盾的个人[2]，而这个人就是费德尔，依包利特一开始想要逃避的就不是阿丽丝，而是费德尔。

---

[1] 菲德拉即费德尔，音译不同。吕西安·戈德曼：《隐蔽的上帝》，蔡鸿滨译，百花文艺出版社1998年版，第571页。
[2] 具体论述参看吕西安·戈德曼：《隐蔽的上帝》，蔡鸿滨译，百花文艺出版社1998年版，第573页。

对于这一点，笔者有不同看法。因为正好相反，依包利特逃避的并非具体的个人，而是世界，或者这么说，他逃避的是他隐约察觉自己并不了解（实际也的确不了解）的那个世界。因为，正如我们前文分析的，他就站在此岸，而让他烦扰、不理解甚至害怕的费德尔，却在此岸到彼岸的那条路上。他要逃避这种隐含的不可知与可能的道德越界。

所以，他在得知父亲已死的消息后才对阿丽丝袒露爱意，父亲的死解除了"宿世仇怨"留下的他与爱人的道德阻隔，那个"永久的障碍"[1]。依包利特是一个永远不会越界的逃避者，他永远不会去面对现实与危险。

应当这么说，依包利特出场时表现出的不明所以的逃避，不单单是为了寻找父亲，不是为了回避暴虐的费德尔，也不是为了躲开爱人阿丽丝，而是以上所有。他要逃避的是那个不可知的世界。这个世界是模糊的、不确定的，其中有太多依包利特无法处理的事物：包含了失踪的忒赛，以及父亲／国王的失踪所带来秩序上的混乱；不能够相爱的爱人阿丽丝，除开他们是世仇的关系，更让依包利特在意的是，自己无法像父亲那样功绩赫赫，却要受到爱情的烦恼，他苦于怨恨自己成不了父亲，因而更不敢违背父亲的旨意去爱一个仇人；当然，还有暴虐的继母（这也是笔者不认同戈德曼分析的地方，因为他过于坚定地认为一开始费德尔就是依包利特逃避的对象，这似乎暗示了依包利特能感受到费德尔

---

[1] 详见一幕一场。拉辛：《拉辛戏剧选》，齐放、张廷爵、华辰译，上海译文出版社1985年版，第195页。

之于他的"越轨"情感，而从二幕五场他与费德尔的对话来看，这是出场状态的依包利特不可能感受到的。依包利特是一个太遵守秩序的人，他根本无法顾及这种情感发生的可能），依包利特对于费德尔的回避是存在的，然而并不是明确地回避费德尔本人，至少在费德尔向他坦白爱意之前是这样的。

> 依包利特：朋友，准备停当了吗？但是王后要来，
> 　　　　　去，把上路的车子快快安排！
> 　　　　　叫人发出讯号，快去发命令！再回来！
> 　　　　　这谈话太讨厌，我要早点甩开。

【二幕四场】

费德尔绝不会是他逃避的唯一理由，同时依包利特对费德尔的回避理由也并非指意明确的，拉辛的高明之处就在于他描述了依包利特逃避理由的种种不确定性。正如拉辛借依包利特之口，说出的那句绝佳的预言，"良辰美景一去不返，这里一切都已变样"。

当然，这一切在二幕五场费德尔的告白后，发生了逆转。正如我们前文所分析的，这场戏之后，依包利特逃避的对象才被具体化，成了费德尔，更确切地说，费德尔成了那个依包利特所逃避、所不理解的世界的化身，那个非理性世界的化身。在二幕五场后的费德尔对于依包利特而言，意味着越界、不可知、罪恶以及巨大的耻辱与恐惧。因此，才有了二幕六场依包利特对德拉曼尔所说的，"德拉曼尔，我们走吧，我从来没有这么吃惊，我连看到

自己都感到害怕。费德尔……不，天哪，让这骇人的秘密长埋心底"[1]。而这个骇人的秘密并非费德尔的乱伦之情，而是由费德尔所具化的那个依包利特不可知也不愿越界的彼岸，这才是依包利特所真正惧怕的。

这样一来，我们就能解释为何依包利特要一直坚守这个秘密了。三幕忒赛的回归使他要逃避的东西更加复杂，而忒赛也隐约感受到了这种逃避，所以他问儿子，"您要离开我？我的儿子"[2]，如同对待费德尔的告白一样，依包利特再次选择了不回应。面对父亲的问询，"您怎么不答话！儿呀，我的亲生儿"[3]，紧接着依包利特的独白给了我们一个错误的预期，因为他说："好吧！快去想一个巧妙的主意，我或许可以打动父亲的心地。去对他申明他可能会来干涉的爱情，但他的任何权力都不能使我摇动。"[4] 但事实上，他的处理方式依旧是依包利特式的，他什么也没有做，只是沉默。

依包利特：不测的打击一个紧接一个，

　　　　　惊得我目瞪口呆，无话可说。

……

1　拉辛：《拉辛戏剧选》，齐放、张廷爵、华辰译，上海译文出版社1985年版，第226页。
2　三幕五场。拉辛：《拉辛戏剧选》，齐放、张廷爵、华辰译，上海译文出版社1985年版，第237页。
3　三幕五场。拉辛：《拉辛戏剧选》，齐放、张廷爵、华辰译，上海译文出版社1985年版，第240页。
4　三幕六场。拉辛：《拉辛戏剧选》，齐放、张廷爵、华辰译，上海译文出版社1985年版，第240页。

依包利特：陛下，我应当把事实真相讲明。
　　　　　我只是把触犯您的秘密严守，
　　　　　因为应当对您尊敬，我才不愿开口。

……

依包利特：你总是对我讲乱伦与通奸，
　　　　　我可以默不作声。

【四幕四场】

除了沉默，他最后问父亲：

依包利特：您什么时候把我放逐？流放在何处？

【四幕四场】

依包利特为何选择保守秘密，而这个保守成了他最后无辜赴死的原因。关于这个谜题，他只说了一部分的原因，我们暂且相信是真的。

依包利特：啊！难道我什么也没有讲？
　　　　　难道我要把丑事公开张扬？
　　　　　我是否对父亲道出真情，
　　　　　让羞愧的红晕涌上他的面容。

【五幕一场】

顾及父亲的尊严只是一部分原因。依包利特在全剧中一直掩饰自己真正所惧怕的东西——尽管只对阿丽丝吐露真情——他惧怕"一时激情""乱伦与通奸"可能会带来的那个不可知的世界，所以他回避费德尔，逃避父亲的问询，保守绝对的秘密，他竭尽所能地不踏入罪恶和更大的恐惧中。因为他坚信，守住既定的秩序正义、道德正义，那么必要时，选择始终"逃避"就行了。当阿丽丝乞求他向忒赛坦白真相时，他对阿丽丝说：

> 依包利特：跟我走吧，我们一起逃离此地。
> ……
> 依包利特：避开您的敌人，跟丈夫一起远走高飞，
> 　　　　　在苦难中我们自由自在，天意就是如此。
> ……
> 在凭着最圣洁神灵的名字起誓，
> 对神圣的雅典娜，对着严厉的赫拉，
> 总之所有的天神，我爱情的见证人……

【五幕一场】

最后一步，他祈求神明。一切都已经明了，依包利特是一个自始至终没有改变的人物，他害怕和所逃避的东西就如他一登场时的那段话，良辰美景已逝，是世界，而非具体个人。

拉辛的天才在于，他不但塑造了一个无辜的受害者，一个天真的王子，同时他还为我们划分出此岸到彼岸那绝不可越界的界

线,通过依包利特我们看到生活在"这个世界"上的人对那个世界——充斥着非理性可能的世界——的深切恐惧。尽管这种恐惧可能是不自知的,模糊的,一如依包利特的逃避,同时也会是具化的,一如费德尔的存在以及她自身的挣扎。

依包利特的最后一次出场,以阿丽丝的话作结:王上来了。走啊!王子,快走吧![1]

费德尔的想要"全部"与厄诺娜的只要"部分"

如果说依包利特是自始至终没有改变的人物,那么厄诺娜便是那个全剧中一直在改变的人物。当然,这个改变不是针对她自己,而是费德尔,她一直在改变她试图让费德尔抓紧的东西。

厄诺娜的人物设置很有趣。对于费德尔,她是知己型人物,然而她并不真正了解费德尔。对于这一点厄诺娜不自知,她总是使用"我认为您""我觉得您"这样的言语来暗示费德尔她们是同一个阵营的,同时也这样告诫自己。然而,她一开始就错了,至少在两件事上。

第一件是依包利特。厄诺娜认为费德尔郁郁寡欢的求死是由于忒赛的失踪,当然,她敏锐地注意到了依包利特,但却是一个错误的方向。

厄诺娜:您也损害了您可怜的下一代,

---

[1] 五幕一场。拉辛:《拉辛戏剧选》,齐放、张廷爵、华辰译,上海译文出版社1985年版,第260页。

您给他们套上了沉重的枷锁。

　　想一想一旦他们失去母亲，

　　就会使异族人的儿子又燃起希望，

　　您那傲慢的敌手，您家族的仇敌，

　　阿玛宗人养育的儿子，

　　这个依包利特……

【一幕三场】

　　厄诺娜认为费德尔之前对依包利特的驱逐是由于憎恨，因此她建议她活下来，去与这个异族人的儿子争夺权力，为了费德尔自己的儿子。她提示费德尔的母亲身份，她要费德尔为了"责任"活下去。

　　第二件是关于"罪恶"的理解。

厄诺娜：怎么？什么悔恨使您悲痛欲绝？

　　　　犯了什么罪使您片刻不得安宁？

　　　　您的双手从未沾染过无辜的血！

费德尔：托上天的福，我的双手虽然清白，

　　　　但愿我的心也能同手一样纯洁明净！

厄诺娜：您有什么可怕的打算？

　　　　您的心仍然在为它而恐惧战栗！

……

费德尔：一旦您知道我的罪孽，知道摧残我的天命，我只会因此而早死，而罪恶更加深重。

【一幕三场】

分歧已经出现。如果第一次仅仅是因为厄诺娜不知道依包利特是费德尔所爱而非所恨之人，那么，第二次我们看到了厄诺娜与费德尔根本上的不同。

厄诺娜所理解的罪恶是具体的罪恶，可见的罪恶，是在有限时间、空间里已经完成的行为。而费德尔却不是，说话的费德尔，这个理性的费德尔似乎预计到了瞬间激情的可怕，她必须竭力阻止这一切的发生。所以，费德尔宁可选择死去，也不愿说出依包利特的名字。她说，"只要不讲出这内心的耻辱我情愿死去"[1]，这也是费德尔第一次明确地提到了"死"这个名词。不幸的是，这场对话具有可怕的预见性。因为我们在后面看到，厄诺娜觉得并不可能发生的罪恶发生了——无辜的依包利特死去，她与费德尔的双手都沾染了"无辜的血"，而费德尔也最终以自己的死亡来获得她所祈求的明净。

随即，柏诺帕带来试赛的死讯，厄诺娜再一次改变了她让费德尔抓紧的东西。

厄诺娜：您也不用再害怕见到依包利特，
　　　　您可以常见到他也绝不会有什么过失。

---

[1] 一幕三场。拉辛：《拉辛戏剧选》，齐放、张廷爵、华辰译，上海译文出版社1985年版，第201页。

……
去消除他的误解吧！免得他大胆妄为！
……
您同他面临共同的对手，
联合起来同阿丽丝战斗！

【一幕五场】

忒赛之死改变了格局，厄诺娜现在要求费德尔活下去，与依包利特联手。因为他们有了共同的敌人——阿丽丝。厄诺娜提示费德尔注意她王后的身份，她需要坚强起来去掌握国家的权力。当然，厄诺娜不会在意费德尔的回应，她答应活下来并不是为了掌握权力，费德尔的活下来只是为了获得"他儿子的爱情"[1]。

之后的一切都变得合情合理。厄诺娜一直在要求费德尔活下来，她所理解的"活下来"与"罪恶"一样，都是实体的，可见的，是实在肉体的存活。厄诺娜无法预估费德尔要求的"活下来"是指什么，所以她们之间的对话，是错位的。

三幕一场很好地体现了这一点。得知费德尔被依包利特拒绝后，厄诺娜让费德尔躲开他，并再次提示她行使权力，支配国家，打击只想逃亡的薄情郎。然而此时的费德尔还沉浸在爱情的幻想中，她不会在意，同时她也不在意国家的最终管辖权，她要的是纯洁的爱情以及自己的理智（这段对话我们在前文中费德尔的三

1　一幕五场。拉辛：《拉辛戏剧选》，齐放、张廷爵、华辰译，上海译文出版社1985年版，第209页。

个"自我"中已作分析)。但费德尔始终是那个矛盾中的费德尔,厄诺娜让她躲开依包利特,她却离不开他;厄诺娜教她去恨依包利特,她的爱情幻想却让她坚持要爱,因为她"永远不会看到自己会有情敌"[1](所以之后阿丽丝的出现对费德尔是致命的打击),全部都是错位的对话。最后,费德尔央求厄诺娜说服依包利特去爱自己,她甚至动用了厄诺娜的思维,要把"最重要"的国家统治权交给依包利特。

然而这一切美好的念想又被忒赛的回归所打断,在三幕三场中,厄诺娜再一次改变了策略,为了让费德尔活下来,她们必须献祭无辜的依包利特。"为了挽救您那毁坏的名誉,我们必须牺牲一切,甚至是道德"[2]。笔者认为,直至这场戏,厄诺娜的建议才真正作用到了费德尔身上,她们之间的对话才真正建立。费德尔听从了厄诺娜的建议,而仅此一次的听从却决定了三个人的命运。

最后,我们关注四幕六场。要理解厄诺娜的死,这无疑是重要场次。因为,在此之后厄诺娜便投海自杀了。这短短的一场戏中到底发生了什么?为何费德尔对厄诺娜的称呼从"亲爱的厄诺娜"[3],变成了最后的"可恶的魔鬼"[4]?

---

[1] 三幕一场。拉辛:《拉辛戏剧选》,齐放、张廷爵、华辰译,上海译文出版社1985年版,第230页。
[2] 三幕三场。拉辛:《拉辛戏剧选》,齐放、张廷爵、华辰译,上海译文出版社1985年版,第236页。
[3] 三幕六场。拉辛:《拉辛戏剧选》,齐放、张廷爵、华辰译,上海译文出版社1985年版,第251页。
[4] 三幕六场。拉辛:《拉辛戏剧选》,齐放、张廷爵、华辰译,上海译文出版社1985年版,第256页。

如果我们把费德尔与厄诺娜的最后一次对话（四幕六场）与她们的第一次对话（一幕三场）放在一起比较，那么，结果就很明显了。因为这两场对话，虽然内容不同，但太过相似，一些重要段落甚至不能称之为对话而是费德尔的个人独白，卢卡契将它称之为"孤独的对话"[1]。四幕六场中，费德尔分别有三个较长的重点段落，前两个均不是真正在与厄诺娜对话。第一个对话是与爱神维纳斯也就是阿芙洛狄特，而第二个则是与地狱判官，同时也是自己的父亲米诺斯对话。我们知道，这些神祇并不会像在古希腊剧作中那样真正地出现，故而"与神对话"可以理解为人物另一个层面的独白，或者说，费德尔内心独白的外化。

　　四幕六场中费德尔从未真正和厄诺娜对话，她一直在与神，与内心的自己对话。我们清晰地看到一个分裂的费德尔——理性的费德尔与非理性的费德尔。

费德尔：我舍生求死，是您让我活下去。
　　　　您苦苦求哀求我使我把责任忘怀，
　　　　我躲开王子，您却使我同他在一起。

【四幕六场】

　　这里我们不妨做一个大胆的推测。这个"您"，这个厄诺娜，就是另一个费德尔。或者说，厄诺娜提供了那个非理性的费德尔

---

[1] 需要说明一下，卢卡契"孤独的对话"是指一幕三场中费德尔与神（太阳神）对话的段落，而笔者认为在三幕六场也出现了同样性质的对话。卢卡契的论述转引自吕西安·戈德曼：《隐蔽的上帝》，蔡鸿滨译，百花文艺出版社1998年版，第581页，脚注①。

出现的可能。那个想活下去，想把责任忘怀，想同依包利特在一起的不正是费德尔自己吗？那么她最后那句"可恶的魔鬼"不正是想驱逐的另一个自己吗？当然，情况远远要复杂得多，因为拉辛写的是"人"，集万千复杂于一身的"人"。这也正是拉辛所擅长的，是他真正超越了同时代剧作家的东西。如戈德曼所言：拉辛超越心理的事实，而去寻求本质上的事实[1]。

最终，厄诺娜做的所有企图使费德尔"活着"的尝试都遭遇了失败，她选择了投海自杀。而这个失败是必然的。

从剧作层面，她们不是一个世界的人，所要求的是完全不同的东西，一个要求"全部"，另一个只需"部分"；从编剧层面，厄诺娜的功能性任务已经完成，因为通过她，我们辨认出费德尔内心的另一个"自己"。这样也就好理解费德尔关于厄诺娜那段略显突兀的陈述："你这样一天到晚讨好奉承，去滋养公子王孙们的矫情，随着他们软弱的意志顺水推舟，逢迎拍马的人实在可恨呀，这就是天怒给帝王们的礼物！"[2] 太多的国内评论认为这是在抨击旧有王权的腐败统治，那绝对不会是拉辛的重点，因为他要说的已经说完，或许，仅仅是一个借题抒发。当然，对于政局，对于自己的处境，拉辛可能想说的更多，我们不得而知。可以肯定的是，那同样不会是我们关注的重点。

厄诺娜的存在是让费德尔直面内心的那个自己，与自己对话。而对话本身又是痛苦的，费德尔要拒绝成为厄诺娜想要她成为的

---

1 吕西安·戈德曼：《隐蔽的上帝》，蔡鸿滨译，百花文艺出版社1998年版，第571页。
2 四幕六场。拉辛：《拉辛戏剧选》，齐放、张廷爵、华辰译，上海译文出版社1985年版，第256页。

那个"自己"。笔者认为，从某个层面上说，厄诺娜就是另一个费德尔。有趣的是，已经有导演将这层解读运用到剧作的改编呈现当中，当然这是另一个话题。

1.2.2 已死／未死

正如笔者所定义，拉辛悲剧中的"未死"有两层含义：预先"张扬"的死亡，"未死"针对人物之前选择的"死亡"而言；人世无法生存，继而活在神的世界。它们分别对应《昂朵马格》中处于悲剧中心的女主角昂朵马格，以及《勃里塔尼古斯》中游离在悲剧外围的朱妮。

费德尔的赴死之路十分决绝。这并非仅仅指涉她在一出场就提及的，最终也履行了的"死亡"，同时也指她所选择的赴死方式。费德尔选择服毒后向忒赛坦白一切，并不准备留给忒赛任何可能原谅她的机会。费德尔的自杀使彻底的悲剧性在她身上显露无遗。然而，她选择自杀并非不畏惧死亡，而是死亡之于她，是唯一且必经之路，是她徘徊在此岸到彼岸途中唯一的选择。她惧怕自己之前种种的非理性行为，惧怕使她怀疑，怀疑又催生出更多恐惧。最终她怀疑自己是否可以作为一个完整、有尊严的人存活于世上。不能"全有"，她选择"全无"。

昂朵马格则有所不同，她在为救儿子阿斯佳纳性命还是对亡夫厄克多忠诚的选择中，做出了牺牲自己的自杀选择，但最终并没有死去。

剧中多次出现昂朵马格暗示自己将死的台词。

昂朵马格：他（指阿斯佳纳）的死也许能促成我的忧郁早日结束。
　　　　　我为他的苟延着我的性命和我的悲惨，
　　　　　但我终将跟着他同他父亲（指厄克多）重见。

【一幕四场】[1]

昂朵马格：我们去追随我的丈夫吧。

……

昂朵马格：唉！哪怕他（指卑吕斯）只有相当的度量，
　　　　　肯容许我们在替你的遗骸建立的坟墓那里，
　　　　　终结我的恨同我的罪……

【三幕六场】

昂朵马格：我将要独自去重会厄克多和我的祖先。
　　　　　赛菲则，我死后只求你替我闭上眼睛。

……

昂朵马格：而为了这点骨血，我自己曾经在一天之内，
　　　　　牺牲了我的血，我的恨和我的爱。

【四幕一场】

一幕四场与四幕一场分别是昂朵马格最初以及最后的登场，而在卑吕斯与爱妙娜的相继死亡后，我们听到了比拉德关于昂朵

---

[1] 以下《昂朵马格》引用均来自拉辛：《拉辛戏剧选》，齐放、张廷爵、华辰译，上海译文出版社1985年版，同时与《费德尔》中引用相同，部分台词中的（　）标注具体人物所指为谁。

马格的转述。

>比拉德：这里一切都听从昂朵马格的命令。
>　　　　他们把她当王后看待而把我们看作敌人。
>　　　　昂朵马格自己，本来对卑吕斯是那样反对，
>　　　　现在倒为他尽一个忠实寡妇所应尽的本分，
>　　　　下令叫人替他报仇……

【五幕五场】

"选择"始终是拉辛悲剧人物的重要设置。与费德尔的选择不同（是成为一个理性的人抑或非理性的魔鬼），昂朵马格选择的艰难在于，对亡夫表现忠诚与挽救儿子的性命，两者是存在矛盾的，但同时又是不可分割的。因为在昂朵马格看来，儿子意味着丈夫的化身，他是他们爱情的证物。

>卑吕斯：她总是吻着她的儿子说：
>　　　　这是厄克多，这就是他的眼睛，他的嘴，
>　　　　而已经也是他的勇敢；
>　　　　这是他自己，就是你，亲爱的丈夫，我吻你。

【二幕五场】

>昂朵马格：这孩子活像厄克多，是我唯一的快乐。

这孩子是他留给我的爱情的证物!

【三幕八场】

　　她是要延续血脉还是表述忠贞的爱情,两者无从取舍。同样为爱所困的卑吕斯为昂朵马格提供了一个选择:嫁给自己抑或失去儿子。然而对于昂朵马格来说,这只能是一个虚假的选择,因为它们殊途同归。与卑吕斯的结合,解救了儿子,但意味着背叛了忠贞的爱情;而如果为了忠贞的爱情拒绝卑吕斯,那情形将会是,"当你的面把他处死"[1]。忠于爱情就必须割断血脉,而儿子又代表着丈夫,舍弃儿子将会成为另一种"不忠"。

　　所以,卑吕斯的选择题实则只推向一个结果,而那无关乎阿斯佳纳,它是针对昂朵马格的:或者死亡或者统治[2]。当然依据我们之前分析的权力关系来看,这个统治也并不是真正意义上的统治,而是接受卑吕斯个人的统治。卑吕斯一心以为用自己的爱(实则是权力)能使昂朵马格屈服。

　　那么,情况很明了,昂朵马格最终只能选择以自己的死亡来换取平衡。从这个角度来看,昂朵马格是十分理性的,她的选择是再三权衡的结果,在她身上非理性的时刻被缩减到了最低。然而拉辛的处理却值得深思:由着昂朵马格"理性"的选择而放大了剧中其他人物非理性的瞬间,结局造成了其他人物的死亡或是

---

[1]　三幕七场。拉辛:《拉辛戏剧选》,齐放、张廷爵、华辰译,上海译文出版社1985年版,第58页。
[2]　三幕七场。拉辛:《拉辛戏剧选》,齐放、张廷爵、华辰译,上海译文出版社1985年版,第58页。

疯狂。我们看到，《昂朵马格》中非理性瞬间的毁灭效用并不作用在昂朵马格身上，而是作用在与她组成情感四角关系的卑吕斯、爱妙娜、奥赖斯特身上。

同时，我们还注意到另一个有趣的问题，关于昂朵马格悲剧性是否彻底的问题，这其中有待商榷。原因并不在于她最终有没有死，而是她试图用"死亡"来完成一个两全之计。我们来看昂朵马格关于最后赴死的一段台词。

> 昂朵马格：我要到祭坛上接受的他的誓言，
> 　　　　　使他同我的儿子永远连结在一起，
> 　　　　　但是我这双手只要我一个人的命，
> 　　　　　立刻就要了却我这不贞的残生。
> 　　　　　这样，在救了我的贞节的同时，
> 　　　　　我还能偿还我负于卑吕斯的，
> 　　　　　负于我儿子，我丈夫，和我自己的义务。
> 　　　　　这就是我的爱情的纯洁妙计；
> 　　　　　这就是我丈夫亲自命令我做的。

【四幕一场】

不难看出，昂朵马格与费德尔有相似的地方，她们都面临选择，都面临内心的博弈。同时，她们都想要"全部"，费德尔的"全部"是自己的尊严与纯洁的爱情；昂朵马格的"全部"是贞节，是责任与义务（对儿子、丈夫，甚至卑吕斯的）。她们一个执着于忠

于自己，一个考虑舍弃自己。但与费德尔不同，昂朵马格使用了"诡计"。她试图以道德上的胜利变成她死后继续存在的"具体"胜利[1]，这种企图心在四幕一场，昂朵马格与赛菲则关于死后的对话中显露无遗。

> 昂朵马格：今后你（指赛菲则）要为了厄克多的儿子而活着。
> ……
> 在卑吕斯身边监视着，叫他守住他的誓言。
> 必要时，我允许你对他提起我。
> 使他看出我同他结婚的价值：
> 你对他说在我死以前已同他结了姻缘，
> 他的仇恨应该消散；
> 把我的儿子留给他，那是对他相当的敬重。
> 你要使我的儿子知道他种族里的英雄；
> 尽你所能，教导他遵循着他们的榜样。

【四幕一场】

昂朵马格希望自己的死能够成为有效的条件，既对亡夫，对儿子，也对卑吕斯。这样我们就能理解，为何卑吕斯死后竟是一直拒绝他的昂朵马格在为他报仇。而这也是笔者认为她真正理性

---

[1] 戈德曼也注意到了这一点，但他认为昂朵马格是使用"诡计"在拒绝世界，这也是他将《昂朵马格》归类为拒绝悲剧的原因。笔者的看法却与他不同，昂朵马格是在接受这个世界，以她"理性"的方式，而这种方式使得她运用爱情的妙计。戈德曼的相关论述，参见吕西安·戈德曼：《隐藏的上帝》，蔡鸿滨译，百花文艺出版社1998年版，第474–475页，第478页。

的地方：她希望即使自己被世界摧垮，也能在事实上战胜这个世界。她并非在拒绝这个世界，而是以另一种形式融入这个世界。

还有一层有趣的人物对照可以说明这点，费德尔与厄诺娜；昂朵马格与赛菲则。这里忠心的仆人不再为了挽救主人的死亡而一味求死。情况正相反，赛菲则被主人要求活下来，帮助昂朵马格完成她死后"实际"的胜利。主仆关系不再是《费德尔》中的相互错位与不理解，而是完全的吻合，因为她们根本来自一个世界。那么，拉辛的意图也渐渐清晰。对比两部悲剧，丧失理性的费德尔引致了无辜的依包利特死亡，她也终将无法跨入拉辛的未来世界，而这里道德上纯洁的昂朵马格却活了下来，她以为卑吕斯复仇的形式接续了卑吕斯的世界——那个费德尔永远无法回头的此岸。

戈德曼为我们提供了一个饶有趣味的小细节。最初 1668 年的版本中，拉辛在结尾处加进了一场戏，让爱妙娜释放被俘的昂朵马格[1]，然而这场戏却没有出现在最终版本中。爱妙娜仅在四幕四场中最后一次提及昂朵马格，而那也远不是释放俘虏，她说："我还要藏起我的情敌，不让他临死的眼光看到她！"[2]

由于戈德曼并没有说这段戏码具体加在何处，但是我们推测，很可能是在爱妙娜自杀之前。那么，拉辛为何要这样处理，是否他也意识到了昂朵马格这个人物悲剧彻底性的问题？他不希望昂朵马格所遇到的冲突都顺利解决，至少删去释放俘虏的戏码，能够使她与爱妙娜的情敌关系始终维持在对峙的状态。那么，换一

---

[1] 参见吕西安·戈德曼：《隐藏的上帝》，蔡鸿滨译，百花文艺出版社 2008 年版，第 474 页。
[2] 四幕四场。拉辛：《拉辛戏剧选》，齐放、张廷爵、华辰译，上海译文出版社 1985 年版，第 74 页。

个角度,从爱妙娜的角度,直至她最后自刎于卑吕斯尸首旁,她都没有原谅和解除与昂朵马格之间的仇恨。这是否也体现了爱妙娜这个人物极致的非理性呢?

最后,我们看到朱妮。她选择去菲斯神庙守护"神火",也就是"遁世",在所谓的人世无法生存,继而在神的世界生存。

相较费德尔与昂朵马格,朱妮面对的选择相对简单。她要在爱他之人与她爱之人中做出选择,尽管朱妮毫无疑问地表现出与宫中所有人格格不入,她提到,"在这朝廷里边大家嘴说一套,心里又想一套,心和嘴巴素来不会统一协调,大家言而无信,反而洋洋得意"[1],她还是极度敏锐地一开始就意识到了自己的处境。从二幕三场的首次登场开始,她一直在表明自己爱勃里塔尼古斯。

> 朱妮:我爱勃里塔尼古斯,我已许他终身,
> ……
> 他的权势衰落,朝臣日益稀疏,
> 这一切却把朱妮的情丝牵制住。
>
> 【二幕三场】[2]

朱妮是尼禄与勃里塔尼古斯兄弟争斗的导火索,却不是真正的决定因素。我们看到,三幕八场中朱妮早已做出了决定,然而

---

[1] 五幕一场。拉辛:《拉辛戏剧选》,齐放、张廷爵、华辰译,上海译文出版社1985年版,第175页。

[2] 以下《勃里塔尼古斯》引用均来自拉辛:《拉辛戏剧选》,齐放、张廷爵、华辰译,上海译文出版社1985年版,同时与《费德尔》中引用相同,部分台词中的( )标注具体人物所指为谁。

这个决定却并未真正影响到悲剧的进程。

> 朱妮：为了恢复你们兄弟间的感情，
> 　　　请让我躲开您（指尼禄）的目光，他（指勃里塔尼古斯）
> 　　　的眼睛。
> 　　　我出走才能制止您俩的激烈争吵，
> 　　　陛下，我要出家进入菲斯大庙。
> 　　　您别同他争夺我那颗不幸的心，
> 　　　请您让我把它奉献给神道们。

【三幕八场】

尽管这幕的结束是尼禄继续关押朱妮，阻止了朱妮投奔神庙的行动，然而这并没有阻止尼禄对勃里塔尼古斯的假和解真毒杀，悲剧依旧发生了。朱妮在得知勃里塔尼古斯已死后，这样告诉阿格里比娜："太后，原谅我的激情难抑止，若可能，我要救他，不然，就跟他走。"[1]

拉辛的寓意很明显。朱妮最后的守护神火，其实意味着另一个层面的"死亡"。在人世间的死亡。勃里塔尼古斯死后，朱妮自知无法阻挡尼禄，唯一能做的就是使自己"消失"。那么，成为菲斯神庙的贞女守护神火，便可以矢志守贞。正如阿碧所言，"她虽未死，对他（尼禄）等于已经身亡"[2]。

---

[1] 五幕四场。拉辛：《拉辛戏剧选》，齐放、张廷爵、华辰译，上海译文出版社1985年版，第180页。
[2] 五幕八场。拉辛：《拉辛戏剧选》，齐放、张廷爵、华辰译，上海译文出版社1985年版，

当然，朱妮的"消失"绝不等同于依包利特的"逃避"。因为对于依包利特而言，"逃避"仍旧是活在此岸，活在这个人世间，他需要利用道德与崇高保护自己，隔绝与费德尔可能代表的非理性世界的任何往来。而朱妮则是选择在这个人世上"消失"，死亡，继而在神的世界里存活。所以，我们看到最后的这个结尾，无疑是拉辛为朱妮提供了一把到达未来世界的钥匙。

在费德尔、昂朵马格、朱妮这组横向的人物对比中，朱妮、昂朵马格与费德尔身份不同。前两者皆为被爱者的身份，后者是爱人者的身份；而朱妮与昂朵马格又有不同，虽然两者都是拒绝的态度，但昂朵马格仍处在悲剧的中心，她的一举一动仍然牵动着整个悲剧的发生，以及周遭人物的走向。无论是之前关于忠贞还是救子的犹豫，还是之后做出自杀选择以求平衡，悲剧都在围绕着她而展开。

朱妮则不是这样，她处在悲剧的外围。虽然朱妮被尼禄掳走引发了悲剧，然而悲剧由她开始却不由她终止。朱妮似乎是剧中唯一一个看清真相并心口如一的人物，但剧中她却保持沉默，几乎没有与尼禄、勃里塔尼古斯真正意义上的对话，即影响他们行动的对话。她的悲剧是拒绝的悲剧，她要选择所爱之人，而她的选择却没有真正影响到整部悲剧的进程。

笔者认为，朱妮处在悲剧的外围是由于《勃里塔尼古斯》整部剧的矛盾构置引起的。与前两部剧不同，《勃里塔尼古斯》着重写的不是情欲所带来的非理性瞬间的毁灭性，而是权力欲望所

第186页。

带来的非理性。情欲的因素只是一个导火线，由它牵引引爆最终的悲剧。而悲剧的中心，非理性的极致体现则落在了选择让人民爱戴还是惧怕的尼禄身上，理性和欲望分别代表着他选择为善还是为恶。

1.2.3 已死/疯狂

拉辛悲剧中，疯癫不是与这个世界（现实世界）及其各种隐秘形式相联系，而是与人，与人的弱点、梦幻和错觉相联系。从某种角度而言，疯癫是一种状态，人活着，但没有了理性，是一种另类的死亡。具体到《昂朵马格》《勃里塔尼古斯》中的疯人形象，他们是奥赖斯特与尼禄。

在此之前，让我们先回头看看费德尔在自杀前的种种行为，这关系到后续分析的展开。五幕五场柏诺帕向忒赛汇报了费德尔的近况，显露出无比的担忧。

> 柏诺帕：陛下，她失魂落魄真叫我害怕。
> 　　　　她脸上显出绝望的悲哀彷徨，
> 　　　　而死亡的苍白已经盖上她的面庞……
> 柏诺帕：她的灵魂仍然不得安宁。
> 　　　　几次为了平息内心的痛苦，
> 　　　　她抱起孩子，洒下滚滚泪珠。
> 　　　　而突然，她又抛弃母爱，

厌恶地把孩子远远地推开。
偶尔走几步,她举步不稳,
她失神的眼光已辨认不出我们。
她写了三次信,又改变了主意,
把刚刚开头的信撕个粉碎。

【五幕五场】

然而忒赛的回应显得过于无情与草率,此时他急于召回依包利特问清原委,消除自己错误惩罚的担忧。事实上,他确实从未关心过任何人除了他自己。他说,"天哪!厄诺娜死了,而费德尔也在寻死"[1]。基于忒赛这句话错误的引导,我们很可能将错过费德尔死前最后一个重要时刻,因为她并非在寻死而是陷入了失智的疯狂。

忒赛忽略了疯癫的悲剧现实和使疯癫通向彼岸的绝对痛苦,而费德尔则在这份痛苦中酝酿出了赴死的决心。当然,柏诺帕也不会明白。她的叙述混淆了费德尔赴死前最后一次的决定,她将费德尔的所有行为仅仅称作"失魂落魄"。简单来说,忒赛认为费德尔是在寻死,而柏诺帕认为费德尔已经疯了,她陷入了自己的某种幻觉。事实上,两位都错了。当然忒赛由于他的漠不关心错得更加离谱。

费德尔的疯癫是因为她陷入了真正的惩罚,而非幻觉,也非

---

[1] 五幕五场。拉辛:《拉辛戏剧选》,齐放、张廷爵、华辰译,上海译文出版社1985年版,第264页。

惩罚的意象。这是理性的费德尔与非理性的费德尔的最后一次博弈。当她抱起孩子又放下，几度落泪，举步不稳时，我们说她的确陷入了某种疯狂。但这种疯狂并没有持续下去，不然我们将会看到的是奥赖斯特与尼禄，那样也就不会出现费德尔五幕七场坦白一切后的赴死。

写了三次信，之后又将它们撕碎，这是费德尔的最后一次决定。她希望自己亲口将罪行告诉忒赛而不是通过信件，她需要亲自履行这个惩罚，唯有这样，她才能得到真正的安宁，看到上苍恢复它最后的明净。

如果说，拿费德尔对比奥赖斯特、尼禄的疯狂，多少有些不同（由于性别），那么，另一位疯癫的女性就再契合不过——强悍的麦克白夫人。她们陷入疯狂的状态太过相似，但结局却是一个抽离并奔赴死亡，另一个悬而未决。留意莎翁笔下的麦克白夫人[1]，里面的一些细节回应了拉辛在《费德尔》中无暇顾及的部分。

《麦克白》中麦克白为挽回夫人的理智，医好她的病症，请来了医生，而医生却无法诊治麦克白夫人"病态的心理"，只能以"思虑太多，继续不断的幻想扰乱了她的神经"搪塞，而实际则是"她扰乱了我的心，迷惑了我的眼。我心里所想到的，却不敢把它吐出嘴唇"。麦克白夫人的疯狂是寻求道德正义惩罚的疯狂，她不断叠起摊开的信件；床边随时需要点亮的灯光；反复搓洗的双手都在述说属于她的真相与良心，因为她已经在虚妄的幻觉中体验到，自己受到的惩罚将会是永恒存在的痛苦。

---

[1] 具体而言，是《麦克白》的五幕一场与二场。

事实上，正如莎翁所描述的，文艺复兴时期的疯癫一直被看作人类不可或缺的现象，它与理性相对，同时又占据着人类经验与真知中某一处不为理性所知的领域，然而它却并没有完全被归类为非理性。医生无法诊断麦克白夫人的"病情"，但他却能预感到那暗含的威胁与秘密。借用福柯的话，这使得文艺复兴时期的疯癫能够与理性进行讽刺意味的对话。

然而这种对话在古典时期却消失了。在古典时期，悲剧中的人与疯癫的人相互对峙，绝无对话的可能，绝无共同语言[1]。我们看到忒赛的无动于衷以及柏诺帕的错误理解。因此，在拉辛的《费德尔》中不再有医生，也不再有问询，因为"疯人不是病人"[2]。而我们也看到，在拉辛悲剧中人们一旦被预估为疯狂，那就意味着她／他来自那个非理性的世界，带有非理性的烙印。疯狂意味着人与自己的兽性有了直接关系，她／他不再能够成为人。

17世纪人们关于死亡与疯癫的认识，福柯这样总结道，死亡是人类生命在时间领域的极限，而疯癫是人类生命在兽性领域的极限[3]。所以，"死"一定会是费德尔的最后行动。服了毒药后的费德尔，这个企图归复理性的费德尔要使用最极致的非理性惩罚自己，她要驱逐那个"可怕的魔鬼"，她要寻求自己得以成为一个"人"而非"兽"的真理。

---

[1] 米歇尔·福柯：《疯癫与文明》，刘北成、杨远婴译，生活·读书·新知三联书店2015年版，第107页。

[2] 米歇尔·福柯：《疯癫与文明》，刘北成、杨远婴译，生活·读书·新知三联书店2015年版，第73页。

[3] 米歇尔·福柯：《疯癫与文明》，刘北成、杨远婴译，生活·读书·新知三联书店2015年版，第79页。

奥赖斯特与尼禄的疯狂，都极其相似地发生在悲剧的最后一幕。

希腊使臣奥赖斯特前往爱比尔国，表面上为了带回昂朵马格之子阿斯佳纳，实则为了与旧好爱妙娜见上一面。他在一幕一场的台词就已说明一切，"假使我能够在他（卑吕斯）手上夺取的不是阿斯佳纳，而是我的公主，那我会多么高兴呀！"[1]因此，剧中他与卑吕斯的所有谈话都并非他本意，他在卑吕斯面前体现的完全是一个虚假的身份——并非使臣，而是情敌。只有一次，当卑吕斯决定交出阿斯佳纳并与爱妙娜成婚时，奥赖斯特吐露了真言。

奥赖斯特：陛下，采用这种严谨而严厉的决断，
　　　　　等于用一个不幸儿童的血来换取和平。

【二幕四场】

这样的反驳太过无力。事实上，从一开始决定奥赖斯特行动就不会是他的所谓使命，也不会是卑吕斯的决定，一切只是为了爱妙娜。奥赖斯特的疯狂是绝望情欲的疯狂，因爱得过度而失望的疯狂。尽管爱妙娜一再地给他希望，让他误以为这是前进的指标，然而结果终将是一再的失望。他以为只要有一个对象，疯狂的爱

---

[1] 一幕一场。拉辛：《拉辛戏剧选》，齐放、张廷爵、华辰译，上海译文出版社1985年版，第7页。

情就会成为爱而不是疯癫，但他没有估计到的是，一旦徒有此爱，那么疯狂的爱情本身便会在谵妄[1]的虚空中追逐自身。

有趣的是奥赖斯特的自知，剧中他有两句台词说明了他的一切行动。

奥赖斯特：我也是在欺骗自己。

【一幕一场】

奥赖斯特：我的爱情就是这样不幸地盲目地追求。

【二幕二场】

我们可以说这是奥赖斯特的自知，他意识到这种追求的无结果，然而他还是执迷于追逐。同样我们也可以说，这是疯狂爱情的原本样貌。《百科全书》提出了著名的疯癫的定义：偏离理性，却又坚定地相信自己在追随着理性——这在我看来就是所谓的发疯了[2]。那么，什么是奥赖斯特的理性？这个问题不会像在昂朵马格那里那么容易解释，奥赖斯特的理性是责任？是使命？是秩序？是道德？还是正义？我们来看比拉德的话，尽管他也无法回答我们的疑问，但他向我们提供了一个正在失去理性的奥赖斯特。

---

[1] 谵妄 (delire)：这个词是从犁沟 (lira) 衍生出来的，因此它实际上意指偏离犁沟，偏离正确的理性轨道。引自罗伯特·詹姆斯 (Robert James)：医学大辞典 (Dictionnaire universel de medicine) 法文译本，巴黎，1746—1748，第三卷，p977，转引自米歇尔·福柯：《疯癫与文明》，刘北成、杨远婴译，生活·读书·新知三联书店 2012 年版，第 96 页。

[2] 米歇尔·福柯：《疯癫与文明》，刘北成、杨远婴译，生活·读书·新知三联书店 2012 年版，第 100 页。

比拉德：我简直不认识你了；

　　　　你已经不是你自己。

奥赖斯特：我知道什么呀！

　　　　那时候我还能支配我自己吗？

……

奥赖斯特：对于刚才使我理性混乱的打击，谁能够不发慌呢？

【三幕一场】

奥赖斯特的理性是能够支配自己的东西，是使他还能够成为他自己的东西。所以，《百科全书》中疯癫的定义还不足够明确。奥赖斯特不是受到欺骗，正如他自己所言，他在欺骗自己。这绝不是病理定义上的精神失常，头脑受到错觉和幻觉的任意性引导，至少在五幕四场前的奥赖斯特不是。他对爱情不断的疯狂追求使他使用了错误意识的循环论证来束缚自己，而这个错误就是他并无法认清爱妙娜并不爱他，他觉得这份"不爱"是可以用他不断改进的行动来抵消的。索瓦热（Sauvages）说，"我们把那些实际上丧失了理性或偏执于某种明显错误的人称为疯人。正是这种在想象、判断和欲望中表现出来的灵魂对错误的执迷不悟，构成了这类人的特征。"[1] 而福柯则更加直接，"盲目是最接近古典时期疯癫的实质的词之一"[2]。

---

[1] 米歇尔·福柯：《疯癫与文明》，刘北成、杨远婴译，生活·读书·新知三联书店2012年版，第100—101页。

[2] 米歇尔·福柯：《疯癫与文明》，刘北成、杨远婴译，生活·读书·新知三联书店2012年版，第102页。

最终这份自欺与盲目使奥赖斯特杀死了卑吕斯,而爱妙娜也因此发狂自刎于卑吕斯尸首旁。奥赖斯特真的疯了。他迟到的疯癫出现在五幕五场,福柯称其为"这是在最后一部前古典主义戏剧中第一次用悲剧情节表达出古典主义的疯癫真理"[1]。简言之,福柯认为奥赖斯特的疯癫代表了古典主义疯癫的真理。

诚然,福柯是站在古典时期疯癫被囚禁、被禁锢、丧失话语权的角度进行表述的,关于文化框架与界限的讨论超出了我们第一章的范围,但福柯对于奥赖斯特历经的"三重黑夜"(虚空之夜、惩罚之夜、无人往返之夜)叙述过于耀眼[2],使我们不得不产生这样一个疑问:奥赖斯特的疯癫是突然产生的吗?

我们来看一幕一场比拉德对奥赖斯特说的话,因为这其中可能暗含着拉辛关于疯癫的某种安排。

比拉德:我尤其担心的是你那种忧郁的心情,
很久以来我就知道你的灵魂在受它的磨折。
我唯恐上天会狠心帮助你,
竟把你一向寻求的死亡送给你。

【一幕一场】

比拉德点明了奥赖斯特那种忧郁的心情(一年前曾被爱妙娜

---

[1] 米歇尔·福柯:《疯癫与文明》,刘北成、杨远婴译,生活·读书·新知三联书店2012年版,第108页。
[2] 奥赖斯特的"三重黑夜"可参考两个译本。米歇尔·福柯:《疯癫与文明》,刘北成、杨远婴译,生活·读书·新知三联书店2012年版,第108-111页;米歇尔·福柯:《古典时代疯狂史》,林志明译,生活·读书·新知三联书店2005年版,第356-360页。

拒绝）实则是一种寻死的迹象。而之后也得到了奥赖斯特本人的回应。

> 奥赖斯特：我曾到处寻求一个必死的机会，
> ……
> 我终于又到你（指爱妙娜）这里来了，
> 我只有向你那双眼睛里来寻找那躲避我的死亡。
> ……
> 只需再一次你向来所表示的拒绝，
> 那我所寻求的死亡就可以提前实现了。

【二幕二场】
奥赖斯特：我非把她抢走不可，不然我就死。

【三幕一场】
奥赖斯特：我要跟随的是爱妙娜。
经过她最后的判决，我不能再活了。

【五幕五场】

奥赖斯特的"死亡"有两层含义，爱情的死亡与实体生命的死亡。我们选取的三幕戏也分别代表三个级段的奥赖斯特。在二幕二场时的奥赖斯特，那个理智的奥赖斯特还是能分辨清楚这两重死亡的，到了三幕一场，奥赖斯特得知卑吕斯要迎娶爱妙娜，两重死亡开始混淆，而最后的五幕五场，爱情的与生命的双重死亡合二为一，我们看到奥赖斯特完全陷入了疯狂。没有揭示任何真理，只有通过谵妄揭示出激情的真理。直到这一刻，激情与疯癫才达到了登峰造极的程度。

奥赖斯特：好啦！地狱的女魔，
　　　　　你们的手已经准备好了吗？……
　　　　　你们是来把我拉到永远的黑暗里去吗？
　　　　　你们来吧，奥赖斯特也来投身到你们的狂怒里啦。
　　　　　但是不，请你们退下，让爱妙娜来做：
　　　　　那负心的人比你们更会撕裂我；
　　　　　而我终于能够把我的心送给她吞噬了。

【五幕五场】

沉默出现了，拉辛让疯癫的奥赖斯特陷入永恒的黑暗中，投身地狱的狂怒里，让他献上自己的心肝，但是拒绝提供任何疯癫的出路。

相较奥赖斯特，尼禄的疯狂显得耐人寻味。他最后疯狂的理由与真正使他陷入疯狂的事物之间出现了断裂。

阿碧：快去救救他吧！不要让他发狂。
　　　因他看见自己和朱妮已永别。
　　　……
　　　他口中只是把朱妮的芳名呼唤。
　　　他没主意地踱步、眼神惊慌，

目光昏迷，不敢抬头向天仰望。

大家怕他夜阑人静，只身孤独

就会更加增添他的失望痛苦。

【五幕八场】

这样看，尼禄最后疯狂的理由是朱妮，因为他目睹朱妮被民众送入神庙。然而，若是我们再往前寻找朱妮遁世投奔神庙的理由，就会发现还有另一件事关系到尼禄的疯狂，那就是勃里塔尼古斯的死亡。尼禄为何要毒杀兄弟，仅仅是为了惩治情敌得到朱妮吗？还是另有他因？正是尼禄毒害兄弟的动机构成了让我们疑惑的断裂。

有一种说法，《勃里塔尼古斯》讲的是权谋而非情欲。对，也不全对。情欲的确不是《勃里塔尼古斯》的重点，而简单称其为权谋似乎也有失公允。正如前文所言，悲剧的中心，非理性的极致体现落在了君王尼禄身上，理性和欲望分别代表着他选择为善还是为恶。

尼禄陷入的选择难题不是朱妮是否爱他，而是做一个怎样的君王：让民众爱戴抑或是惧怕。

尼禄：只要大家怕我，福与祸不在乎。

【三幕八场】

而浦路斯则告诫他,"全世界怕您,您也得怕全世界"[1],他要辅佐尼禄成为人人爱戴的君王。然而"惧怕"在尼禄这里却拥有与"欲望"同等的诱惑力。事实上,他惧怕一切事物。首先,他分不清惧怕与尊敬的区别。勃里塔尼古斯指责他滥用王权,尼禄却以这样人民才会尊敬自己回应。同样,尼禄也不明白惧怕与爱的差别。在向朱妮表达爱意被拒后,他安排了监视的戏码,要求朱妮在自己的监视下亲自拒绝勃里塔尼古斯。这样做与其说是为了报复情敌,不如说是显示自己的权威。尼禄要求所有人惧怕他,而这份惧怕使他获得尊敬,获得荣誉,获得安全感,甚至于获得爱情。然而惧怕是相互的,正如浦路斯所言,全世界怕您,您也得怕全世界。尼禄在要求所有人惧怕他的同时,也在惧怕所有人。

惧怕才是尼禄选择毒杀勃里塔尼古斯的根源,不是朱妮。

尼禄:到不了今晚上,我就不用再怕他(指勃里塔尼古斯)。
浦路斯:您如此筹划究竟为的什么事情?
尼禄:我的荣誉,我的爱情,我的安全,我的生命。
【四幕三场】

我们看到,很明显他将爱情放在了第二位。而在他近似诅咒的言语里,爱情更是难觅行踪,"只有他死,才能使我摆脱阿格里比娜的仇视;他一息尚存,我只算半死半活。她老是用我敌人

---

[1] 四幕三场。拉辛:《拉辛戏剧选》,齐放、张廷爵、华辰译,上海译文出版社1985年版,第166页。

的名字折磨我；我不愿意叫她胆大妄为再去许给他我已践登的皇位"[1]。母亲阿格里比娜也是尼禄惧怕的对象，但这还不能构成猎杀的全部理由。在随后的四幕四场中，纳西与尼禄的对话才最终让我们明白为何这个勃里塔尼古斯必死不可。

由于上一场浦路斯的劝说（告诉尼禄，勃里塔尼古斯只是个假想敌），尼禄似乎开始犹豫。纳西开始了一系列的教唆挑拨，当然最先是以朱妮的婚姻。

①纳西：使你俩联合的可是朱妮的婚姻？
　　　　陛下！这个您也甘愿为他忍让？
②纳西：陛下！这正是阿格里比娜的预谋，
　　　　她在您身上恢复了最高统治。
③纳西：陛下！难道您把百姓的偏见当准则？
④纳西：陛下，浦路斯的心口并不一致，
　　　　他的名望全靠他的精明得以保持。

【四幕四场】

这些理由都被尼禄一一否决。拉辛的确是剖析人物的天才，随着纳西一步步地逼问，我们也一步步地接近尼禄心中真正惧怕的真相。而最终击溃尼禄的是以下这段话。

---

[1] 四幕三场。拉辛：《拉辛戏剧选》，齐放、张廷爵、华辰译，上海译文出版社1985年版，第164页。

纳西：据他们（指朝中攻击尼禄的大臣）说："尼禄生来不配统治。

他的一言一行全听别人主张：

浦路斯管他的心，辛尼加支配他的思想。

他无雄心壮志，也无出众才能……"

【四幕四场】

在纳西这里，让民众爱戴意味着"把自己的主意全忘记"，意味着"唯独不敢相信自己"[1]，而让民众惧怕则不同，所以必须除掉任何一个可能的威胁。纳西说出了解除尼禄真正恐惧的咒语，"而您陛下将获自由"[2]。这时的尼禄才回应：纳西，来吧！看看我们该怎么下手[3]。

在这场因为恐惧而猎杀的报复中，没有朱妮的地位。尼禄的惧怕首先来自自身，他恐惧"偷来"[4]的皇位的失去，恐惧荣誉、安全感、自由的随时丧失。他对自己感到恐惧。这种惧怕由此波及了所有人，而所有人也都成了他的假想敌，除开朱妮。这才是尼禄的疯狂。最后这些却没有使他疯癫，尼禄将疯癫留给了唯一无关的朱妮，这就是笔者所认为的断裂。

由于这层断裂，尼禄的疯癫与古典时期的疯癫还有一段距离，

---

[1] 四幕四场。拉辛：《拉辛戏剧选》，齐放、张廷爵、华辰译，上海译文出版社1985年版，第170页。

[2] 四幕四场。拉辛：《拉辛戏剧选》，齐放、张廷爵、华辰译，上海译文出版社1985年版，第172页。

[3] 四幕四场。拉辛：《拉辛戏剧选》，齐放、张廷爵、华辰译，上海译文出版社1985年版，第172页。

[4] 实则是阿格里比娜帮助尼禄登上皇位的，她从勃里塔尼古斯那里偷来了原本属于勃的皇位。具体可参看四幕二场阿格里比娜与尼禄的对话。

它似乎更接近权力欲望无法达成而形成的虚妄。当然，毫无疑问，尼禄对权力欲望的追求使他带有了非理性的烙印，最终他成了野兽。

而这里，拉辛也给出了在《昂朵马格》里没有说明的关于疯癫的结局。尽管没有真正实施，而是通过阿碧与阿格里比娜最后的对话。

阿碧：时候紧急，快去！只要他一急躁，
　　　　太后，他会自杀。
阿格里比娜：自杀倒也公道。

【五幕八场】

以上对于奥赖斯特和尼禄疯癫形象的研究，并不是为了模糊"死亡"的焦点，而是说，在他们的疯癫中找寻那些拉辛表述的非理性的瞬间，并以他们与费德尔最终选择的死亡作对比。

我们看到古典时代的疯癫，拉辛的疯癫，只有相对于非理性才能被理解。非理性是它的支柱，或者说，非理性规定了疯癫的可能范围。福柯这样谈，疯人复现了人堕落到兽性狂乱极点的历程，暴露了潜在的非理性领域。这个领域威胁着人，在极大的氛围内包围着人的各种自然生存形式[1]。

疯癫不是一种疾病，而是"失智"。人活着，但没有了理性，

---

[1] 米歇尔·福柯：《疯癫与文明》，刘北成、杨远婴译，生活·读书·新知三联书店，2012年版，第82页。

097

非理性占据了大脑。因此，在理性主义者看来，它与死亡并无本质的差异，是生中之死。当然，还需要重申费德尔短暂的疯癫与奥赖斯特、尼禄的疯癫的不同。我们说，费德尔赴死前的疯癫，是被驯化的疯癫。因为它参与了对理性的评估和对真理的探求。

第三节 死亡解决了什么？

1.3.1 最本质的对立冲突：理性/非理性

我们在第一节中以《费德尔》为蓝本，借由"死者为谁"梳理了剧中的人物阵营。它们由生/死；女性/男性；同盟/敌对；爱人者/被爱者；统治者/被统治者（君/臣、父/子、夫/妻）组成。而潜藏在这些人物阵营背后的则是各类矛盾冲突的对立：外在/内心、灵/肉、情感/伦理、情感/权力、理性/非理性……

第二节中，对比分析拉辛悲剧中的死亡形式（自杀、他杀、未死、疯狂）为我们厘清了"为何而死"，同时进入我们视野的还有《昂朵马格》《勃里塔尼古斯》。我们看到，存在于《费德尔》中的人物阵营也同样存在于另两部剧作中，昂朵马格与卑吕斯；卑吕斯与爱妙娜；爱妙娜与奥赖斯特；尼禄与朱妮；朱妮与勃里塔尼古斯；勃里塔尼古斯与尼禄……

这里，悲剧主人公已经改变，人物身份与关系也可能愈加复杂，然而那些对立冲突却依旧存在。它们或存在于单个人物博弈的内心中，或存在于人际互动的"间际"氛围内，最终，这些对立冲突迫使人物做出抉择，让他们选择忠于自己抑或舍弃自己；为理智而活抑或为情欲而活；成为"人"抑或是"兽"。

"死亡"的命题让我们关注拉辛悲剧中最基础，同时也是最本质的一层对立冲突。无疑，它是理性与非理性。拉辛的悲剧主人公首先是意识到生命局限性的人，特别是死亡的不可避免性。人是惧怕死亡的，这种恐惧与生俱来，因此死亡（这里指自杀）绝非一种简单随意的选择。注定的死亡与希望不死成为人生命中其他一切二重性抉择取舍的象征性表示：灵魂与肉体在不死中得到结合。

拉辛悲剧主人公的崇高性首先在于有意识地、自愿地接受痛苦与死亡，这种接受把生命变成作为范例的命运。而有意识地、自愿地接受死亡原因为何？在费德尔这里，是为了驱赶那个非理性的自己，让可能成为"兽"的自己归复到"人"的位置；在昂朵马格这里，是为了保持那个理性的自己，让自己即使在死后也能不被这个世界摧毁。

理性，理性地控制自己，是拉辛为他的悲剧主人公生／死设置的终极评判标准。为此，他描述了更多的死亡，神的世界生存，人世间的死亡；无辜受到波及的死亡；陷入疯狂而无法达到的死亡。从这个角度上说，"死亡"才是拉辛的主角，不是幸存者；理性与非理性的博弈才是拉辛的主角，不是纯粹的理性。

谈到对立冲突，确实那些关乎生与死、男与女、人物的内心与外在，甚至于理性与非理性的冲突是任何经典剧作中都有的。

这里存在一个逻辑问题，都有不代表这些冲突显得不再重要，存在同样不影响这对本质的对立冲突在拉辛剧作中的存在。理性／非理性是拉辛悲剧中十分重要的因素。

　　置于文本，它成为悲剧主人公最后赴死的不可唯二的原因。正如我们所说，更多的时候，这对冲突将外界可见／非可见的各类对立冲突汇聚于人心，汇聚于"人"本身，相互交织，相互博弈，无法分辨彼此，致使主角无法挣脱，最终选择"死亡"或者"遁世"。同时它也牵扯到悲剧主人公判断自身是否有资格成为一个"人"的标准。正是在人物备受煎熬，理性与非理性博弈的时刻，人物的形象性才得以体现。或者更进一步说，这时的人物才真正从形象成为一个个复写的"人"。拉辛描写人物理性与非理性博弈交锋的时刻才真正使形象成为实在的人。经典剧作中的人物就是人类的结晶，具有本质性的真实也应当是从这个角度来说的。

　　置于时代，拉辛在对理性推崇备至的古典主义时代表述了非理性，表述了非理性的瞬间以及这些瞬间所带来的巨大毁灭力，这一表述是具有力量的。那么，到底什么是非理性？当然，这个问题我们在第一章中无法解决，甚至说，在本文中也只是笔者试图触及而并非定义的部分。因为它不是认识的对象，用罗兰·巴特的话说，它是认识本身。犹如疯癫之于福柯，它是一种随时间而变的异己感，是纯粹的理性与非理性，观看者与被观看者相结合所产生的效应。

　　可以肯定的是，非理性是相对于理性的一种体验，无法用确切的定义表明。对于理性而言，它的一切既是最贴近的又是最疏远的，同时它的一切又不断地避开理性，在古典主义时期，它甚至成了它的对立面。它既是费德尔恐惧踏入的彼岸，又存在于她那段由此岸到彼岸徘徊的旅途中；它不可触及却又时时享有。而这份不可概括的非理性，笔者认为，它就存有在人的内心。

1.3.2 成为平衡理性／非理性方案的死亡

看待死亡是否成为平衡理性与非理性冲突的方案，有两个层面。

其一，关乎悲剧主人公的悲剧性是否彻底。遵循我们的推理，理性／非理性是悲剧主人公面临的最本质的一层对立，那么，是否用死亡去解决它们之间的矛盾就成了第一考量标准。

其二，关乎全剧。这里不仅仅指悲剧主人公，同时涉及悲剧其他人物。或言之，通过人际互动所体现的悲剧本质矛盾。在《费德尔》与《昂朵马格》中是情欲问题在理性／非理性上的体现，而《勃里塔尼古斯》中则是权欲问题。考察死亡是否成为解决方案。

《费德尔》中，"死亡"成为平衡理性与非理性冲突的方案。吻合了以上两个层面。拉辛决定让费德尔选择死亡，为的是纠正她之前非理性的行为，因为不是死亡就会是疯狂，而疯狂的结果也将会是死亡。但是，这里存在一个悖论：费德尔因为自己之前非理性的行为选择了死亡，但她最终选择的死亡却是一种最极致的非理性。

我们看到了拉辛的矛盾，因为即使他如此精彩地描写了人物的非理性时刻，当然，仅仅是非理性的时刻而不是非理性本身。

因为，非理性是无法被书写的。就如同依包利特对费德尔的逃避，古典时期的人们生活在纯粹的道德城市里，善于用严厉的肉体施行统治心灵的律法，依包利特意味模糊的逃避并非他认识到了确切的非理性，而是费德尔身上非理性的时刻使他感受到了恐惧。自始至终，非理性也没有真正露面，仅仅处于那不可接近的领域，而非理性的时刻则体现在人物道德的越轨，激情的瞬间，情欲的不可控，以及由罪恶而带来的兽性时刻，总之，非理性处在理性需要批判与吸收的彼岸。

很显然，拉辛并不意在宣扬这种非理性，他恰恰是为了表现被主人公所"抛弃"的理性，为了让人们重新去建立理性。可以说，费德尔是被拉辛的理性杀死的，死亡对于她而言是一种惩罚同时也是一种解脱。对于全剧而言，死亡则是一个终结，终结一切可能越轨的非理性。

接下来，我们简单考察《昂朵马格》和《勃里塔尼古斯》。

作为悲剧主人公的昂朵马格提出自杀方案而最终没有实施。与费德尔的自杀不同，原因不在于最后死亡是否达成，而是在于她们各自对死后不同的预期。固然，悲剧主人公彻底的悲剧性并不仅仅体现在死亡上，这一点拉辛已经预先为我们作了回答："在悲剧里有鲜血和死亡，这绝不是必然的，只要剧情是崇高的，演员是杰出的，情感在剧中得到了激发，使人感觉到构成悲剧的全部快感的庄严凄婉就够了。"[1] 有关死亡是否成为解决方案，或者

---

1 语出拉辛《贝蕾妮丝》序言（1670年），转引自吕西安·戈德曼：《隐蔽的上帝》，蔡鸿滨译，百花文艺出版社1998年版，第496页。

说昂朵马格的悲剧性是否彻底的讨论，不是建立在她最终没有死而活下来的基础上，而是从悲剧审美的层面被看待。

昂朵马格试图用"死亡"来完成一个两全之计，正是这个妙计，阻隔了构成悲剧的全部快感。或者说，这份快感不是彻底的，那原本由剧作家设置的以昂朵马格赴死产生的庄严凄婉，被理性的妙计所打断了。而它却十分意外地由费德尔的极端非理性的死亡而达到了。

《昂朵马格》中确切死亡的是卑吕斯与爱妙娜。卑吕斯由于情感关系（奥赖斯特疯狂的嫉妒）与权力关系（希腊对特洛亚反攻的畏惧）的交互作用，最终被希腊士兵所杀[1]。爱妙娜则受强大的情欲所控，所爱之人被另一个爱她之人间接所杀（受她唆使），从而选择自杀。

爱妙娜与费德尔的不同之处在于，这个人物自始至终没有自省的过程，或者说，即使有那也只是片刻的存在；同时两人都是因着情欲而伤及旁人，但费德尔没有真正实施报复，并且独自承受了自己犯下的罪行，而爱妙娜主导了这场报复，却最终无法承受复仇的结果，以自杀结果自己。因此我们说，费德尔是正义的罪人。卑吕斯与爱妙娜身上则并没有体现出费德尔所具有的强悍与崇高。

如同第一个层面上悲剧性的不彻底，第二个层面由情欲问题所带来的终极罪恶，也被拉辛富于深意地放在了陷入疯癫的奥赖

---

[1] 卑吕斯并非死于奥赖斯特之手。参看《昂朵马格》五幕三场，奥赖斯特："我那时要刺他却没地方下手。大家都争抢着那杀死他的光荣。"拉辛：《拉辛戏剧选》，齐放、张廷爵、华辰译，上海译文出版社1985年版，第87页。

斯特身上。

与《昂朵马格》中情欲问题的多人参与、连锁反应不同，《勃里塔尼古斯》中由权力欲望所带来的理性与非理性博弈集中体现在悲剧主人公尼禄身上。当然，这其中确实掺杂了情欲的因素，并且成为尼禄最后疯癫的直接理由，我们在之前的分析中提到了这层断裂。无须多言，尼禄最后的疯而未死，意味着死亡在这里没有成为解决方案，同时阿格里比娜最后存活并预谋着下一次的夺权也预示着权欲问题的后续发展。

《勃里塔尼古斯》中唯一丧命的是勃里塔尼古斯。在这个以他命名的悲剧中，他却成为不了主角，他的故事同样不能成为悲剧的真正主题。关于这一点，拉辛在1669年发表的初版序言中做出了答复：他们说这一切都是多余的，叙述了勃里塔尼古斯的死，戏就结束了，其余的就用不着再听了。可是人们还是听了，甚至和听其他任何悲剧的结尾同样的认真[1]。悲剧不在勃里塔尼古斯的死中结束，而是悬置在尼禄的疯。与依包利特的死亡一样，勃里塔尼古斯的死亡是次要情节，其唯一重要的意义就是揭示了结局。

无辜者的死亡往往带来两种结局：一种如同《费德尔》那样，带来了悲剧主人公的自省与承担，在古典时代，"死亡"则是承担的极致形式；另一种是陷入无节制的非理性当中，他们表现为疯癫，复归了兽性。费德尔不想成为野兽，她选择了死亡，从这个角度来看，似乎也是拉辛对于这个正义罪人最后的"补偿"。

---

[1] 参见吕西安·戈德曼：《隐蔽的上帝》，蔡鸿滨译，百花文艺出版社1998年版，第488页。

1.3.3 小结

我们看到，《昂朵马格》中，"死亡"作为平衡理性／非理性的方案，进行得并不彻底，《勃里塔尼古斯》中，"死亡"则没有解决这层本质的冲突。唯有《费德尔》，它是拉辛悲剧中以"死亡"作为平衡理性／非理性冲突中运用得最完满的范例。

具体体现在两个层面上，同时这也是我们在第二章（编剧层面）中要继续进行的探讨：关于"时间"的发现；关于"发现"的发现。

费德尔以"太阳神呀！这是我们最后一次相见"[1]出场，以自己的死亡——"死神来临，亮光已在我眼前消尽"[2]终结整部悲剧。理性与非理性的斗争被剔除了外界权力关系的干扰，专注于费德尔一人的内心世界。

悲剧时刻出现了，同时也消失了。时间不再是直线式，而变成了一个循环。这正应验了卢卡契所言：当悲剧的幕一拉开，未来就从永恒开始呈现[3]。

费德尔是绝对的悲剧主人公，她有属于自身的"发现"，而她的"发现"以死亡的方式体现。费德尔"发现"了自己，"发现"了自己必须死的理由。

这首先是作为"被杀"的依包利特、卑吕斯、勃里塔尼古斯所不具备的。其次，费德尔的死亡是带有自省与承担的选择，这点

---

[1] 一幕三场。拉辛：《拉辛戏剧选》，齐放、张廷爵、华辰译，上海译文出版社1985年版，第199页。

[2] 五幕七场。拉辛：《拉辛戏剧选》，齐放、张廷爵、华辰译，上海译文出版社1985年版，第271页。

[3] 吕西安·戈德曼：《隐蔽的上帝》，蔡鸿滨译，百花文艺出版社1998年版，第464页。

是同为自杀的厄诺娜与爱妙娜所不具备的。再次，出现了一个分水岭，悲剧人物（并不单单指悲剧主人公）身上最终悲剧的发生是由于自己还是旁人？是否由于具有毁灭性意义的非理性瞬间？

昂朵马格与朱妮被划分在了第一类中。她们的悲剧不是源自自身（除开被爱者的身份），并且她们是拉辛刻画的那类遵守道德且品格高贵的人，她们拒绝与罪恶同流，同样提出过"死亡"，但更多的是出于理性的权衡。她们在拉辛预设的未来世界中都活了下来。

奥赖斯特、尼禄被划分在第二类。他们的悲剧有一部分源于自身，但他们缺乏费德尔反省与承担的能力（从剧作角度也可以说，拉辛并没有真正给他们展示内心焦灼的空间）。他们自身携带罪恶，制造罪恶，在他们身上非理性瞬间的毁灭效用显露无遗，而拉辛却没有给他们提供关于生死的终极答案。这份悬置将他们排除在未来世界之外，他们迷失在无尽且永恒的"黑夜"中，却又与费德尔的死亡相互对峙，绝无对话的可能。在拉辛这里，他们疯癫的结局只会是死亡，而拉辛又不去叙述这种结局，这是一种惩罚，表明作者对待非理性的态度，并以这种方式延续永恒的悲剧时刻。

最后，我们得谈谈"运动"和"静止"的问题。

谈及费德尔时，我们提到了她的首句台词"不要再走远了，亲爱的厄诺娜，就待在这儿吧"，我们说费德尔一直待在那儿，直至死亡。而谈到悲剧节奏时，我们又说，这个悲剧的费德尔是一直在"运动"的费德尔。

它们是相互矛盾的吗？其实不然。"运动"是相对于此岸的依包利特、厄诺娜、忒赛、阿丽丝而言的，因为费德尔一直在接近他们所惧怕的彼岸。同时费德尔的自知、费德尔的理性又告诫自己，不容许自己真正踏上彼岸。"运动"是指费德尔内心的博弈，她的挣扎。

　　而"静止"则是针对悲剧时刻而言的。也是由于这层理性与非理性博弈的激烈灼热，费德尔才得以剔除外界权力关系的干扰，专注于内心世界。费德尔一直处于悲剧的那个唯一的时刻，她的恐惧、焦虑、反复、疯狂以及最后的赴死，她的所有非理性时刻，使悲剧时间在她这里成为静止，或者说，一个循环。

第二章　编剧层面

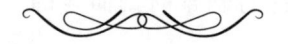

相较第一章，第二章更加明确。所谓编剧层面，本章的研究目的即找寻"这个世界"与剧作家选择来表现这个世界的手段和技巧两者之间的关系。而"这个世界"（人与物的世界）就是第一章中所指的事实层面。

介入作者身份看文本，然而这个作者身份又不仅仅指剧作家本人的思想与观点。"作者已死"表述源于信仰危机背后的文学危机。一来，进入我们视野的传统经典大都出自已过世的作家（显然，拉辛位列其中），实际上，我们无法得知作者写作时确切在想什么；二来，一部作品或文本的意思不能自己产生，作者永远只能给出意思的假设，或者说，只能给出形式。"作者已死"意味着作者丧失了对自己作品的绝对解释权。因为有了"绝对"两字的限定，取消了它激进的意味，而更提倡一种平等性。作品阐释者的参与开始变得重要（当然这里的阐释并不是随意的），我们可以去寻找作品告诉我们的——它的时代有什么。

确切说，作者身份不是思想家拉辛而是剧作家拉辛。关注的是拉辛如何处理自己的剧作，如何组织材料来表现"这个世界"的理性与非理性。这里，研究变得有趣而环环相扣。因为，如何处理剧作又必然体现了剧作家的某种观点与意识，而这就是我们要在第三章文化框架中继续探讨的问题了。正如绪论中所言，本文中的拉辛是重要的，同时他又是不重要的。

第一节 三个世界的划分

上一章的结尾我们提到了"运动"与"静止"的费德尔，提到了此岸与彼岸，这里，我们稍稍拓展一下这个话题，它涉及拉辛的悲剧结构与悲剧时间。

众所周知，三一律（亦称"三整一律"）是一种关于戏剧结构的规则。16世纪由文艺复兴意大利戏剧理论家基拉尔底·钦提奥提出，17世纪由法国新古典主义戏剧家确定并推行。要求戏剧创作在时间、地点和情节三者之间保持一致性。即要求一出戏所叙述的故事发生在一天（一昼夜）之内，地点在一个场景，情节服从于一个主题。

三一律最初是由亚里士多德的《诗学》引申而来的。《诗学》第五章，亚氏提到了悲剧的长度，"在这方面，一个悲剧最大的努力是以太阳转一圈，或改变一点点长度"[1]。由于悲剧与叙事体创作（史诗）的呈现方式不同，故而出现了长度问题。悲剧受制于演出时间，因此产生"一日"时间长度不同的解说争议，而这也就成为了后世三一律中时间统一律的根据。

我们且不论三一律的提出对于戏剧创作是否是一种束缚，首先就古典主义戏剧而言，它是一套不容改变的创作准则。拉辛的悲剧时间，具体而言，结合三一律中的"同一时间"，就是幕起幕落间的这24小时。那么，基于时间的延展性，对应这个"当下"的时间概念，此前此后，时空间被自动分割成三个部分：过往世界、当下世界、未来世界。

三一律要求戏剧的原生性，因而每部戏剧的时间都是当下，剧本展现的是当下世界。过往世界与未来世界在剧本中均不可见。

2.1.1 过往世界

戏剧的时间是当下。这并不意味着静止，而只是戏剧时间发展的特殊方式。斯丛狄说，当下流逝，成为过去，但同时它作为过去不复具有当下性。当下的流逝在于它完成了转变，在于从它的对立中萌发了新的当下[2]。过往世界即这个"流逝的当下"，它

---

[1] 《诗学》相关引述，参看王士仪译注：《亚里斯多德〈创作学〉译疏》，联经出版社2003年版，第73页；另一版《诗学》中关于悲剧长度是这样叙述的，两者差别不大："悲剧力图以太阳的一周为限，或者不起什么变化。"亚里斯多德：《诗学》，罗念生译，人民文学出版社1982年版，第17页。

[2] 彼得·斯丛狄：《现代戏剧理论（1880—1950）》，王建译，北京大学出版社2006年版，第10页。

存在于大幕开启前，正是因为它的转变，我们得以从戏剧中发现那个"新的当下"——当下世界。

我们从剧中人物的叙述（对话、独白）中得知过往世界。从情节上看，它展现的是人物的前史，为当下世界（人与物的世界）提供解释；从结构上看，过往世界与当下世界是同质的，并与未来世界形成对比。

罗兰·巴特在《论拉辛》中提示我们关注拉辛悲剧世界里的"恐惧"："只有可以认知这个世界的恐惧的方法对我而言才适合研究受困者形象，我相信精神分析正是这样一种方法。"[1] 在精神分析视域下，对于"恐惧"各类因素的发现，成为《论拉辛》的一个重要目标。

对我们而言，寻找笼罩在悲剧人物身上的"恐惧"，分析这种"恐惧"，进而去研究悲剧主人公的困境。悲剧主人公正是受困于欲望、仇恨、罪恶而产生了对世界的恐惧，这份恐惧感在当下世界中爆发，却潜藏在过往世界中。同时，这些欲望（情欲、权欲）、失败感、孤独感、恐惧感也作用在拉辛所有悲剧人物上（不仅仅指悲剧主人公），并成为他们在过往与当下世界中各种言语与行为的内在驱动力。

《费德尔》中的过往世界

在过往世界中，由仇恨所带来的恐惧对象是他人，转而作用

---

[1] Roland Barthes: Preface, On Racine, translated by Richard Howard[M]. NY: Performing Arts Journal Publications, 1983, p8, 转引自钟晓文：《结构与精神分析双重视域下的作家与文本批评——析罗兰·巴尔特的〈论拉辛〉》，《福建广播电视大学学报》2011年第2期。

于自身，而罪恶所带来的恐惧则直接作用于自身。我们看到《费德尔》中的过往世界。

仇恨伴随人物的各种欲望推动悲剧的发展，过往世界中的仇恨又分为清晰的仇恨与模糊的仇恨。拉辛悲剧中往往弥漫着更多模糊的仇恨。这种恨，如同清晰的仇恨一样，发生在对立双方之间。然而不同的是，对立的双方（或经由伦理的要求）又很亲近，他们之间的恨是含糊不清的，或与爱相混合或模棱两可。但正是这后一种仇恨，才是真正使得悲剧在当下世界展开的原因。

阿丽丝与忒赛之间的仇恨属于清晰的仇恨。他们是世仇，同时分属被统治者与统治者两方，忒赛夺去了阿丽丝六位兄弟的性命，并且禁止希腊民众为其哀悼。

> 阿丽丝：只有我在战火中得到幸免，
> 　　　　我失去了青春年少的六个兄弟……
> 　　　　战争夺取了一切；殷红潮湿的大地，
> 　　　　多么痛惜地吸吮着安泰子侄们的血液。
> 　　　　……
> 　　　　这好猜疑的胜利者工于心计，
> 　　　　您知道我一向对此多么瞧不起。
> 　　　　……
> 　　　　我常感激这凶狠的忒赛，
> 　　　　他的严厉使我对他更加轻视。
>
> 【二幕一场】

然而最后费德尔坦白真相,忒赛得知依包利特实则含冤而死时,却说:"不要去追究世仇的种种恶迹,他的情人就作为我的女儿!"

这类清晰的仇恨,在《费德尔》中虽存在于过往世界中,但无法真正推动悲剧的前进。而由它造成的恐惧也仅限于悲剧外围。当伊斯曼娜告诉阿丽丝,依包利特可能爱她时,阿丽丝是迟疑的,由于这层世仇,这层恨,她不敢相信这份爱。

阿丽丝:您相信依包利特比他父亲和蔼,
　　　　他会松动一下我受伤的锁链,
　　　　他难道会同情我的苦难?
阿丽丝:尽管您讲的可能是缺少依据!
　　　　呀,您了解我,你认为这令人置信吗?
　　　　被不幸的命运所捉弄,
　　　　被痛苦和眼泪折磨的心,
　　　　会得到爱情,会受到爱神的怜悯?

【二幕一场】

我们看到模糊的仇恨。这里有依包利特与费德尔,费德尔与忒赛,忒赛与依包利特。第一种对应的恐惧也是我们在第一章中一直强调的:依包利特竭尽所能地逃避费德尔(需要注意逃避与拒绝的差别)。这种不明缘由的恐惧其实在依包利特出场时就已经出现。

> 依包利特：良辰美景一去不返，这里一切都已变样，
> 　　　　　自从米诺斯和帕西法厄的女儿（指费德尔），
> 　　　　　受神意驱遣来到这块地方。

【一幕一场】

尽管依包利特开始是拒绝承认的，"我并不是害怕她的无名怒火"[1]。拒绝承认的理由也很明了，依包利特不会明白费德尔无名的怒火是她一直压抑的爱，而直到费德尔向他表明爱意，这份恐惧才变得实体起来，费德尔成为依包利特不愿越界，也不敢越界的彼岸的化身。

费德尔对忒赛模糊的仇恨自过往世界起便一直存在，同样我们在第一章中也已作分析。它体现在具体台词"我依附丈夫，日子不再那么纷乱""在清白中消磨时日""悉心培育我们可悲结合的后代"[2]上。而费德尔对忒赛的恨究竟因为什么？是因为"他是一个轻薄好色之徒，甚至连冥王的床榻都要玷污"[3]，还是因为忒赛的自负和粗鲁？真正的原因还是费德尔对于依包利特的瞬间激情。仅是在雅典与那傲慢敌人的一眼，费德尔便失去了理性，

---

[1] 一幕一场。拉辛：《拉辛戏剧选》，齐放、张廷爵、华辰译，上海译文出版社1985年版，第193页。

[2] 一幕三场。拉辛：《拉辛戏剧选》，齐放、张廷爵、华辰译，上海译文出版社1985年版，第205页。

[3] 二幕五场。拉辛：《拉辛戏剧选》，齐放、张廷爵、华辰译，上海译文出版社1985年版，第223页。

而她火热的爱情也无药可救[1]。

费德尔对忒赛的恨正是由于她对依包利特的爱，对继子的爱，超乎伦理道德的爱。也正因为此，这份模糊的恨带来了当下世界的具体恐惧——费德尔对于忒赛归来的恐惧。她恐惧自己爱恋真相的揭开，由于恐惧她选择了沉默，而这造成了依包利特的无辜赴死。

最后一种模糊的仇恨出现在忒赛与依包利特身上，虽然在过往世界（人物叙述的前史中），这份恨意没有明确出现，我们仍可以从由恨意带来的忒赛的恐惧中一窥究竟。厄诺娜提示是依包利特先动了非分之想，忒赛没有任何怀疑地立即相信，并诅咒自己的儿子"一个胆大小人，竟敢侮辱他光荣无比的父亲"，"狂妄的打算！多可怕的念头"[2]，随即的四幕二场中忒赛道出了使他恐惧的源头。

忒赛：你的罪孽深重的大胆情欲，
　　　竟然连你的父亲的床也要玷污。
【四幕二场】

真正使忒赛恐惧的当然不仅仅是儿子非分的情欲，而是"连父亲的床也要玷污"，这意味着依包利特不仅强占床笫，还有可

1　可参见一幕三场费德尔的自述。拉辛：《拉辛戏剧选》，齐放、张廷爵、华辰译，上海译文出版社1985年版，第205页。
2　四幕一场。拉辛：《拉辛戏剧选》，齐放、张廷爵、华辰译，上海译文出版社1985年版，第241页。

能夺取自己的权力。这份父子间的猜疑，统治者对子嗣夺权的潜在恐惧，我们说，不会凭空出现，它很有可能一直存在于不被人物提及的过往世界中。恐惧与暴怒使忒赛祈求海神处死逆子，我们可以说这一刻的忒赛是失去了理智的，谁料到一位父亲竟会采取如此极端的方式对待儿子呢？然而如果这位父亲又恰好是一位君王呢？

拉辛悲剧中"父亲／君王"代表着一种束缚、局限、障碍，是悲剧人物难以逃脱的牢笼。无怪乎罗兰·巴特认为，拉辛悲剧深层反映的是原始部落时期最强男性对部落所有女性、儿子、财产等的占有与支配。当然，忒赛最关心的还是自己的荣誉，这一点，在他得知依包利特乱伦之情时早已悄悄显露："这该死的爱情吞噬了他，在雅典是否能瞒住大家？"[1]

无论如何，过往世界中的模糊仇恨才是真正推动悲剧发生的驱动力。

过往世界里的罪恶是悲剧矛盾在当下世界中产生与激化的催化剂。罪恶可以分为对应情欲要求的罪恶（费德尔对依包利特）与对于权力欲望的罪恶（忒赛对阿丽丝），在《费德尔》中，第一类的罪恶置于首要位置；同时罪恶又可分为自身是施予者、受到牵连的罪恶两类。

费德尔：以前，您只看到我迫害您不遗余力，

---

[1] 四幕一场。拉辛：《拉辛戏剧选》，齐放、张廷爵、华辰译，上海译文出版社1985年版，第242页。

可是却不懂得我心灵深处的真意。……

我真愿大海把您与我隔开，永不相会。

……

您可以回忆一下往昔，

我要避开您，还要驱逐您……

为了抗拒您，我挑起了您的仇恨。

但是这些努力不都是枉费心机？

您越是恨我，我却越是爱您，

苦难使您更加英姿动人，

我憔悴枯萎，在情火中燃烧，在泪水中沉沦。

【二幕五场】

在费德尔与依包利特这对出于情欲要求的罪恶关系中，费德尔是施予者。而她的罪恶——经由过往世界过渡到当下世界——分为三个层次。

过往世界中，费德尔竭力避开、驱逐依包利特。这是最轻微的罪恶，仅仅体现在"在我住的地方我总容不下您"，"禁止当我的面提到您的名姓"。在当下世界为我们展开时，费德尔的罪恶过渡到了第二阶段。一幕三场与厄诺娜的对话提供了费德尔对罪恶的理解（第一章已作分析），与厄诺娜所理解的具体可见的罪恶不同，费德尔担忧真正的过错与罪恶是任由自己的瞬间激情发展，她预示到情欲即将带来的那个不可控的自己，因此，她拒绝提到依包利特的名字，她但愿心同手一般纯洁明净。最终忒赛的归来促成了费德尔最后一层罪恶的实现。

我们看到，由情欲的罪恶所带来的恐惧，那份"迫害"，实际上完全作用于费德尔自身。是她不断分裂的内心，也是理性的费德尔渴望驯服与控制的那个非理性的自己。因为她的"面对"，她的想要"全部"，费德尔始终游走在此岸到彼岸的旅程中，从未到达，直至死亡。

依包利特对阿丽丝的罪恶，属于受到牵连的罪恶，因为罪不在他。而由于这份父亲的罪恶，依包利特起初仍需要拒绝阿丽丝。

> 依包利特：我也不能拜倒在阿丽丝的脚下。
> 　　　　　纵然我神志恍惚，难道会忘记
> 　　　　　隔开我们的那个永久的障碍？
> 　　　　　父亲压迫着她：颁布了严峻的法律，
> 　　　　　不许她的兄弟们能有侄辈。
> 　　　　　……
> 　　　　　难道我能触怒父亲而去娶她？
> 　　　　　难道我能做出忤逆的榜样？

【一幕一场】

这对看似并不重要的罪恶关系实际上也推动了悲剧的发展。拉辛不愧为描写爱情的圣手，我们看到，尽管费德尔独自的爱恋是主线，拉辛还是以依包利特与阿丽丝的爱情与其作为对比。由于世仇的关系，过往世界中的依包利特选择了与费德尔相同的处

理方式：不断避开。

而这一切在当下世界中则完全改变（得知忒赛已死后），依包利特仍旧选择逃避费德尔，却向世仇提出了真挚的爱情宣言。在形成对比的两组爱情关系中，费德尔发现依包利特并非谁都不爱，而仅仅是不爱她。依包利特与阿丽丝之间的恋爱关系虽然艰难险阻，但由于最终他们仍旧相爱，对费德尔的打击就愈大。事实上，知道情敌的存在就足以打击费德尔的理智了。

对比《昂朵马格》《勃里塔尼古斯》中的过往世界

对比《昂朵马格》《勃里塔尼古斯》，我们发现那些存在于《费德尔》过往世界中的仇恨（清晰、模糊）、罪恶（情欲、权欲、施予者、牵连者）同样存在于这两个剧本的过往世界中。这些是拉辛构筑当下世界的先在。

卑吕斯由于权欲对厄克多实施的罪恶，致使昂朵马格对卑吕斯清晰的仇恨，而卑吕斯对俘虏昂朵马格由于情欲实施的罪恶，又牵连出爱妙娜对卑吕斯模糊的恨，加之希腊对于特洛亚人血脉的忌惮，昂朵马格之子阿斯佳纳成了这部悲剧众人争夺的中心。然而这只是表面的事实，《昂多马格》的实际主题不是国家利益，与拉辛所有悲剧的主题一样，仍旧是人物迫于情欲或权欲所作出的选择。希腊使臣奥赖斯特的加入，使这场情感大戏愈加复杂。模糊的仇恨同时体现在奥赖斯特对爱妙娜的执念，以及对卑吕斯潜在情敌的报复上。最终卑吕斯、奥赖斯特、爱妙娜三人共同成为当下世界罪恶的施予者，前者强迫昂朵马格做出选择，后两者则间接杀害了所爱之人。《昂朵马格》过往世界中的仇恨与恐惧是彼此间相互作用的，而当下世界的罪恶则是连锁的罪恶。

《勃里塔尼古斯》中过往世界的仇恨与罪恶更加汹涌。我们只消关注一幕一场阿格里比娜与阿碧以及四幕二场尼禄与阿格里比娜的对话便可略知一二。作为政治家而非母亲身份的阿格里比娜向尼禄回顾过往世界，以此提醒"是我将践登的高位向您转让"[1]。

> 阿格里比娜：内疚、恐惧、危险我都不介于怀，
> 　　　　　　我忍受了轻慢，我也不去理睬
> 　　　　　　巫师向我预言过的那些不幸。
> 　　　　　　我尽力而为，只要您称帝就行。
> 　　　　　　……
> 尼禄：好的。母后，我愿以我的报德感恩，
> 　　　使人们从此把您的权力铭记在心。
> 【四幕二场】

然而这一切都是欺骗，母子间相互的欺骗。政治野兽阿格里比娜要的不仅仅是尼禄的尊敬，而是假借与尼禄和好重拾权力，"现在该是他们丧失权力之时，罗马百姓将重见阿格里比娜得势"[2]。而阿格里比娜最终用六个"我要"[3]达成的和解，也不过是尼禄的

---

[1] 四幕二场。拉辛：《拉辛戏剧选》，齐放、张廷爵、华辰译，上海译文出版社1985年版，第156页。

[2] 五幕三场。拉辛：《拉辛戏剧选》，齐放、张廷爵、华辰译，上海译文出版社1985年版，第179页。

[3] 详见四幕二场。阿格里比娜：我要您处罚胆敢诬陷我的告发者，我要您使勃里塔尼古

迂回战术，尼禄拥抱对手是为了彻底铲除对手。

以上，我们简单梳理了过往世界之于拉辛悲剧的意义，它为当下世界的人物行为提供解释。同时，围绕着仇恨、情欲、权欲、恐惧而展开的对立冲突处于潜伏状态，矛盾一直持续加温却并未爆发（具体相关三部剧中仇恨、罪恶、恐惧的内在驱动力，参看附录表格）。而当这一切准备就绪后，拉辛式悲剧即将在当下世界为我们拉开序幕。

2.1.2 当下世界

戏剧的时间结构是一个绝对的当下序列，而为了确保这一切，戏剧必须创造属于它的"时间"。相较于自然界不断萌生且不断流逝的时间，在戏剧中，只有当下的瞬间是可见的。因此在遵从三一律的古典主义时期，乃至之前的文艺复兴、古希腊时期，戏剧是封闭的、绝对的、原生的，戏剧在时空间的一致性体现了戏剧的统一性。

与此同时，依照自然界时间的进程，当下必然会成为过去的一部分，而未来也终将会到来。那么，从这个角度来说，戏剧的当下又是面向未来的，是一个"为了不可见的未来的瞬间而悲剧性自我摧毁的瞬间"[1]。

斯的怒气平服；我要朱妮能够自己选择丈夫；我要他俩的自由，并把巴拉斯挽留；我要您许我会见，不限定时候。我要这个来听我们说话的浦路斯再也不敢在您的门口把我阻止。拉辛：《拉辛戏剧选》，齐放、张廷爵、华辰译，上海译文出版社1985年版，第163页。

[1] 彼得·斯丛狄：《现代戏剧理论（1880—1950）》，王建译，北京大学出版社2006年版，第135页。

戏剧为创造属于它的时间，必须打破自然界时间的铁律，忘却时间的概念。或者如同海德格尔在《存在与时间》中所做的一样，从肯定的意义上谈时间：时间即当下，只有现在存在，此前此后都不存在；但是，具体的现在是过去的结果，并且孕育着将来。所以，真正的现在具有永恒性[1]。戏剧即表现这种永恒性，将当下永恒地停格在当下。这也就是我们要谈论的，当下世界之于拉辛悲剧的意义。或言之，拉辛是如何将悲剧在当下世界永恒停格的；悲剧发生在当下世界的必然原因；以及当下世界与不可展示的过往世界之间的区别。

致使过往世界的矛盾在当下世界爆发的轨迹

过往世界中，对于悲剧主人公而言，对立冲突无法解决，持续矛盾一直存在却并未爆发，因此相较于当下世界，时间（无论实际时间还是心理时间）是漫长的，也是为人物带来恐惧痛苦的。这一切都聚焦于大幕拉开的那一刻，那是当下世界向我们展现的时刻，也是从这一刻起悲剧主人公进入到对立冲突加速的状态中，随之而来的是对内的分裂愈加严重，对外的斗争也愈发明确。我们看到，真正悲剧爆发所需要的导火索不存在于过往世界，它属于或极其接近于当下世界。

对应具体文本《费德尔》《昂朵马格》《勃里塔尼古斯》，我们来看当下世界是如何形成的。

---

[1] 参看马丁·海德格尔：《存在与时间（修订译本）》，陈嘉映、王庆节译，生活·读书·新知三联书店，2014年版。

《费德尔》

导火事件：忒赛之死，忒赛归来（在这部分的论述中，忒赛之死显得更加重要）。【分别发生在一幕四场，三幕三场】

结局：依包利特死于海难；厄诺娜自杀；费德尔自杀。

《费德尔》中隶属当下世界的导火事件是忒赛之死与忒赛归来，同时这两个重要事件又关系到整部悲剧的"突转"与悲剧主人公的"发现"。它与悲剧结局的关系可谓是环环相扣。笔者认为，《费德尔》是拉辛悲剧中含有"突转"与"发现"的完美案例，关于这一点将在后文中单独分析。

可以肯定的是，由于这两次外在世界（相对于人物内心世界而言）的重要事件致使费德尔内心产生了两次巨变。最终，真正的悲剧时刻出现在费德尔一人身上，而非无辜受死的依包利特，费德尔以自己坦白一切后的赴死成为拉辛悲剧中正义的罪人。

无疑，这个称谓是矛盾的，正如她在悲剧中的形象，独孤而又光芒四射。罪人是建立在普遍的道德标准基础上，而正义则是悲剧世界的道德范畴。费德尔的敢于"面对"，想要"全部"，以及最终的承担并以此寻求本质，这是她的"正义"。

拉辛在《费德尔》中构筑的当下世界，即悲剧主人公为了不可见的未来瞬间而悲剧性自我摧毁的瞬间，因而这样的费德尔也必将终结于拉辛的当下世界。同时，这也成就了《费德尔》的价值：既表述矛盾，又肯定人的价值。

《昂朵马格》

导火事件：奥赖斯特的到来，带着希腊民众希望卑吕斯交出昂朵马格之子的请托。【一幕一场】

结局：卑吕斯被希腊士兵刺杀身亡；爱妙娜负罪自刎于卑吕斯身旁；奥赖斯特因罪恶而疯狂；昂朵马格活了下来。

《昂朵马格》中的导火事件无疑是开场希腊使者奥赖斯特的到来，他身负双重使命。表面上他要求卑吕斯交出阿斯佳纳，这一要求迫使卑吕斯让昂朵马格做出"死亡或者是统治"的选择。昂朵马格出于"忠贞"（为丈夫抑或为儿子）分别做出两次选择，而两次都反作用于卑吕斯对待未婚妻爱妙娜的态度上。爱妙娜的嫉妒与报复又使得"局外人"奥赖斯特加入"战局"（奥赖斯特的真正使命明确：夺回爱妙娜）。

悲剧在昂多马格的第二次决定后加速转动的齿轮。昂朵马格决定成婚（实则是决定在大婚之时以自杀达到完美的平衡，完成"爱情的妙计"），爱妙娜则由于疯狂的嫉妒驱使奥赖斯特刺杀卑吕斯，为自己复仇。

有意思的是，与《费德尔》中人物内心的纠结与博弈仅出现在悲剧主人公一人身上不同，《昂朵马格》将这份焦虑投射到三个人身上（昂朵马格、爱妙娜、奥赖斯特），同时，他们又分属两个情感三角关系（昂朵马格－卑吕斯－爱妙娜；卑吕斯－爱妙娜－奥赖斯特）。作为悲剧主人公的昂朵马格在真正的悲剧时刻出现时却意外地退出了。实际上，在四幕一场昂朵马格做出死后实际"胜利"的预设后，她就脱离了悲剧的进程。

昂朵马格在场的最后一句台词是这样的。

昂朵马格：赛菲则，收起你的眼泪吧。
　　　　　记住，昂朵马格的命运已托付在你的忠心上。
　　　　　来的是爱妙娜，我们走吧，避开她的凶焰。

【四幕一场】

昂朵马格避开了，而真正迎向悲剧死亡与疯狂惩罚的，则是陷入情欲和复仇旋涡中的卑吕斯、爱妙娜、奥赖斯特。回顾我们在第一章中得出的结论（从事实层面）：昂朵马格与朱妮被划分在提出过"死亡"，但最终未死的那一类，她们是遵守道德且品格高贵的那类人，拒绝与罪恶同流。那么这个结论，在拉辛当下世界的展现中又一次得到了证明，出于理性权衡的她们没有进入悲剧序列，她们得以存活于拉辛预设的未来世界。

《昂朵马格》中当下世界的最后一个阶段是情欲和复仇的阶段。正如奥赖斯特对爱妙娜所说："你只给一天，一点钟，一瞬间的期限。我要在他全国人民的眼前杀死他！"[1]在"一点钟""一瞬间"这些急迫的时间限定中，不允许有任何迟疑，人物非理性的瞬间成为主宰。而等待这个野兽的世界的最终结局，只有毁灭。

《勃里塔尼古斯》

---

[1] 四幕三场。拉辛：《拉辛戏剧选》，齐放、张廷爵、华辰译，上海译文出版社1985年版，第71页。

导火事件：尼禄半夜掳走朱妮。

结局：勃里塔尼古斯被尼禄毒酒所害；朱妮进入神庙受到庇护；尼禄看到朱妮与自己永别而疯；阿格里比娜存活并预谋着下一次的夺权。

这里需要先解释一下导火事件。剧中没有正面体现尼禄掳走朱妮时的场景，但我们仍可以通过人物台词来推测这一事件发生的时间。

阿碧：怎么？尼禄皇上正酣睡入梦乡……

　　　　……

阿格里比娜：就是这个尼禄，你说他有德行，

　　　　　　却叫人抢走朱妮，在那半夜三更。

【一幕一场】

尼禄：我受好奇心的驱动，

　　　昨夜我窥见她来到这宫中，

　　　……

　　　我被这新相思拖逗得神思恍惚，

　　　整夜合不上眼，直到天明日出。

【二幕二场】

朱妮：在这同一天里，我看见我自己

　　　就像个罪犯被压送进这宫中，

我不期而遇到您正非常惶恐……

【二幕三场】

全剧的首句台词来自阿碧，她说明了当下世界开始的时刻：尼禄的梦乡。然而就在这个黎明，罪恶已经形成，尼禄半夜派人掳走了朱妮。从二幕二场尼禄和二幕三场朱妮的台词中，我们得知，朱妮以为的"不期而遇"正是尼禄一手策划的。而尼禄掳走朱妮的理由却与他最终为朱妮疯癫不同，并非受情欲驱使，而是出于权欲的考量。尼禄掳走朱妮是为了对抗阿格里比娜，他担忧母亲赞成朱妮与勃里塔尼古斯成婚是为了要与其结盟。当然出于政治家的敏锐，之后阿格里比娜的所为证实了尼禄的担忧。

通过尼禄的"昨夜"、朱妮的"这同一天"，我们可以推测，这个导火事件就发生在尼禄的黎明之前，即当下世界展开的前一刻。那么，与《费德尔》《昂朵马格》中导火事件发生在当下世界不同，《勃里塔尼古斯》中的导火事件在时间上极其地接近当下世界。从人物前史的角度来说，它不是那个关乎权力争夺的远前史，而是引发悲剧主人公情欲挣扎的近前史。

在这里，拉辛为当下世界矛盾的展开设置了一个极有意思的因素：瞬间激情。虽然尼禄当初掳走朱妮是为了自身权力考量（想要摆脱母亲对他的控制），但也因为这一导火事件，尼禄陷入了另一层欲望的挣扎中。

尼禄：纳西，全都完了，尼禄害了相思病。

纳西：您？

尼禄：为时虽不久，却已定了我的终身。

我爱，说什么我爱？我为朱妮倾心。

……

使她受惊的眼睛反增添了媚妩？

总之，我见美色不觉心荡神怡，

心想与她交谈，可是舌结口闭。

【二幕二场】

尼禄因为受好奇心驱动，夜窥被掳的朱妮却被她的眼神吸引。而就是这份"迷人的秋波"[1]，只这一眼，瞬间的激情引发了尼禄想占有朱妮的欲念。所以剧首阿碧说言的尼禄梦乡，其实不然，这一夜是尼禄的欲望之夜，他被"这新相思拖逗得神思恍惚，整夜合不上眼"。拉辛在剧作开头所做的时间说明，这个黎明，正如戈德曼所说，不仅是大幕拉开的时刻，也是整出戏演出的非时间性瞬时的时刻[2]。《勃里塔尼古斯》正是在表面沉睡的尼禄掩盖下的，那个真正恶魔尼禄醒来的时刻，开启当下世界的大幕的。

而这份瞬间激情，如同《费德尔》中费德尔在雅典时对依包利特的那一眼，是"维纳斯和她那可怕的欲火"引发了尼禄的情欲。同样存在于当下世界的，除了尼禄的瞬间激情，还有相爱之人互相间的持久之爱。爱情的唯他性使得一种爱无法顺利过渡到

---

[1] 二幕二场。拉辛：《拉辛戏剧选》，齐放、张廷爵、华辰译，上海译文出版社1985年版，第118页。

[2] 吕西安·戈德曼：《隐蔽的上帝》，蔡鸿滨译，百花文艺出版社1998年版，第482页。

另一种爱，抢夺之爱无法过渡到持久之爱。尼禄对朱妮产生情欲，却又无法接受她与勃里塔尼古斯之间互许终身。这样，在过往世界中尼禄对于勃里塔尼古斯由于权力争夺而产生的清晰仇恨，在当下世界中又被叠加了新的仇恨的因素。

人物关系由于对某人出于本能的占有欲念而产生变化，权力关系的强弱状况也往往使人物在对性的角逐中重新排位。尼禄坦言自己对付朱妮的方式是"哀求与威胁并施"[1]，这便是两人关系中尼禄权力上强势，情感上弱势的体现。同时，纳西对于尼禄爱情的提议也值得深思，他说，"您下令她爱您，她就会来爱您"[2]。纳西不仅试图混淆抢夺之爱与持久之爱间的关系，更重要的是，他提示尼禄将面临的两种选择，而这两种选择也是尼禄在当下世界中的终极矛盾：让人爱戴或是让人害怕，即"为善"还是"为恶"。任一的选择都意味着对某些欲望的放弃，这是他的两难困境。

浦路斯劝说尼禄要理性，要"为善"，而纳西则劝说尼禄要发挥王权，满足个人欲望。两人不同的劝说激起了尼禄潜意识中对"欲望"的渴求，更重要的是，复苏了他内心中对于荣誉、安全感、自由随时丧失的惧怕。正如前文我们所分析的一样，这份惧怕不仅仅来自母亲阿格里比娜的控制，勃里塔尼古斯的潜在夺权，甚至不在于朱妮是否爱他。尼禄要所有人怕他，实则是他在害怕所有人，这份惧怕出于尼禄自身。最终他选择了"为恶"，

---

[1] 二幕二场。拉辛：《拉辛戏剧选》，齐放、张廷爵、华辰译，上海译文出版社1985年版，第117页。
[2] 二幕二场。拉辛：《拉辛戏剧选》，齐放、张廷爵、华辰译，上海译文出版社1985年版，第120页。

当下世界便是尼禄脱下外壳,一步步从人到兽的过程。

当下世界与过往世界的区别

当下世界与过往世界是同质的,其中由持续矛盾所造成的理性与非理性的本质冲突一直存在,而致使这一冲突激化的,除开我们上文谈到的导火事件,还有另两个重要因素:嫉妒、瞬间激情。

阿兰·布鲁提出过这样一个观点:一味地探讨嫉妒本身是没有意义的,除非和因之受苦的人以及他为何如此被嫉妒摆布这些问题联系起来[1]。这对我们来说是很受用的,我们发现由于人际互动关系与由此形成的"间际"氛围的全面展开,嫉妒是存在于当下世界的新元素。

《费德尔》中的嫉妒又与《昂朵马格》《勃里塔尼古斯》中所表现的不同,费德尔的嫉妒对象不是具体的个人。

在另两个剧本中,基于人物之间或真或假的回应,各自存在的情感多角关系是成立的,而在《费德尔》中,由于依包利特的逃避使费德尔(直至四幕四场忒赛提到阿丽丝之前)都处在一种独自幻想的爱情状态中。费德尔并非嫉妒阿丽丝本人,而是嫉妒阿丽丝与依包利特能够相爱的事实。

费德尔:他们能磊落大方地相会。
　　　　上天证明他们相爱纯洁无比,

---

[1] 阿兰·布鲁姆、哈瑞·雅法:《莎士比亚的政治》,潘望译,江苏人民出版社2009年版,第33页。

他们无忧无虑沉溺在热恋里。

……

厄诺娜：他们相爱有什么结果？

他们很快就不再能相见。

费德尔：他们将永远相爱！

在我讲话的此刻，呀！相思愁杀人！

他们触怒了一个丧失理智的情人。

尽管流亡很快就要把他们分开，

他们仍然山盟海誓永不离开。

不，我不能忍受让我心痛的幸福，

厄诺娜，可怜可怜我疯狂的嫉妒。

【四幕六场】

费德尔触及了爱情的某种实质，至少表述了一种爱情观：灵与肉的分离。依包利特被流放，尽管肉体上他与阿丽丝不能时时相属，他们要分离，而灵魂上他们仍可以在"艳阳天"里"永远相爱"，永不分离。只有费德尔被可怜地抛弃在"天地之间"，避开"白天的光线"。这才是费德尔真正嫉妒的东西。

事实上，这也可能是先前费德尔爱情幻象得以存在的原因，对于依包利特，是占有他而又不妄想得到他。费德尔一直处于这种奇特的矛盾挣扎中，她期待忠于自我却又纯洁无比的爱情，然而她的"忠于自我"却触犯了普遍的道德准则。阿丽丝的存在提醒她，世仇也能相爱，流放也能相爱，不相见也能相爱，唯独她不能爱。因此她"一定要阿丽丝失败,要唤起国王对七世冤家的血海深仇"。

但很快恢复理智的费德尔又说:

费德尔:我在干什么?我的理智哪去了?
　　　　我妒忌?我要去哀求忒赛!
　　　　……
　　　　每一句话都使我头上发毛悚然!
　　　　我这个人真是罪恶滔天,
　　　　两者汇于我一身:乱伦与诓骗。
　　　　我残忍的双手,急于报仇泄恨,
　　　　要让无辜的鲜血四处飞溅!
　　　　可怜呀!我要活下去!我怎能问心无愧……

【四幕六场】

费德尔真正的嫉妒不是在于报复阿丽丝(她并没有实施真正的报复),而是一种对于自身的绝望。当然尽管如此,这份嫉妒还是延迟了费德尔说出真相的时机,造成了依包利特的死亡。

在《昂朵马格》中,嫉妒表现为环环相扣,是致使当下世界悲剧发生的重要因素。卑吕斯对于厄克多的,爱妙娜对于昂朵马格的,奥赖斯特对于卑吕斯的……而在《勃里塔尼古斯》中嫉妒有两层外表。它体现在尼禄对于勃里塔尼古斯情欲的嫉妒以及对于阿格里比娜权欲的嫉妒,无疑,后一种嫉妒是互为对象的,同时,后一种才是带来罪恶与恐惧的真正原因。

这些人物无一例外地选择了报复，他们的嫉妒不同于费德尔，是有具体对象的，由嫉妒产生的复仇缝合了仇恨与罪恶之间的距离。在这两个剧本中的当下世界，是以昂朵马格、朱妮所代表的遵守道德且拒绝与罪恶同流的"人"与卑吕斯、爱妙娜、奥赖斯特、尼禄、阿格里比娜所代表的为欲望、为私欲的"兽"的对抗。

拉辛写情感，写爱情，写男女之情，写无法达成之情感，有两种方式：瞬间激情与持久之爱。在人类的情感模式中，它们或许并不冲突，而在拉辛悲剧中，这两类情感却无法自如转换，正如上文中提到的一样，瞬间激情无法过渡到持久之爱。而情欲，笔者认为，指的应当就是瞬间激情。因为欲念，就存在于一念之间，一眼之间。

悲剧主人公往往因瞬间激情的产生，爱上某个不应爱上的人，或被某个不应爱的人爱上。由此悲剧主人公陷入两难，内心世界的挣扎与外部世界的斗争同时存在。在拉辛悲剧中，瞬间激情不仅仅存在于当下世界，它同时存在于过往世界，它是费德尔在雅典望向依包利特的那一眼；是卑吕斯血洗特洛亚时望向昂朵马格的那一眼；也是尼禄在欲望之夜中望向朱妮的那一眼。但真正属于拉辛的悲剧技巧却不是过往世界的那一眼，而恰恰是在当下世界中，这份瞬间激情被再次唤起的瞬间。

《费德尔》《昂朵马格》中，这份瞬间激情被当下世界的导火事件唤起，再次引发，并比以往更加激烈炙热。忒赛之死解除了费德尔身上某些来自道德伦理的束缚，提供了一个她向爱恋对象表述情欲的时刻；奥赖斯特带来的请托，由于它的时效性迫使卑吕斯让昂朵马格做出选择，而关于阿斯佳纳生死的选择则意味着昂朵马格是否接受卑吕斯的情欲。在《勃里塔尼古斯》中，由于导火事件的发生时刻极靠近当下世界，拉辛在这个近前史中完成了两项任务：表述事件的同时让导火事件本身成为触发尼禄瞬间激情的时刻。这样，关于尼禄欲望之夜（权欲和情欲）的近前史就为悲剧主人公悲剧性自我摧毁的瞬间（当下世界）提供了佐证。

2.1.3 未来世界

在过往、当下两阶段的世界中，对立冲突一直存在。我们看到了那个经历痛苦挣扎的悲剧主人公。相较《昂朵马格》《勃里塔尼古斯》结束在无解答的疯癫中，《费德尔》的结尾则更加让人深思。

费德尔终究无法完全地用理性来控制自身，只能以自杀来寻求为"人"的真相，而与悲剧主人公纠结挣扎，最终选择承担相对应的却是忒赛"理性"的另一种"承担"（全剧中他一直表现为拒绝接受真相，并且从不质疑自身）。剧作没有结束在费德尔的倒下，而是在忒赛顾全大局的独白中结束。

忒赛：如此卑鄙下流的勾当，
　　　决不会一死就被人遗忘。
　　……

不要去追究世仇的种种恶迹,

他的情人就作为我的女儿!

【五幕七场】

　　无疑,忒赛代表秩序,他需要归复被费德尔的情欲所扰乱的惯常秩序,因此他义正词严地痛斥费德尔的"下流勾当",并且最终以宽容的名义再次规范既定秩序中的道德(不再追究世仇)。大幕落下,至此,当下世界在拉辛笔下结束。

　　情欲问题一直是拉辛悲剧试图探讨的重点。我们看到拉辛在《费德尔》序言中为其辩解的一段话。

> 　　再说,我还不敢肯定这个剧是不是我所有的悲剧中最好的一部。我想还是让读者和时间去决定它的真正价值吧。我能肯定的就是我从未像在这个剧中里这样强调美德。在剧中,即使是微小的错误也受到严厉的惩罚。甚至犯罪的念头和罪恶本身一样遭人憎恶。由于爱情产生的缺陷在剧中被看作是真正的短处,表现情感只是为了使观众看到它是万恶之源;剧中处处都以使人认识并憎恶丑恶行为的色调来描绘邪恶。这样做正是要求凡是为公众写作的人都应当向自己提出的这个目标,而且这也是最初的悲剧诗人超出一切的考虑。[1]

1　序言引用,参看吕西安·戈德曼:《隐蔽的上帝》,蔡鸿滨译,百花文艺出版社1998年版,第560页,脚注①。

其实，拉辛并非在为情欲辩解，他是在为自己描写的骇人情欲、非理性瞬间所带来的巨大毁灭力辩解（即便是这样，拉辛也远远超越了同时代的剧作家）。从序言中的这句"表现情感只是为了使观众看到它是万恶之源"，我们看出，真正使拉辛恐惧的不是情感（情欲），而是由"爱情产生的缺陷"所带来的"恶"，这份恶体现在古典时代人们对非理性的集体排拒上面。

因为"犯罪的念头和罪恶一样遭人憎恶"，所以即便不能清晰定义什么是非理性，那么，有违理性判估的、涉及越界的、可能无法自控的情感，即便仅仅是念头也是"恶"，也是让人惧斥的。

从忒赛的痛斥罪恶与重建道德秩序中，我们似乎可以窥测出一些拉辛预设的未来世界的样貌。未来世界不同于过往、当下世界。在这个世界中人们不再被非理性所"迷惑"，不再蒙受情欲这个"万恶之源"所带来的痛苦，而是用可以控制自身的理性去组织这个世界。很明显，昂朵马格和朱妮存活于这个未来世界，而费德尔、卑吕斯、爱妙娜、奥赖斯特、尼禄则被拒之于未来世界的大门外，拉辛对于那些致使人们丧失理智的"非理性"，拒绝态度是明确的，然而他所要求的足以控制自身的"理性"到底是什么，拉辛又是态度暧昧的。

未来世界需要的究竟是哪一种理性？那些最终在悲剧中存活下来的人物，以及期间无辜丧命的人物，他们是否能顺利进入未来世界？这是拉辛为我们留下的谜题。

第二节 关于"时间"的发现

拉辛悲剧中的时间问题，暗含着的也就是三一律的问题。

关于三一律在真正的戏剧中的功能，斯丛狄这样谈道：从静止的内心世界和外在世界中除去纯粹的辩证——动态的过程，创造那个绝对的空间，满足完全再现人际事件的要求[1]。而时间的问题本身也是在古典主义时期之后的时代里才成为问题的。

对应拉辛悲剧，我们研究的重点不在于古典主义时期三一律本身的规则和运用，而是斯丛狄所言的，由三一律创造的那个"绝对的空间"。这是拉辛悲剧中三一律出现的真正原因。拉辛使用它来展现悲剧人物内心理性与非理性博弈的精彩瞬间，由此，拉辛超越了时间，当下世界成为表述对象（未来被隔绝，而过去也被取消，两个世界在剧本中均不可见）。在这里，他重新发现了属于悲剧的"时间"，并成功地在《费德尔》中运用意象与象征去支配这个"时间"。

事实上，拉辛对于悲剧"时间"的重新发现让我们关注到非理性瞬间的巨大毁灭力量，更重要的是，由于"绝对空间"的出现，我们发现悲剧人物"静止"同时又"运动"着的内心世界，借由这层矛盾，我们可能触及在古典主义时期不曾被注意到的另一种可能性：理性与非理性共存于人一身的可能性。

---

[1] 彼得·斯丛狄：《现代戏剧理论（1880—1950）》，王建译，北京大学出版社2006年版，第36页。

2.2.1 高度隐喻的时间

拉辛悲剧中的"时间"概念十分重要，然而拉辛对于"时间"的发现也是一步一步形成的。我们看到，基于《昂朵马格》（1667）、《勃里塔尼古斯》（1669）、《费德尔》（1677）三个剧本创作的先后顺序，拉辛对于"时间"的运用逐步与其悲剧内核相契合。到了《费德尔》中，"时间"成为一个具有高度隐喻的东西，它不仅仅指涉剧中人物所经历的时间（剧情时间）与实际的演出时间，还关乎拉辛本人所赋予剧作的悲剧时间。

哲学上对于时间内涵的解释是无尽永前。"无尽"指时间的限度，没有起始与终结；"永前"则意味着时间的增量总是正数，也就是说，时间只会流逝而无法回溯。时间是衡量事物发生过程及运动的参数，而时间的长度也只有通过两个不同的时间点，通过时段得到空间化的理解。犹如亚里士多德在《物理学》一书中表达的，它是与某种关于自然的存在联系在一起的。"时间"与"地点"和"运动"是相提并论的。

从戏剧实现的角度上说（尤其在现代戏剧危机之前），只有某种时间性的东西才可以被再现出来，时间本身是无法再现的。戏剧中的时间只有通过某一空间，以及处在其中的人物、事件的转变与变化得以体现。因此戏剧只能表述时间而非直接展示时间的过程（诚如卢卡契所言，直接展示时间只有通过小说的形式）。

时间由时刻和时段构成。时刻好似空间中的一点，许多点、许多时刻的连接便形成了时段，而无数时段没有起始没有终结的永前排序又形成了时间。叙述这一点并非意在从哲学层面上解释时间，尽管这样粗浅的解释也远不能详尽。

提到时刻与时段是因为，在笔者看来，它似乎关联到拉辛对于自身悲剧时间的建构。时刻与时段分别对应瞬息时间与持续时间，持续时间由一阶段内无数的瞬息时间（时刻）所构成。瞬息时间与持续时间在拉辛悲剧中又与描述情感的瞬间激情与持久之爱相关联，而在拉辛悲剧中，瞬间激情无法过渡到持久之爱：费德尔对依包利特的（《费德尔》），卑吕斯对昂朵马格的（《昂朵马格》），尼禄对朱妮的（《勃里塔尼古斯》），贝蕾妮丝对提图斯的（《贝蕾妮丝》），罗克萨娜对巴雅泽的（《巴雅泽》），等等。

这触及了拉辛悲剧的本质。他将情感形式可能造成的非理性巨大毁灭力倾注于瞬间激情和持久之爱的不容转换上，从时间的概念上，这意味着打破自然界的某种规律和进程。作为时刻存在的瞬间激情无法过渡到足以形成时段的持久之爱，然而悲剧人物又奢求这种转换。这层奢求，这层欲望成为人物内心的执念，成为悲剧本质矛盾：理性／非理性博弈的体现。

关注瞬间激情（无论是过往世界存在的，还是当下世界由导火事件再次激发的）本身就是一种对可能存在的人物非理性瞬间的关注。与此同时，描述这种无法过渡的痛苦，对于悲剧人物而言，意味着放慢冲突时间，延缓冲突双方的发展，同时也聚焦了斯丛狄所言的"绝对空间"。

由于拉辛对于情感形式的理解与表述，他发现了属于自己的悲剧时间。在这里，古典主义戏剧推崇的三一律不仅得到了很好的执行，而且由于与其所表述的本质矛盾相契合，这一形式成为拉辛悲剧的内在必然性。

2.2.2 表述时间的三种方式

由于戏剧只能表述时间而无法直接展示时间的进程，那么，基于拉辛对于"时间"的发现，拉辛悲剧中出现了三种表述时间的方式。就编剧技巧而言，是逐步成熟的，它们分别指向时刻、时段以及高度隐喻化的时间。

使用具体表述时间线索的台词

我们看到，在《昂朵马格》与《勃里塔尼古斯》中，表述时间的方式多依赖于人物台词中出现的具体时间（《费德尔》中则几乎完全改变了这一方式），它们或指向某个特殊时刻，或强调三一律限定的时段（24小时之内）。诸如"刚才""今夜""半夜三更""黑夜之前""一瞬间""一天之内""一夜工夫""一点钟之内""旦夕之间"等等。

下面，我们各从两个剧本中选取一段较为有代表性的台词。

爱妙娜：但是，假如你替我报仇，
　　　　那你就在这一点钟之内替我报仇。

　　　　　你的任何迟疑在我看起来都是拒绝。
　　　　　你快跑到庙里去。必须干掉……
　　　　　……
　奥赖斯特：我差不多还是刚到爱比尔，
　　　　　你就要由我的双手去推翻一个国家；
　　　　　你要处死一个国王，而为执行他的死刑，
　　　　　你只给一天，一点钟，一瞬间的期限。

【四幕三场】《昂朵马格》

　朱妮：决定要在今夜暗中对您报复，
　　　　如若我见您时，他把阴谋布置，
　　　　如若我俩谈话这是最后一次……
　　　　……
　勃里塔尼古斯：怎么？公主，同一天内那赫赫至尊
　　　　尼禄认为可用荣华来迷惑您，
　　　　……
　　　　怎么？就在这同一天，同一境地
　　　　您拒绝了高位，在我眼前哭泣！

【五幕一场】《勃里塔尼古斯》

　　标注重点符号的均为表述时间线索的台词，我们可以做一个简单的分类。在这里，"一点钟之内""今夜"指涉具体时刻，前者是爱妙娜命令奥赖斯特刺杀卑吕斯的时刻，后者则预示着尼

禄谋害勃里塔尼古斯的时刻;"刚到""同一天内""同一天"指涉时段,或直接表明,或通过强调导火事件与当下谈话(笔者刻意选取了剧作接近尾声的场幕)在时间上的接近,表明当下世界展开的时限;"最后一次"由于涉及两人的共同时间,可以被归入下一类(使用对白的方式表述时间),但同时也可以作为人物的特殊时刻来理解。

值得关注的是奥赖斯特的台词:"你只给一天,一点钟,一瞬间的期限",它体现了拉辛在言语掌控上的技巧。因为仅在这短短的一句话里,拉辛表述了来自时段对于时刻的步步紧逼。从"一天"到"一瞬间",时间被不断压缩,时限显得愈来愈短促。压力来自于言语本身,它不允许人物存在任何迟疑。

这一精彩台词无疑指向了悲剧时间(拉辛悲剧中类似这样的台词还有许多)。尽管表层的剧情时间不断缩减给人以压力,人物抉择时的内心时间却被相应拉长放慢,拉辛使用了最实在的方式——以人物具体台词,宣告悲剧出现在当下世界,出现在这一被"限定"的时段内。

使用对白的方式

如果说,以台词中具体的时间词汇来表述悲剧时间是一种最基本的方式,那么,使用对白的方式建构悲剧时间则在技巧上更进了一步,同时它更倾向于表述时段而非特殊时刻。

斯丛狄在谈到现代戏剧危机的挽救尝试时,提到了戏剧对白的作用,他说:"戏剧对白在它的每一个往复中都是不可回收和具有后果的。作为因果链，它建构起一个自身的时间，脱离时间的进程。"[1]

斯丛狄的意思清晰明了，对白建构的自身时间是与人际互动关系息息相关的，一旦当下世界的人际互动关系消失，对白就撕裂替换成独白，而如果过去世界成为主宰，那么对白也就变成了用以回忆的独白。以上谈到的两类对白的危机，在拉辛悲剧中都没有出现，相应地，由于对白具有将悲剧人物联结起来的约束力，拉辛巧妙地通过再现人际关系构建了当下世界的时间。

这一方式在《昂朵马格》中表现得最为突出，主要是由于其多角情感关系造成的。剧中存在着三组三角关系，分别是：厄克多－昂朵马格－卑吕斯，昂朵马格－卑吕斯－爱妙娜，卑吕斯－爱妙娜－奥赖斯特，每一场人物间的对话都会对对方施加压力或造成影响，而这份影响则作用在紧接着的下一场对话中。正是由于每个场面中的人物对白具有不可回收性，因而伴随着人物或真或假的回应，后果被作用在人物自身以及这个人物与另一个人物的人际互动中。这样的因果链在《昂朵马格》中，由于彼此间情感关系（爱与被爱，嫉妒与报复）的设置形成了对白的自身时间。

例如一幕二场奥赖斯特向卑吕斯道明来意，索要昂朵马格的儿子，继而一幕四场就出现了卑吕斯要求昂朵马格做出选择的场面。同时一幕二场与卑吕斯的对话驱使奥赖斯特在二幕二场会见了爱妙娜，两人的对话又使得奥赖斯特在二幕四场再次找到卑吕

---

[1] 彼得·斯丛狄：《现代戏剧理论（1880—1950）》，王建译，北京大学出版社2006年版，第79页。

斯，请求他放弃交出阿斯加纳。而一幕四场昂朵马格的反应刺激到了卑吕斯，因此二幕四场出现了第一个诱发悲剧产生的转折点：卑吕斯同意交出阿斯加纳，并要求与爱妙娜完婚。

我们看到，人物的反应是前后相关的连锁反应，而这种紧密性构建了拉辛的悲剧时间。由于对人物关系的关注，对白的自身时间没有参与到"真实"的时间进程中，而是"加速"了时间的进程，将外部事件或人物反应所带来的影响在尽可能短的时间内作用到人物身上。对白构建的时间，由于它的连锁性、紧凑性遵循了三一律所规定的剧情时段：同一天内。

在使用对白的方式建构时间中，还有两点值得我们关注，尽管这两点前文已简要提及。

其一，独白。在当下世界人际互动关系成立的情况下，对白是主要形式，而独白同样存在，并且作为另一种体现悲剧时间的方式。

我们依旧以《昂朵马格》为例，剧中有三场人物独白，分别出现在二幕三场（奥赖斯特）、五幕一场（爱妙娜）、五幕四场（奥赖斯特）[1]。由于人物处在当下，三场独白都不是讲述过往，而是对当下自己的一种分析（二幕三场），或者说一种颠覆再颠覆（五幕一场中的爱妙娜就是否报复卑吕斯，出现了四次反复）。独白也不是"我现在在想什么"的简单讲述，它是一种可能性的表述，甚至是有一些疯癫心理状态的表述（五幕四场，因为紧接着的五

---

[1] 其中只有二幕三场奥赖斯特的独白被标注为"独白"，而另两场则没有。但笔者认为三场均符合独白的要求，人物独自在场上且表述当下的内心活动。

幕五场就是著名的奥赖斯特疯癫场面）。拉辛在组织人物独白时，往往关注重要的当下世界内容，不可否认，独白在当下世界中是那一瞬间的，即兴的，刚刚体会到的。同时，表述它的过程又拉长了时间，这个瞬间因而变得具有意义和价值。

有意思的是，三处独白都没有出现在悲剧主人公昂朵马格身上，她做出最终选择的重要场次出现在她和好友赛菲则的对话中。拉辛对于三处独白的使用似乎反映了他的某种认识和意图，它们出现在即将被非理性瞬间击溃的人物爱妙娜和奥赖斯特身上。那么，这正好印证了笔者提出的假设：拉辛对于情感形式的认知使其发现并重构了悲剧时间。

我们看到，这份意图到了《费德尔》那儿变得更加清晰。《费德尔》全剧仅有两处明确的独白，分别是三幕二场与四幕五场，主人公均是费德尔本人，同时另两场孤独的"与神对话"（一幕三场、四幕六场）也是出自费德尔。与《昂朵马格》中独白不同的是，由于多了一层对"人"本质的追问，费德尔的独白不仅表现了非理性瞬间的巨大毁灭力，同时还再现了两个费德尔（理性与非理性）的博弈过程。

与对白不同，独白"放慢"了时间的进程，使我们关注人物内心，关注"绝对空间"，同样也起到了构建悲剧时间的作用。

其二，对白中出现的"最后一次"。"最后一次"是悲剧人物（不单单指悲剧主人公）做出重要抉择前的一声告别，或者说，是她们在当下世界的死亡"预告"。这无疑是拉辛对于悲剧时刻即将到来的一种暗示。之所以放到这里谈，是因为"最后一次"涉及

说话者与说话对象的共同时间,并非单纯地表明时刻,

我们分别来看三个悲剧中"最后一次"出现的场次。

昂朵马格:赛菲则,我们去看他最后一眼吧。
【四幕一场】《昂朵马格》

朱妮:如若我俩谈话这是最后一次,殿下啊!
【五幕一场】《勃里塔尼古斯》

费德尔:太阳神呀!这是我们最后一次相见。
【一幕三场】《费德尔》

很明显,《费德尔》中"最后一次"出现的时间和对象与前两个剧都有所不同。在时间上,与《昂朵马格》《勃里塔尼古斯》中"最后一次"出现在剧本接近尾声处不同,《费德尔》中出现在悲剧主人公费德尔上场之时,也就是说费德尔的诀别是在她登场之时,而她的求死心理也持续了整部悲剧。

在对象上,《昂朵马格》中的"他"是指儿子阿斯加纳,昂朵马格在做出死亡选择前想要再见一次儿子,她要保住儿子性命的同时忠于自己的爱情,因此她说,"为了这点骨血,我自己曾在一天之内,牺牲了我的血,我的恨和我的爱"[1]。《勃里塔尼古斯》

---

[1] 四幕一场。拉辛:《拉辛戏剧选》,齐放、张廷爵、华辰译,上海译文出版社1985年版,第66页。

中朱妮的最后一次谈话是指与勃里塔尼古斯,她预感到可能降临的悲剧,因此她希望勃里塔尼古斯不要急于赴约,而最终得知爱人已死时,她做出了最终决定:献身神庙。

这两个剧本中悲剧人物"最后一次"告别的对象都是人,而在《费德尔》中,这个对象变成了神,费德尔一出场就与具有隐喻意义的太阳神告别。

悲剧人物死亡预告时间与对象的不同,使得《费德尔》在悲剧时间的建构上不同于前两部剧作。时间上的不同指向了两种悲剧时序:直线时间与循环时间,《费德尔》无疑是后一种。对象上的不同则指向了拉辛表述时间的第三种方式:意象的使用,而以太阳神为代表的神的形象便从属于"白昼/黑夜"这组同样支配着拉辛悲剧的对立意象中。

使用意象:白昼/黑夜

在《费德尔》中,拉辛鲜有提及具体的时间,诸如"今天""一天""旦夕之间"这样的词汇少之又少,几乎没有。然而这并没有使我们模糊当下世界的时间,相反地,《费德尔》中当下世界的时间格外清晰,我们甚至不会去顾及它是否发生于一天之内。在这里,除了使用对白与独白构建悲剧时间,拉辛在普遍的时间中重新发现了一种生动的、抽象的同时又具体的对立,他放弃使用具体的时间线索词汇,转而运用这份对立来支配费德尔的内心时间,从而建构悲剧时间。这份对立就是白昼与黑夜。

白昼与黑夜构成时间上完整的一天,同时它们又是彼此对立,无法跨越交换的。即便在痴人看来那也仅仅是白昼伪装成黑夜，因为他们无法感知光，而非黑夜成为白昼。古典时代的疯癫形象，诸如《昂朵马格》中的奥赖斯特，在他成为弑君者、暗杀犯、渎神者的那个夜晚，即便他历经了"三重黑夜"，那也没有使他看见白昼，他看见的只有虚无。

白昼与黑夜彼此对立，拒绝妥协，却又共同构成普遍的时间，这难道不正印证了人类悲剧生存中不可协调的分裂吗？这难道不是时间（秩序）与悲剧（分裂）之间最完美的契合吗？而让时间与悲剧以这种方式相遇，正是古典时期悲剧的特色。这样看来，三一律在古典时期出现并得到繁荣也从一个侧面证实了这层内涵。

无怪乎福柯称白昼与黑夜的循环是古典时期世界的法则，而这一法则就是以数学科学来主宰一切，非黑即白，它统治着一个没有晨曦暮霭的世界[1]。白昼与黑夜的对立背后是泾渭分明的秩序，而悲剧的出现又打破了这一秩序。

三一律要求悲剧必须在这独一无二而又永恒对立的白昼和黑夜的交替中保持平衡。因此，福柯说，"在拉辛的戏剧中，每一个白昼都面临着一个黑夜，可以说白昼使黑夜得到揭示"[2]，这绝不仅仅是一个简单的意象化比喻，至少在《昂朵马格》《勃里塔尼古斯》中这个黑夜是真实存在的。

《昂朵马格》里这个黑夜是过往世界的血洗特洛亚之夜以及

---

[1] 米歇尔·福柯：《疯癫与文明》，刘北成、杨远婴译，生活·读书·新知三联书店2012年版，第105页。

[2] 米歇尔·福柯：《疯癫与文明》，刘北成、杨远婴译，生活·读书·新知三联书店2012年版，第106页。

当下世界的奥赖斯特疯癫之夜；《勃里塔尼古斯》里这个黑夜是尼禄掳走朱妮以及最后毒杀勃里塔尼古斯的欲望之夜（两个头尾呼应的黑夜再一次体现了三一律规定的时间）。真实存在的黑夜代表着罪恶、仇恨以及恐惧，它无时无刻不在骚扰着白昼，使之不得安宁。

而到了《费德尔》，我们发现这个真实的黑夜消失了，剧中（无论过往世界还是当下世界）不再标注罪恶发生的时刻。如果说剧中唯一真正有效的罪恶确实存在——费德尔对依包利特的瞬间激情——那么，它也是发生在白昼的罪恶，费德尔面对太阳，面对光亮一次次喊出那份属于自己的罪恶。那份罪恶是费德尔的真正黑夜所在。费德尔的黑夜不再是具体的，而是源于内心，源于自我分析的。

白昼与黑夜构成时间，同时我们还可以将其引申为光亮与黑暗、阳光与阴影等一系列明与暗的组合方式，而一旦这么做了，也就意味着这组表述时间的名词具有了某种隐喻的意味，相应地，原本具有隐喻意味的词汇也开始具备了时间的概念。

有意思的是，《费德尔》中似乎也不再遵循前两个剧本中黑夜骚扰白昼的规律，而是出现了另一个变式。我们看到厄诺娜的以下这段话。

> 厄诺娜：黑暗已经三次笼罩住苍穹，
> 　　　　睡意却没有一刻进入您眼中。
> 　　　　骄阳已经三次驱逐黑暗，

您却不思饮食，精神备受熬煎。

【一幕三场】

　　值得深思的倒不是"三次"，而是拉辛通过厄诺娜所表述的"骄阳（光明）驱逐黑暗"的事实。我们看到的结果是并未成功，面对骄阳费德尔依旧"不思饮食，精神备受熬煎"。那么，对于费德尔而言，并非黑夜在骚扰白昼，而是光明在"入侵"黑暗。如果将光明理解为企图振作恢复理智的费德尔，而黑暗则对应受情欲所控痛苦的费德尔。拉辛这里的修辞是否是一种关乎理性／非理性博弈成败的暗喻呢？

　　将白昼／黑夜与光明／黑暗相提并论，拉辛一定不是第一人，然而就白昼／黑夜的对立统一与戏剧人物的发现相关联这一点上，拉辛可能已远远超出了古典时期的剧作家们。因为他不仅描述白昼的阳光，还借费德尔之口道出了白昼的阴影所在；而面对黑夜，那里不仅有无尽的黑暗，同时还有昂朵马格与朱妮所见的光亮。费德尔面对太阳，却说出了黑夜的所有秘密，而后两者身处黑暗，却揭示了最深刻的白昼的真相。

　　昂朵马格：你想象一下卑吕斯，
　　　　　　　两眼冒火，趁着我们宫室焚烧的火光闯进来，
　　　　　　　从我所有死去的兄弟的尸堆中打开一条血路，
　　　　　　　他满身是血，鼓动着残杀。
　　　　　　　他们在火焰里窒息了，

> 他们在刀剑下丧命了；
> 你想象一下，在这恐怖中丧魂失魄的昂朵马格吧；
> 卑吕斯就是这样地呈现在我眼前……

【三幕八场】[1]

《昂朵马格》中黑夜的光亮是卑吕斯焚毁特洛亚的火把，火光中丧命的是昂朵马格的家人、兄弟、丈夫，伴随黑夜光亮的还有鲜血、屠杀以及罪恶。拉辛特意在昂朵马格的转述中给了一个她与卑吕斯初遇时的特写，而这份光亮，这个瞬间，这血腥屠杀中的一眼，反讽地成为卑吕斯日后为之执念的病因，却是昂朵马格在血洗特洛亚黑夜中发现的真相。实际上，悲剧在那一幕已经定格。

> 尼禄：火光刀影下她的眼睛分外明亮；
> ……
> 　　　怎么好？我不知是否她衣未整，
> 　　　是否暗中见火把，静中闻喊声，
> 　　　以及见强人野蛮绑架凶相毕露，
> 　　　使她受惊的眼睛反增添了媚妩？

【二幕二场】

1　相关火光的表述，还有昂朵马格三幕六场的台词："我们的城垣起了火；我曾看见我全家人都丧了命，我那流血的丈夫被拖拉在尘埃里……"

这是幕启前尼禄的欲望之夜，火光中没有透露任何关于白昼的真相，唯有尼禄的欲望。尽管剧作由黎明开始，拉辛却让黑夜一直延续，直到尼禄毒杀勃里塔尼古斯的行为完成，由另一个黑夜的开始接替一个黑夜的结束。整整五幕戏构成了尼禄的黑夜，悲剧时间便蕴藏在这一首一尾两个黑夜之间，同时也蕴藏在由人丧失成为兽的尼禄身上。然而黑夜中的火光终究在最后一幕亮起，它昭示了朱妮的选择：那时候百姓被这景象所激动，从四面八方拥来，紧紧把她围拢……异口同声地要把她加以保护，把她送进神庙……那为神道们点起而不灭的圣火[1]。

并非所有人都能在黑夜中发现光亮，黑夜中，拉辛让他的一部分悲剧人物发现白昼的真理，而另一些则彻底地迷失。《昂朵马格》的具体黑夜出现在昂朵马格的转述以及结尾处奥赖斯特的疯癫中，然而昂朵马格揭示了真相，奥赖斯特则在黑夜中投身地狱的狂怒；《勃里塔尼古斯》的具体黑夜出现在一首一尾中，结尾朱妮发现了神的光亮，转而遁世，而尼禄则陷入疯狂。

那么，到了《费德尔》这里，已经不存在具体的黑夜，处在白昼阴影中的费德尔成为自身真相的承载者。这份真相，不同于昂朵马格与朱妮的，不再是他人的真相，因为"罪恶"不再源自对方。面对太阳，费德尔发现的黑夜秘密关乎自身，黑暗也来自于自身。如果说，拉辛一直试图将白昼／黑夜的辩证关系与悲剧人物的发现建立联系的话，在《费德尔》中，由于"发现"完全

---

[1] 五幕八场。拉辛：《拉辛戏剧选》，齐放、张廷爵、华辰译，上海译文出版社1985年版，第187页。

成为"自我发现",这层本质性直接聚焦于人身上,聚焦于自我的理性与非理性瞬间的博弈。与此同时,《费德尔》中对于自我的发现与对于时间的发现互为指引,白昼与黑夜的意象成为剧中的时间线索,一种新的悲剧时序出现了。

我们留意费德尔初次登场与下场时的台词。

费德尔:太阳神呀!这是我们最后一次相见。
【一幕三场】

费德尔:死神来临,亮光已在我眼前消尽,
被我亵渎的上苍将恢复它的明净。
【五幕七场】

费德尔对于太阳神的呼唤意味着什么?仅仅是对于光明的呼唤吗?还是对于自身理性的呼唤?那么她期望恢复的明净又是什么?是一种死前的救赎,抑或是重新发现自我的某种净化?属于悲剧的卡塔西斯?拉辛通过辞藻与意象告诉我们,费德尔的上场与下场都由"太阳""光亮"指引,然而她却始终存在于黑夜中和白昼的阴影中。

因此这里论及的《费德尔》中的循环时间,并非指实际的戏剧时间,拉辛似乎已经超越了"三一律"中对"同一时间"的限制,转而变成了与他悲剧内核息息相关的东西。大幕拉开,未来从永恒开始显现,费德尔一直处于悲剧的那个唯一的时刻,她的恐惧、焦虑、报复、反复以及最后的赴死,她的所有非理性时刻,使悲剧时间在她这里成为一个循环。

我们可以说,拉辛的白昼／黑夜,光明／黑暗在费德尔这里都是,且指向了她独自的内心时间,即斯丛狄所言的"绝对空间"。在《费德尔》中,拉辛对于"时间"的意象化处理意味着脱离了时间的进程,它聚焦时间本身。而在这个唯一的时刻,戏剧中的过往世界第一次消失了,完全成为绝对的、当下的、此刻的时间。

2.2.3 神的形象

神的形象是由白昼与黑夜这组对立统一引申出的小议题。正如一幕三场费德尔才迟迟出现,本文的题眼阿波罗与阿弗洛狄忒也在第二章第二节中才露面。基于前文的梳理,神的形象现在来谈,就显得不那么突兀了。

《费德尔》中主要出现了四个神的形象。概括而言是两组神的形象,一组对立的神与一组惩罚的神。

题眼的阿波罗与阿弗洛狄忒是一组对立的神,它们分别指涉首次出现于剧本一幕三场的太阳神[1]与爱神[2]。拉辛的《费德尔》改编自欧里庇得斯的《希波吕托斯》,而欧里庇得斯的《希波吕托斯》的故事原型源自费德尔与希波吕托斯的希腊神话。在希腊神话与

---

[1] 一幕三场。费德尔:"太阳神呀!我的母亲做您的女儿毫无愧容。"拉辛:《拉辛戏剧选》,齐放、张廷爵、华辰译,上海译文出版社1985年版,第199页。

[2] 一幕三场。费德尔:"呀!可恨的爱神!呀!这害人的怒火!"拉辛:《拉辛戏剧选》,齐放、张廷爵、华辰译,上海译文出版社1985年版,第203页。

欧里庇得斯的悲剧中，太阳神就是天神宙斯之子阿波罗，而爱神则是宙斯之女阿弗洛狄忒，维纳斯是她在罗马神话中的名字。

阿波罗与维纳斯（一位男性神，一位女性神），除了是神的名字，在拉辛笔下，它们还被赋予了另一层更深刻的含义。从文本层面，我们可以说，太阳神代表着理智的光明，维纳斯代表着爱情的欲火，一个在阳光下，另一个则处在阴影中。更重要的是它们意味着费德尔的理性与非理性，而与它们在一起的则是费德尔的良心，按她的良心来说，她的行为就是无尽的罪恶和错误。

太阳神阿波罗是费德尔的理性，它阻止费德尔忘记荣誉和责任活下去；而爱神维纳斯代表着费德尔的情欲，它阻止费德尔忘记爱情活下去。费德尔的痛苦不仅仅在于爱还是不爱，活着还是死去，而是她的良心要求她同时与两位对立的神对话。她希望获得爱情，然而也并不弃绝荣誉和责任，这是她想要的"全部"。因为在她看来，这些似乎是可以共存的，这些是得以成为"人"所能够包含的，然而事实却严厉地击垮了她。厄诺娜是一个更为贴近"现实"的人，她劝告费德尔只能二选其一，要么爱情要么荣誉，这样才能使她活下去。而这些在费德尔看来却是妥协。

拉辛为费德尔设置了一个死局。她的索求无法与剧中的任何一个人（厄诺娜、依包利特、阿丽丝、忒赛）相调和，她是一个完完全全的"异类"；与任何一个人物的交流都成为击破她幻想的利刃。这些交流告诉她，那些她所要求的"全部"，仅仅是错误，是罪恶，是无尽的黑暗。因此，我们看到，每当费德尔需要做出下一步选择的终极时刻，她与旁人的交流都会演变成"孤独的对话"，而这个对话就是拉辛在《费德尔》中最富创意的设置——与神对话。它们分别出现在一幕三场、三幕二场（这场仅费德尔独自在场）、四幕六场。需要一提的是，拉辛悲剧中神的形象不同于欧里庇得斯的悲剧，它们并不真正出现在文本中，《费德尔》中四个神的形象也是如此，唯有后面谈的海神形象，但它也仅仅出现在德拉曼尔的转述中。

太阳神与爱神代表着费德尔作为"人"一体两面的理性与非理性，它们彼此对立，相互博弈，却又难分伯仲。唯一达成共识的可能，就是费德尔的死亡，而这也是费德尔最终得以复归"人"，而非沦为"兽"的选择。

在这里，我们看到了一个悖论和一个循环。费德尔要求"全部"，她要爱情、责任和荣誉全有，而这个前提是她要活着，这是她作为一个"人"的要求，或言，作为一个"人"，她无法在其中做出取舍，她无法擅自掌控自身的欲望。但同时作为一个"人"，她又不能样样享有。于是她陷入挣扎与痛苦，她不愿因着情欲或忘却荣誉而堕落为"兽"，唯有死亡才是她复归"人"的途径。悖论在于，想要成为一个"人"，费德尔必须死亡。而循环在于，处在白昼阴影面的费德尔始终置身于那个唯一的，挣扎的，赴死的时刻。这是费德尔真正的悲剧性所在，这一时刻也构成了全剧循环的悲剧时序。

那么，从剧作家的角度，我们是否可以说，两位神祇的运用也显示了拉辛对于理性与非理性的认识呢？费德尔的挣扎体现了理性与非理性彼此对立的固有属性，而挣扎本身是否也表达了理性与非理性共存于人一身的可能性呢？第一章中我们讨论了为何而死，再进一步，"兽"与"人"的界限到底在哪？"兽"又是如何被划定的呢？这肯定不是孤立的剧作家拉辛可以回答的，它是处在古典时期的剧作家拉辛才可能回答的问题。无论如何，费德尔的死亡为我们指出了一条看待古典时期理性与非理性的途径。理性与非理性是相互对立疏离的，非理性遭到排拒，而因为涉及了非理性的因素（瞬间激情、难以自控的情欲），费德尔的最终死亡意味着理性对非理性的征服，这也就是费德尔想要复归"人"，却必须死的悖论。

另一组惩罚的神的形象是海神奈普顿与冥界判官米诺斯。与前一组对立的神的形象不同，它们暗示着费德尔的罪恶。奈普顿有一个更为我们熟知的名字：波塞冬，它的名字首次出现于四幕二场，暴怒的忒赛请求海神帮其惩治逆子依包利特。虽然惩罚作用在依包利特身上，然而依包利特的死也成为费德尔阻止自己活下去的理由。冥界判官米诺斯则是费德尔的父亲，二幕五场中费德尔曾经提过他的名字，但更重要的一场与神对话出现在四幕六场。

费德尔：米诺斯审讯着地狱里所有的鬼魂，
　　　　啊！他的阴魂会怎样恐惧地战栗？
　　　　当他看到面前出现的是他的女儿，
　　　　听她供认出地狱里闻所未闻的罪行。
　　　　……您要成为虐杀自己亲属的顽凶……
　　　　唉！犯罪的耻辱紧紧跟着我……

【四幕六场】

同样地,米诺斯的存在昭示着费德尔的罪恶。有意思的是,两组神的形象都无一例外地直指费德尔的最终结局——死亡。

正如前文所言,拉辛悲剧中三种表述时间的方式:具体说明时间的台词,对白的方式,意象的方式,分别指向时刻、时段以及高度隐喻化的时间。从剧作创作时间与编剧技巧来看是吻合的,也是逐步成熟的。

在《昂朵马格》与《勃里塔尼古斯》中,第一种表述时间的方式是固有存在,它表明悲剧时刻,而运用意象的方式表述悲剧时间则辅助存在。同时,《勃里塔尼古斯》不具备《昂朵马格》中多重纠葛的人物情感关系,人物情感关系中掺杂了纷乱的权力关系。固然悲剧主人公尼禄对于让民众爱戴还是惧怕的选择还是源自于"内心欲望",源于自我的惧怕,但始终介入了权力关系的外在因素,使得尼禄最终疯癫的成因无法连贯。从这个角度而言,《昂朵马格》显得更加"纯粹",更加关注情感的内在因素,但表现方式并非集中于昂朵马格一人身上,而是分散于多角的人物关系中,因此以对白方式构建悲剧时间成为其鲜明的特征。

到了《费德尔》,具体表述时间的台词第一次在文本中消失了,不存在了。拉辛转而使用对白与意象相结合的方式构建悲剧时间,而这里,高度隐喻的悲剧时间出现了,它体现在与白昼／黑夜相关联的一系列代表明暗的意象词汇与神的形象中。悲剧时序也从前两个剧本的直线时间转而成为循环时间，全剧集中体现费德尔一人的内心时刻。

笔者认为，《昂朵马格》与《费德尔》在时间表述方式上的不同，除开编剧技巧的因素，更多的在于拉辛对于理性与非理性博弈的再度发现。《昂朵马格》中悲剧主人公昂朵马格虽然也处于理性与非理性瞬间的挣扎中，但她是清白的，无罪的。她的最终选择完全出于理性，她需要获得死后的"具体"胜利，这也是其悲剧性不彻底的体现。费德尔则不，她是正义的罪人，理性与非理性集于她一身。她最终的赴死也并非要获得"具体"的胜利，而是对自我的发现，她选择以极致的非理性手段重新复归自己"人"的身份。

费德尔这一形象的出现，她不再是代表理性的昂朵马格与朱妮，也不再是代表疯癫的奥赖斯特与尼禄，她没有身处真实的黑夜，却无时无刻不站在白昼的阴影中，这份阴影就是她的挣扎、反复，就是她最终的自我发现。

第三节 关于"发现"的发现

讨论拉辛悲剧中关于"发现"的发现，里面包含了两层意思。

其一，由于所有的"发现"都是基于悲剧主人公的，我们需要考察《昂朵马格》《勃里塔尼古斯》《费德尔》三个剧本中悲剧主人公是否存在"发现"，以及他们各自"发现"了什么。

吕西安·戈德曼在其著作《隐蔽的上帝》中为我们提供了一项有价值的参考。当分析到拉辛戏剧中的悲剧观时，他将拉辛的九部悲剧进行了这样一个分类：拒绝悲剧（《安德罗玛克》[1]《布里塔尼居斯》[2]《贝蕾妮丝》）；现实世界悲剧（《巴雅泽》《米特里达特》《伊菲格涅亚》）；有"突变"和"发现"的悲剧（《菲德拉》[3]）；宗教题材悲剧（《爱丝苔尔》《阿塔莉》）。其中他提到了"突变"与"发现"这一概念，这与亚里士多德在《诗学》中谈论自身交织情节的两项特殊事件"突转"与"发现"十分接近。戈德曼认为《费德尔》是拉辛悲剧中唯一一部含有"突变"与"发现"的悲剧，这引起了笔者的兴趣。

仅仅讨论"发现"是缺乏意义的，它必须与构成情节的另一个成分"突转"相联系，正如将情节结构的打结与结节事件相联系，以此创造悲剧功能或悲剧快感——恐惧、哀怜以及受难[4]。因此，以上三个剧本中的"发现"将与"突转"一同考察，同时，我们的研究也将涉及亚氏在《诗学》中提及的"发现"与"突转"这一基本概念。

其二，拉辛关于"发现"的发现。如同上一节中对于"时间"的发现，这里涉及拉辛个人对于"突转"与"发现"概念的理解与运用。或言之，拉辛的"突转"与"发现"同亚氏所定义的"发现"

---

[1] 即《昂朵马格》。
[2] 即《勃里塔尼古斯》。
[3] 即《费德尔》。
[4] 参看王士仪译注：《亚理斯多德〈创作学〉译疏》，联经出版社2003年版，导论部分 lxiv。

与"突转"有何异同。一样的问题再次出现，拉辛对于这一概念的理解与运用，除开编剧技巧的层面，也关乎他个人对于理性与非理性话题的深入再发现。我们需要探究拉辛对于"发现"的发现与理性／非理性之间的关系。正如我们前面已得出的结论：费德尔最后真正的发现是自己，那个丧失了理性的，不能称之为"人"的自己，她需要以自己的死亡"恢复它的明净"，复归为"人"。

2.3.1 与古希腊悲剧中含义不尽相同的"突转"与"发现"

亚氏在《诗学》中关于"发现"与"突转"的相关论述集中出现在第十章、第十一章与第十六章。"发现"，如字义所表示，指从不知到知的转变，使那些处于顺境或逆境的人物发现他们与对方有亲属关系或仇敌关系[1]。"突转"指行动按照我们所说的原则转向相反的方面（即由逆境转入顺境，或由顺境转入逆境），而方式则是按照可然律或必然律[2]。

《诗学》的译本繁多，仅第十六章关于"发现"种类的诠释就存在多种分类的认知[3]。这里，笔者主要参考王士仪先生的译本。

---

1 亚理斯多德：《诗学》，罗念生译，人民文学出版社1982年版，第34页。

2 由于《诗学》中有两处提到关于"突转"的定义，一处在第十章（结合脚注④），另一处在第十一章，故笔者结合两处内容作一概括。参看亚理斯多德：《诗学》，罗念生译，人民文学出版社1982年版，第32—33页。
另，罗念生版本的定义中关于"行动"概念叙述有些含混，笔者又参考了王士仪版本的译著。王士仪先生将"突转"译作"逆转事件"。他的翻译如下：逆转事件是，正如已经说过的，一个做出行动事件转变到相反的方向。而这种行动事件，正如我们曾经说过的，依照必然律或必需律。王士仪译注：《亚理斯多德〈创作学〉译疏》，联经出版社2003年版，第179页，第185页。

3 有将其分为四类（姚一苇）或五类（Lucas 166），以及六类（Golden, Bywater, 王士仪）的。参看王士仪译注：《亚理斯多德〈创作学〉译疏》联经出版社2003年版，第269页。

根据亚氏的希腊原文，王士仪先生认为，"发现"（罗念生译本中如是翻译）本是个复合词，它的希腊动词原形中已经涵盖了发现的意思，加之结合动词是为又认识、又发现、又知道等意，如现译为 discovery 或 recognition 皆未必能完整表述（为我们熟知的罗念生先生的译本即根据1955年 I. Bywater 校订的《亚理斯多德的诗学》牛津本原文译出）。从实质的情节应用来看，剧中原本所有的犯罪行为事件，经过情节事件的安排，使之"东窗事发"而得以揭发出来[1]。因此，王士仪先生使用"揭发事件"替代"发现"。

王士仪认为揭发事件在结构上构成逆转事件的前提，在译著中将其分为六类（这与罗念生先生参考的 I. Bywater 英文译本中"发现"的分类大体是一致的）：经由记号构成揭发事件；通过创作者的安排处理造成再相识的揭发事件；不知的事件经由记忆而揭发；不知的事件经由推理而得到揭发；不知的事件由谬误推论程序而得到揭发；揭发事件出自情节结构本身。最后一种是亚氏认为最好的形式。

我们看到，亚氏在进行揭发事件（"发现"）的分类时（无论王士仪先生抑或罗念生先生的译本），其实谈了两个层面。其一，经由什么而揭发（发现／再发现）；其二，揭发的是什么（发现／再发现了什么）。当然，这其中还有一个隐含层面，即所有的揭发事件皆是关乎悲剧主人公的。

那么，我们就亚氏分析的古希腊悲剧来看，揭发事件可能存

---

[1] 参看王士仪译注：《亚理斯多德〈创作学〉译疏》，联经出版社2003年版，导论部分 lxii。

在各种途径的揭发与再发现，其中也存在形式的优劣，但最终揭发的是人物身份，或言，彼此身份的揭发。古希腊悲剧中经由揭发事件得到人物身份的认证，由此逆转事件展开，或揭发事件与逆转事件同时展开，以此达到悲剧的恐惧、哀怜以及受难。

而拉辛悲剧中的"发现"却与古希腊悲剧中的揭发事件不尽相同。以《费德尔》为例，六类揭发事件中，最接近《费德尔》中"发现"的是第六类，即出自情节结构本身。而更大的差异体现在，古希腊悲剧的揭发事件均是身份的发现，到了《费德尔》，不再是发现"我是谁/他是谁"的问题，而是"我是什么"。费德尔的发现不再是身份的确认，而是自我的发现，是对于"人"本身的认识。

2.3.2 《费德尔》中的"突转"与"发现"

戈德曼定义《费德尔》为有"突变"与"发现"的悲剧，他的解释是这样的：另外一种形式的悲剧是有"突变"的悲剧，因为悲剧人物依然相信能够通过自己的要求强加给世界而不妥协地生活下去。至于"发现"，则是因为主人公最后终于意识到自己过于沉溺在幻想中了[1]。

在戈德曼的解释里，很明显，他所指的"突变"和"发现"是一个概念，即悲剧主人公原本认为可以以自己的方式不妥协地生活下去，但最终发现自己是过于沉溺于幻想中了。这个"发现"

---

1 吕西安·戈德曼：《隐蔽的上帝》，蔡鸿滨译，百花文艺出版社1998年版，第466页。

就是戈德曼认为的"突变"。至于戈德曼为何有这样的解释，则关乎他个人的悲剧观。这必然涉及一个庞大的论述体系（戈德曼在《隐蔽的上帝》中动用了一整本书的内容去为这个悲剧观作解释），以下笔者仅做一个简单的梳理。

戈德曼认为几乎所有的拉辛悲剧中都含有三个组成要素：上帝、世界和人。在这里，"人"指的是悲剧主人公；"世界"由剧中除主角外其余不同的人物组成，他们唯一且重要的特点就是不真实，缺乏人的意识和人的价值；"上帝"则是指隐蔽的上帝。这关乎拉辛个人与冉森教派以及波尔－罗亚修道院之间的复杂关系。修道院不喜欢戏剧，因此17世纪时期的基督徒拉辛还不能在舞台上表现基督徒和冉森教派心目中上帝的形象，那么，自然拉辛悲剧中的上帝即不信教者的偶像，这个上帝代表着秩序和真理，然而它只能以隐蔽的形式出现，诸如《费德尔》中的太阳神。悲剧主人公则是"被上帝召唤的人"的具体化身，具体到文本中便是费德尔、昂朵马格与朱妮[1]。综上所述，拒绝悲剧意味着悲剧主人公一开始就清楚与缺乏意识的世界不可能有任何调和的余地，他毫不动摇地、不抱幻想地以自己崇高的拒绝态度反对这个世界；而有"突变"的悲剧则意味着悲剧主人公一开始带着天真与幻想试图与这个世界调和，而最终的发现是无法调和，因此选择了死亡。

戈德曼的观点（悲剧观），虽然在很大程度上启发了笔者，但有一些却不能完全认同。其中存在分析角度的问题，戈德曼站在社会学研究学者的角度，将作为"部分"的作品纳入社会集团

---

[1] 戈德曼认为《勃里塔尼古斯》中的悲剧主人公为朱妮，这点笔者并不认同。

或社会阶级的"整体"中加以考察。而这种使用作者、作品与特定社会集团（阶级）做结构类比的方式，最终旨在用作品去解释某个社会集团。这与笔者试图探究的面向不同。戈德曼提到的"隐蔽的上帝"是这样一个存在：冉森教派拒绝戏剧，甚至拒绝在戏剧中表现上帝的形象，与此同时他们又承认上帝是永恒存在的。那么，介于拉辛与冉森教派之间的复杂联系，拉辛悲剧中的上帝成为隐蔽的上帝。它不再直接向世人讲话，不再直接介入人的思想和行动，转而在隐蔽处注视着世人，而这份隐蔽的存在只有那些"被上帝召唤的人"才能感受到。

具体到戈德曼对于有"突变"的悲剧的定义。由于他专注表现"上帝"与"世界"之间不可调和的矛盾，作为"人"也就是悲剧主人公出现的第三要素便成为具体展现矛盾的中介。他／她的"发现"自然也就成为体现矛盾的最佳证据。因此，《费德尔》中的突变即发现，而发现的仍旧是"上帝"与"世界"之间不可调和的矛盾，悲剧主人公费德尔由最初的试图协调到最终的幻想破灭，死亡仅仅是幻想破灭的一种表现手段。戈德曼将戏剧作为一种分析社会现实、社会结构的工具，相对忽略了戏剧自身的艺术属性，同时也忽略了由于文化框架所带给剧作家的限制与经典剧作对于这种框架限制的突破。

笔者关注的是理性与非理性问题在拉辛悲剧文本事实、编剧技巧、历史－文化层面的呈现以及为何这样呈现的原因。那么，基于"突转"与"发现"这个原本属于情节结构范畴的概念，戈德曼的解释似乎忽略了"突转"的外部因素，或言情节结构方面的考量。

《费德尔》中的突转，我们同样可以称其为"逆转事件"（这两个概念意义相同），是由关于忒赛两次生死消息结合构成的。第一次，费德尔纠结于是否向依包利特吐露心声。纠结来自于两个层面，其一，费德尔明白这份瞬间激情是可怕的欲火，她也竭力想"追回失去的理性"[1]。因此当厄诺娜问及她是否在爱时，费德尔是耻于道出依包利特的名字的。其二，出于道德伦理以及自身责任的考量。忒赛是费德尔的丈夫，且目前生死未卜，费德尔十分清楚她对继子的这份情欲是出离伦理界限的。但既然是情欲，那就是费德尔无法自控的（这一点至少拉辛是如是表现的）。我们看到处在一幕三场的费德尔，第二种纠结即自己继母的身份问题是更为重要的。

紧接着的一幕四场，出现了第一次的逆转事件。柏诺帕带来了忒赛已死的消息，全场费德尔仅有一句台词："呀！天哪！"[2] 随后，要求"部分"的厄诺娜提供了重要的建议，她说，"活下去！您再没有什么可以谴责，您的欲火现在变得极为普通。忒赛的死解除了您同他的结俪"[3]。基于亚氏对于逆转事件的定义，忒赛的死带来了主人公境况由逆境转入顺境的局面。然而这份顺境却仅仅是一个假象，它带来的实际效用只有一个：费德尔想要"全部"

---

[1] 一幕三场。拉辛：《拉辛戏剧选》，齐放、张廷爵、华辰译，上海译文出版社，1985年版，第205页。

[2] 一幕四场。拉辛：《拉辛戏剧选》，齐放、张廷爵、华辰译，上海译文出版社1985年版，第207页。

[3] 一幕五场。拉辛：《拉辛戏剧选》，齐放、张廷爵、华辰译，上海译文出版社1985年版，第208页。

的要求愈加强烈。由于这份顺境的假象，促使费德尔二幕五场的告白以及告白的失败，而这一切使得她在此岸与彼岸的徘徊之路愈加艰难。

三幕三场出现了第二次的逆转事件。正当费德尔深陷可耻的情网，祈求维纳斯帮助时[1]，厄诺娜转述了忒赛归来的消息。再一次，局面由所谓的"顺境"急转入逆境。这里，已经不再是依包利特是否接受费德尔卑微爱情的问题了，费德尔的话说明了一切，"我的丈夫还活着。厄诺娜，完了。我招供出玷污他的爱情，他还活着，别的我不想再打听"[2]。至此，拉辛关于逆转事件的设局才算是告一段落。我们看到，《费德尔》中的逆转事件与前文分析的悲剧导火事件是完全吻合的，这一点在《昂朵马格》《勃里塔尼古斯》中却没有得到体现。

再来看《费德尔》中的"发现"，通过梳理亚氏《诗学》中揭发事件的定义与类型，我们发现两者还是存在差异的。虽然费德尔的"发现"的确源自情节结构，在逆转事件中我们看到了这层铺垫，但她最终发现的并非自己与剧中任何一个人物的亲属或仇敌关系。当然这也不同于戈德曼所定义的"发现"，费德尔最后并非仅仅是发现自己是过于沉溺于幻想中，她也绝非仅仅是"上帝"与"世界"无法协调的具象表现。诚然，费德尔起初要求"全部"，希望爱情与荣誉、责任同在，同时享有，这在剧中其余人

---

[1] 三幕三场。费德尔："女神呀！去复仇吧！我俩站在一道。叫他爱我吧……"拉辛：《拉辛戏剧选》，齐放、张廷爵、华辰译，上海译文出版社1985年版，第232页。
[2] 三幕三场。拉辛：《拉辛戏剧选》，齐放、张廷爵、华辰译，上海译文出版社1985年版，第233页。

物看来是一种"幻想",但剧作家拉辛意不在此。

如果我们关注到拉辛所处的古典主义时期,关注那个时期人们对于理性的认知,以及无处不在的对于理性相反面非理性的排拒,我们会发现这一种博弈、痛苦、挣扎、自省最终投射到的是对于"人"这个存在的基本认知。费德尔最后的赴死不会仅仅成为幻想破灭的一种表现手段。她发现的自我,是那个因为情欲而遗失理性的不配称之为"人"的自我,她的死亡是她寻求真理的手段,以此复归丧失的"人"的位置。死亡作为拉辛平衡理性与非理性的解决方案,无疑是对费德尔之前非理性的瞬间,对她不能自控的情欲的惩罚,同时也是一种潜在的承认。他没有将费德尔处理为奥赖斯特和尼禄的疯癫,那只是活着的"兽",而非"人"。费德尔最后的死亡是拉辛对于其"正义的罪人"的某种宽恕。当然,宽恕的前提是一个残忍的悖论:想要成为一个"人",费德尔必须死亡。宽恕也意味着承认,承认不是抹杀费德尔因为非理性瞬间所犯下的错误,而是承认那些非理性瞬间、那些扰人的欲火、那些不能自控的念头同样也有可能成为"人"的一部分。

最后,有必要界定一下笔者所认为的《费德尔》中的"发现"。除开是对自我的"发现",还有一个重要的前提:"发现"仅仅存在于选择承担,具备自省的人物身上。

2.3.3 考察《昂朵马格》《勃里塔尼古斯》

基于我们对于《费德尔》中"发现"的界定,考察另两个剧本中的"发现"由前提、途径、内容三部分内容构成。

首先，是"发现"的前提，即悲剧主人公是否具备承担与自省的条件。这里，自省暗含着一层意味，对于主人公之前错误选择或是即将有错误选择念头的自省。在《费德尔》中，这体现在两个层面。对外界的：介于费德尔爱人者的身份，体现在她对依包利特的瞬间激情以及对依包利特无辜赴死的责任上；对内心的：费德尔自身的纠结与挣扎。

《昂朵马格》中的悲剧主人公为昂朵马格，她的被爱者身份使她本能地远离瞬间激情的控制，同时促成她在剧中选择的唯一理由也是为了延续与亡夫厄克多的持久之爱（因为儿子是丈夫的延续）。昂朵马格是经历黑夜的人（过往世界中），然而她在黑夜中发现的是他人的罪恶，并且拒绝与这种罪恶同流合污，这使她得以存活在真理照耀的白昼。最终她选择了承担，以自己的死亡换取死后的"具体"胜利，虽然这一行为没有最终实施，但这不是她自身逃避选择的结果。昂朵马格缺乏的"发现"前提在于罪不在她，因而自省无从谈起。事实上，她一开始的拒绝与卑吕斯成婚和最终的答应求婚源自于同一个理由，而这个理由使她归类为拉辛刻画的那类遵守道德且品格高贵的人。

尼禄作为《勃里塔尼古斯》的悲剧主人公情况则不是这样。虽然享有与费德尔同样的爱人者身份，但尼禄却从不存在反省的时刻。戏剧时间由黎明时分开始，而此时正是恶魔醒来的时刻，全剧中尼禄一直在为满足自己的欲望挑选理由，对于母亲的忌惮，对于兄弟的猜忌，甚至于对朱妮的情欲，一切都源自于他对于自身的恐惧，他的那份不安全感。然而最终他并没有发现这样的自我，当他谋害兄弟的罪行败露阿格里比娜质问他时，他依旧不以为然地告诉母亲，"母后！……可是谁会向你捏造这话"[1]。这个尼禄，如同由他制造的发生在黑夜中的罪恶一样（掳走朱妮以及毒害勃里塔尼古斯），始终是身处黑暗中的。而他最终的疯癫也告诉我们，他并不具备任何形式的承担与反省，这个堕落为"兽"的尼禄即使凝视白昼也无法发现任何关于白昼的真相，他终将迷失在无尽且永恒的黑夜中。

由于昂朵马格与尼禄均不具备人物"发现"的前提，因此后两部分，"发现"的内容即发现了什么；"发现"的途径即经由什么而发现实则无从谈起。但在作出判断之前，我们还是简单考察一下关乎情节结构的另一项内容：突转。

《昂朵马格》中的导火事件是奥赖斯特的到来，他代表希腊民众要求卑吕斯交出昂朵马格之子，《勃里塔尼古斯》中的导火事件则是尼禄半夜掳走朱妮。经由导火事件悲剧在当下世界展开，但它们都不是真正意义上的逆转事件，因为它们都没有带来局面的转变（顺境转入逆境或者逆境转入顺境）。更重要的是，它们没有带来人物的"发现"。

综观这两部剧，其中并没有如《费德尔》中忒赛生死所构成的逆转事件。悲剧主人公存在转变，是以两种全然不同的方式：昂朵马格的两次决定性转变源自于同一个理由；尼禄的转变则是

---

[1] 五幕六场。拉辛：《拉辛戏剧选》，齐放、张廷爵、华辰译，上海译文出版社1985年版，第183页。

一步步向我们展现其野兽本性的过程,甚至于纳西最后的教唆也仅仅是迎合了他内心不安的欲求,可以被看作是点燃尼禄"兽性"的最后一步。这些都与费德尔最终的转变是意义不同的,并非基于对"人"的认识。昂朵马格代表着理性与高贵,尼禄代表非理性与疯癫,而费德尔则处在他们之间。

综上所述,《昂朵马格》与《勃里塔尼古斯》并非含有"突转"与"发现"的悲剧。

我们简单为第二章的内容做一个小结。

经由第一章以"死亡"为主线牵引的拉辛悲剧事实层面的分析,第二章涉及拉辛悲剧编剧层面的分析,同时在剧本的选取上,拉辛较早的两部悲剧《昂朵马格》《勃里塔尼古斯》更多地参与进来。

第一节讨论三个世界的划分(过往世界、当下世界、未来世界)。通过分析,我们发现那些存在于《费德尔》过往世界中的仇恨(清晰、模糊)、罪恶(情欲、权欲、施予者、牵连者)同样存在于《昂朵马格》与《勃里塔尼古斯》的过往世界中。它们是拉辛构筑当下世界的先在,为当下世界的人物行为提供解释。

当下世界与过往世界是同质的,其中由持续矛盾所造成的理性与非理性的本质冲突一直存在。在当下世界这一部分中,我们探讨了致使冲突激化的三个问题:导火事件以及矛盾在当下世界爆发的轨迹;体现在当下世界的新元素嫉妒;拉辛描写情感的主要形式之一瞬间激情。

未来世界则不在剧本中体现,它是拉辛期许中的世界。在这个世界中人们不再被非理性所"迷惑",不再蒙受情欲所带来的痛苦,而是用可以控制自身的理性去组织这个世界。在这一部分内容中,我们着重讨论了《费德尔》引人深思的结尾,以及拉辛悲剧中一直试图探讨的重点情欲问题。

第二节围绕拉辛对于"时间"的发现展开。拉辛悲剧中的时间问题,暗含着的也就是三一律的问题。拉辛使用"时间"来展现悲剧人物内心理性与非理性博弈的精彩瞬间。由此,拉辛超越了时间,当下世界成为表述对象(未来被隔绝,而过去也被取消),同时,他也重新发现了属于悲剧的"时间"。

在高度隐喻的时间这一部分,我们分析了构成时间的两个要素:时刻与时段。这两个要素关乎拉辛对于自身悲剧时间的建构。时刻与时段分别对应瞬息时间与持续时间,持续时间(时段)由一阶段内无数的瞬息时间(时刻)所构成。瞬息时间与持续时间在拉辛悲剧中又与描述情感的瞬间激情与持久之爱相关联。

这触及了拉辛悲剧的本质。他将情感形式可能造成的非理性巨大毁灭力倾注于瞬间激情和持久之爱的不容转换上。从时间的概念上,这意味着打破自然界的某种规律和进程。作为时刻存在的瞬间激情无法过渡到足以形成时段的持久之爱,然而悲剧人物又奢求这种转换。这成就了人物内心的执念,成为悲剧本质矛盾:理性／非理性博弈的体现。

由此,我们讨论了拉辛悲剧中三种表述时间的方式。就编剧技巧而言,它们是逐步成熟的,并且分别指向时刻、时段以及高度隐喻化的时间。

第一种方式（使用具体表现时间线索的台词）是《昂朵马格》与《勃里塔尼古斯》中的常态。第二种方式（使用对白的方式）则在编剧技巧上更进了一步，拉辛通过再现人际关系构建了当下世界的时间，它更倾向于表述时段而非特殊时刻。这一部分，我们着重以表现多角情感关系的《昂朵马格》为主进行分析。与此同时，我们还关注到拉辛悲剧中对于"独白"和台词中死亡预告"最后一次"的运用。后一种"最后一次"的运用涉及说话者与说话对象的共同时间，并非单纯地表明时刻。借由这部分内容的分析（《费德尔》中悲剧人物的死亡预告时间和对象与前两部剧作不同），我们顺利进入了拉辛悲剧中第三种表述时间的方式：使用白昼／黑夜的意象。

　　白昼与黑夜彼此对立，拒绝妥协，却又共同构成普遍的时间。这层自然界中的对立统一印证了人类悲剧生存中不可协调的分裂，同时也是时间（秩序）与悲剧（分裂）之间最完美的契合。让时间与悲剧以这种方式相遇，正是古典主义时期悲剧的特色。由此，我们讨论了白昼／黑夜，以及由它引申的光亮／黑暗、阳光／阴影等一系列意象在拉辛悲剧中的运用。通过文本分析，我们发现原本具有隐喻意味的词汇同样具备表述时间的意义。

　　接下去的讨论是更加个人化的。我们试图将白昼／黑夜的对立统一与悲剧人物的发现去做一个关联，当然这是通过三个文本的具体分析来达到的。

　　身处具体的黑夜，昂朵马格与朱妮揭示了最深刻的白昼的真相，而尼禄与奥赖斯特则彻底地迷失。到了《费德尔》这里，具体的黑夜消失了。黑夜中发现光亮的模式出现了一个变式：身处在白昼阴影中的费德尔成为自身真相的承载者。这份真相，不同于昂朵马格与朱妮的，不再是他人的真相，因为"罪恶"不再源自对方。面对太阳，费德尔发现的黑夜秘密关乎自身，黑暗也来自于自身。

神的形象是由白昼与黑夜这组对立统一引申出的小议题。《费德尔》是我们着重讨论的对象。剧中主要出现了四个神的形象：一组对立的神（太阳神、爱神）与一组惩罚的神（海神、冥界判官）。前一组代表她的良心，后一组则体现她的罪恶。太阳神是费德尔的理性，它阻止费德尔忘记荣誉和责任活下去；而爱神代表着费德尔的情欲，它阻止费德尔忘记爱情活下去。两组神的形象均无一例外直指费德尔的最终结局——死亡。

通过对神的形象分析（尤以第一组对立的太阳神与爱神），我们发现了《费德尔》中潜藏的悖论与循环。悖论在于，想要成为一个"人"，费德尔必须死亡。同时，这也印证了循环的悲剧时序：费德尔始终置身于那个唯一的时刻。这是费德尔真正的悲剧性所在，从剧作角度也就是斯丛狄所言的"绝对空间"。

第三节围绕拉辛对于"发现"的发现展开。

通过对亚氏《诗学》中"发现"与"突转"概念的梳理，我们发现，拉辛悲剧中的"发现"与古希腊悲剧中的揭发事件存在差异。以《费德尔》为例，亚氏定义的六类揭发事件中，最接近《费德尔》中"发现"的是第六类（出自情节结构本身）。而更大的差异体现在，古希腊悲剧的揭发事件均是对身份的发现，《费德尔》

中则是对自我的发现。由于"突转"与"发现"一同构成情节结构，因此我们也相应分析了《费德尔》中由忒赛两次生死消息结合而构成的"突转"（逆转事件），并由此提出了关于《费德尔》中"发现"的界定。它由三部分构成，即发现的前提：悲剧主人公具备承担与自省；发现的途径：源自情节结构本身；发现的内容：对于自我的发现。

借由这个界定，我们考察了《昂朵马格》与《勃里塔尼古斯》，发现它们并非具有"突转"与"发现"的悲剧。原因在于，首先，它们的悲剧主人公缺乏承担或反省的能力（这是由爱人／被爱者身份与罪恶施／受方造成的）。其次，两部悲剧中没有真正意义上的逆转事件。既没有为整体局面带来转变（顺境转入逆境或者逆境转入顺境）的具体事件，人物做出的决定也没有为人物带来"发现"。

从编剧层面，无论是拉辛对于"时间"的发现还是对于"发现"的发现，无疑都使《费德尔》成为一个独特的个例。

在《费德尔》中，对于自我的发现与对于时间的发现互为指引。在这里，具体表述时间的台词第一次在文本中消失了。拉辛转而使用对白与意象相结合的方式构建悲剧时间。高度隐喻的悲剧时间出现了，它体现在与白昼／黑夜相关联的一系列代表明暗的意象词汇与神的形象中。新的悲剧时序出现了，它不再是直线时间，转而成为循环时间，全剧集中体现费德尔一人的内心时刻。

费德尔最后的赴死也不会仅仅成为幻想破灭的表现手段。她最终的"发现"不是身份的认证，而是发现自我，发现那个因为情欲而遗失理性的不配称之为"人"的自我。死亡是她寻求"人"之真理的最后手段。

拉辛触及了古典主义时期剧作家们没有触及的领域。不仅仅是描述情欲，描写瞬间激情，而是对于"人"的认知。他在古典时期人们对于非理性的排拒中试图表现非理性与理性共存于人一身的可能，尽管这种尝试未必出自拉辛的主观意愿。但这也就是《费德尔》的价值所在：既表述矛盾，又肯定人的价值。

同时，另一个有意思的问题出现了。我们说，古典时代的理性代表着真理与光明，正如疯癫代表着谵妄与迷失。那么，非理性又是什么呢？仅仅是罪恶，是无尽的黑夜吗？抑或是面对阳光的那份眩晕？还是所有光明的对立面？

拉辛在《费德尔》中没有告诉我们答案，但他提供了一种思考的可能。正如白昼与黑夜构成时间，但不是时间的全部。同样地，我们试图用理性与非理性去解释人，但这也不是解释人的全部途径。

第三章　历史－文化层面

完成了前两章从事实层面与编剧层面对拉辛悲剧的分析和梳理，下面，我们进入到第三章历史－文化的层面。我们需要将目光从是什么、怎么样、转移到为什么，与此同时，我们也将愈发接近那个试图要论证的结论，那么，伴随着这样的脚步，接下来的研究是有趣而充满挑战的。

我们需要指出拉辛悲剧中所表述的"这个世界"，基于前两章的工作，这是扩充了内涵以后的三个世界（过往世界、当下世界、未来世界）与"当下"之间的关系。

这里的"当下"有两解：其一，当时的社会，即拉辛所处的古典时代；其二，当下的时代，即我们所处的时代。之于当时与当下，拉辛试图建立的未来世界是否建立起来了？我们如何看待由死亡分割时间而造成的三个世界？为何处在古典时代的拉辛需要建立这样一个未来世界?这是基于他对理性的怎样一种认识?古典时代的理性是什么?古典时代如何表述理性?

相较前一个,后一个"当下"是容易被我们忽视的。当然,考察拉辛所处的古典时代,对于我们得出结论是十分有效和必要的。但"我们"不是处在古典时期的"我们",由于物理因素、历史因素、文化因素,"我们"无法存在于那个当下,而是另一个"当下"。这里,阐释经历了它必然的困难与曲折。也正因如此,阐释才被赋予了意义。带着当代对于"理性/非理性"认识的我们,如何去看待拉辛,去看待处在古典时期的他怎样看待与处理"理性/非理性"的问题。而这一切的讨论,由于我们阐释的途径,最终又被归结到拉辛的剧本中。

表述当下与古典时代拉辛对于"理性/非理性"在理解上的差异,并非是刻意"误读",而是阐述经由时光,人类对此概念在看法上的延迟与延异。

第一节 古典时代思想视阈中的理性主义

考察古典时代思想视阈中的理性主义,首先,我们需要做两个界定。其一,在时间上界定古典时代[1]。其二,关于"理性"这个概念的界定,后者相对复杂(我们后面具体再谈)。

福柯的著作《古典时代疯狂史》谈论古典时代的疯癫,他将理性作为最大的攻击目标,探讨理性是如何被历史建构起来的以

---

[1] 它区别于希腊的古典时代。

及与其相关的一切权力与话语。而在他看来,我们所知道的文明史不过是一场理性对战非理性的胜利。且不论福柯这部书写"疯狂本身的历史",将"疯狂"成为言说主体的可行性(德里达便就此与其展开过论战),他对于古典时代的界定是值得我们参考的。

我们看到《疯狂史》(原是福柯在索邦大学期间完成的博士论文)初稿在答辩过程中评审主席 Henri Gouhier 所写的官方报告:

作者在意识中寻找每个时代的人对于疯狂所具有的理念,他并且界定了数个"古典时代"的心智"结构"——古典时代意指17、18世纪和19世纪初期[1]。

那么,古典时代思想视阈中的理性主义,主要涉及认识论与哲学层面的理性主义,我们将试图探究古典时代的理性是什么,古典时代的理性主义又是什么。

3.1.1 我们所是之内涵

"我是谁?""我是一个理性的人,还是一个非理性的人?"这是西方哲学中一个十分有趣的问询。它的有趣在于它的本质性与时间性。前者甚至被归入哲学三大终极问题:我是谁?我从哪里来?我将要到哪里去?没有一种哲学可以回避这一问询,因而不得不以某种直接或间接的方式面对它。

这里,我们来谈谈它的时间性。"我是谁?"是一个十分古

---

[1] Didier Eribon, Michel Foucault, op. cit., pp.138—139,转引自米歇尔·福柯:《古典时代疯狂史》,林志明译,生活·读书·新知三联书店2005年版,译者导言第21页。

老又十分晚近的问题。称其古老，因为这个问询远在古代希腊，在西方哲学初露曙光之时就被哲学家们以这样或那样的形式提了出来；说它晚近，则是因为到了当代，这个问询才以十分明确的哲学公式表达出来。换言之，它们归根到底是"我究竟是一个有头脑有理性的人，还是一个有欲望有情感的人"的问题。

理性主义与非理性主义之争，暗含着"我们所是"这样一个本质的命题，而两者之争体现了我们对"人"本身的认识，对"人"所以为人的认知。可以说是解读西方、欧洲文化与文明的一个关键。因为，直到现在，只要不是仅以经济角度解读欧洲社会文化的思想家们，仍然在兴致勃勃地关注着这个命题。

从广义上言之，理性主义与非理性主义之争是一个长期的哲学命题，古希腊哲学从产生之初就带有对理性的信仰，同时它的最初阶段也包含着非理性主义的神秘色彩。而十七、十八世纪的启蒙运动（这涉及我们后面谈的古典时代）以宣扬理性主义为本，同时也为后世留下了关乎非理性主义探讨的空间。从狭义上说，理性主义与非理性主义是近代哲学的主要问题，事实上，两者在哲学上并非是完全对立的流派或门派，可以说，这是两个极不精准的术语，以至于我们在各种可能的内涵和意义上(宗教／世俗的,实用／经验的,哲学层面，美学层面，伦理层面，甚至于本能说、行为说，以及科学、艺术、教育、社会等等）使用它们，探讨它们，并对它们提出问询。

当然，提出问询的不是他者，而是我们，是带着理性传统模式的我们。那么，我们是谁呢？当然，"人"这个概念远非是抽象的"人"，即便是人类学意义上将人看作世间万物中的一种，他也绝不是一个物，一个东西，而是具体的人，现实的人，历史的人，是处在一定历史时代、处在一定文化氛围中的人。因此，这并非是一个可以完美解答的问询，只要"人"这类物种还将继续存在，这个问询也将永恒存在。

处在古希腊的柏拉图向我们提问，到底谁更伟大些？是抒发情感的诗人，抑或弘扬人的理性的圣哲？这是一个"关于人本身"的问题。而比他更早的苏格拉底也问"我是谁"，他将"认识你自己"规定为哲学家们的使命。若是要寻踪迹，那些关于人本身的提问早已镌刻在德尔斐阿波罗神庙的圣石上。

苏格拉底、柏拉图与亚里士多德，这些古希腊的哲人们关注"人是什么"，将理性与目的论结合起来，追求原因（本源）变成了追求的目的，结果形成了"理性神"的概念，成就了走向一神论的桥梁，继而也成就了后来的中世纪基督教。而呐喊"上帝死了"的尼采同样也关注这个问题，然而这次他是站在存在主义者的角度看待人。威廉·巴雷特在他那本声誉卓著的《非理性的人》一书中，将尼采与他的"同盟军"们（基尔凯戈尔、海德格尔、萨特）划入了存在主义大师的行列。诚然，他们对于"人"的形象的认知是不尽相同的。然而无论是基尔凯戈尔（即克尔凯郭尔）的"宗教的人"还是尼采"无神的人"或"文化的人"，不管是海德格尔"本真的人"还是萨特的"自由的人"，归根到底都是"非理性的人"[1]，而他们探讨的，归根到底也都是哲学的一贯命题：怎样认识人。

---

[1] 威廉·巴雷特：《非理性的人——存在主义哲学研究》，段德智译，上海译文出版社1992年版，第5页。

正如尼采《论道德的谱系》的前言中所说，我们无可避免跟自己保持陌生，我们不明白自己，我们搞不清楚自己。我们的永恒判词是：离每个人最远的，就是他自己。

对于我们所是的内涵及其批判，对于方法逻辑的追问，在于确定我们与事物，与他人，以及与自己的关系；在于明晰我们与过去，与人的生存历史模式的关系；或言，在于我们是如何建立自身的。这份关注、批判、追问至少在一定程度上决定了我们今天的所思、所是与所为。

那么，在柏拉图与尼采之间，在古希腊哲人与存在主义大师之间，在理性萌芽产生之初与非理性文化崛起的时代之间，我们需要关注那个重要的却时常被忽略的时代——古典时代，那个推崇理性主义的时代。从古希腊直至近代，西方文化的正宗是理性文化，而对于理性主义研究的忽视，多少导致了我们对欧洲文化构成基础的简单化解读。事实上，这份对理性主义的推崇直接导致了18世纪那场瞩目的启蒙运动，以及尔后19世纪西方哲学的两大思潮——科学主义与人本主义的产生与再发现。

当然，基于我们研究的面向，这份关注不局限于哲学层面，在第二节中我们还将试图建立古典时代的理性主义与古典主义戏剧之间的联系。

3.1.2 关于"理性"概念的界定

"理性"这一概念源出古希腊语中的 logos 和 nous 两个词，

它们表达了理性的最初含义[1]。然而这两个词又分别出自两个学派（涉及古希腊哲学的部分情况比较复杂，且论述背景过于庞杂，以下笔者简要概括之）。赫拉克利特首次使用了 logos（逻各斯）这个词。斯多葛主义的 logos 指一种宇宙精神，意为宇宙（外在于人）的神圣原则，或言神的理性，同时它又是现实世界的原本（神的法则即自然的法则）。此学派的 logos 含有更多客观主义的意味，logos 是上帝的"天使"，是通往一神论的桥梁。而新柏拉图主义的 nous（奴斯）出自古希腊哲学家阿那克萨戈拉，阿那克萨戈拉只是在谈到事物的终极原因时才用到 nous 这一概念。nous 与上帝相关就像光与太阳相关一样，与它不同，但又与它不可分离。nous 到底是物质性的还是精神性的，其语焉不详。有译作心灵，也有译作精神、理性。故此学派将柏拉图的"永恒的理念"释为相对于客观存在的内在理性，处于人的心灵之中[2]。有学者这样理解两者差异：logos 在很大程度上相当于朱熹的"理"；而 nous 在很大程度上它相当于王阳明的"心"或"良知"[3]。由于英文中一直没有词汇可与 nous 相对应，后世提到"理性"一词时，皆默认为其最早源起于希腊词汇"逻各斯"（希腊语：λόγος）[4]。

---

[1] 参见张汝伦：《历史与实践》，上海人民出版社 1995 年版，第 270 页。

[2] 相关内容参看罗素：《西方哲学史（上卷）》，何兆武、李约瑟译，商务印书馆 1963 年版，第 364 页；爱德华·策勒尔：《古希腊哲学史纲》，翁绍军译，上海人民出版社 2007 年版，第 305 页。

[3] 引自网络博客文章。白泽：《斯多葛式从容：logos 和 nous》，http://blog.sina.com.cn/s/blog_443afbc10100y9zb.html

[4] 后衍生出"逻各斯中心主义"（法国学者德里达的学术用语），意指贯穿西方文化发展史上的主流思想（内核或核心）就是本体论即形而上学。它通过对世界终极目的和原因的本原追问和不懈探求来解释世界，但却诉诸理性决定论的思维范式。而这种本体论是从关于 logos 的争论中发端、引申、延续和传承下来的，在漫长的演变中，本体虽被加以不同

在英文表达中，有两个词表示"理性"的含义：reason 与 rationality，且用法常常混淆。reason 由拉丁文 ratio 演化而来，更多从认识论的角度谈，突出最终的根源、理由、原因。其衍生词 reasonable 相当于道德理性，是正义感、原初状态下的人的应然。由此看来，reason 是指人本身所具备的能力，保证人作为道德的存在而区别于动物的一种表述。rationality 则由拉丁文 rationari 演化而来，具有计算的含义，突出的是社会学层面的含义，常译作合理性。约翰·罗尔斯在《正义论》中就将 the rationality of the parties 译作各方的合理性[1]。哈贝马斯在交往理性 (communicative rationality) 中使用了 rationality 一词，将其称为理性，尔后在合理性理论 (theory of rationality) 又一次使用 rationality，译为合理性[2]。可见 rationality 相当于工具的合理性，指经验行动中的合理性，为行动提供规范性、正当性与合法性。

然而以上笔者的简要梳理仅仅是"理性"各类内涵概念战场之一角。众所周知，古典时代的思想家们大都出自欧洲，首推法、德两国。那么，除了专门术语英译上的难点，还将涉及德文转译法文，法文转译德文的难题，这也是康德与帕斯卡尔遭遇的难题，当然还涉及他们的先辈笛卡尔。

的解读和诠释，形成了不同的学术流派，然只要是本体，无一不是 logos 的衍生。
1　参看约翰·罗尔斯：《正义论（修订版）》，何怀宏、何包钢、廖申白译，中国社会科学出版社 2009 年版。
2　参看尤尔根·哈贝马斯：《交往行为理论：行为合理性与社会合理化》，曹卫东译，上海人民出版社 2004 年版。

鉴于笔者对于德文、法文阅读方面的能力有限，以下引用戈德曼在《隐蔽的上帝》中的论述：写《思想录》的帕斯卡尔用法语中的"心"（coeur）表示理性这一概念，尔后人们按照20世纪通常意义的感情现象的总和来看待这个字时，解读出现了偏差。写"三大批判"的康德用德语中的 Vernunft 表示理性这一概念，而对于笛卡尔哲学的理性则采用德文 Verstand（enten-dement，知性）这个词[1]。

戈德曼认为，对于"人"这个形象，除去传统的感觉能力和理性能力之外，还出现了第三种能力，而这种能力的特点正是它要求（在帕斯卡尔和康德的著作中）或是推动人去实现（在黑格尔和马克思的著作中）以上两种能力的综合，即对立物的综合。换句话说，这第三种能力要求将现实当中的物质与精神、理论与实践结合起来。而这就是帕斯卡尔称之为"心"（coeur）的理性，也就是后来康德、黑格尔称之为 Vernunft 的理性。这种理性与法国的笛卡尔和理性主义者称为理性的 Verstand 相对照，并沿用至今[2]。

清理战场向来不是易事，笔者也并非意在梳理学界对于理性以及理性主义各类不同的内涵及意义的表述，提出以上关于理性概念的溯源以及各类相关的表述，目的有二。其一，为论文第一、第二章所涉及的理性概念做必要的背景阐释。其二，这些不同面向的概念梳理使得我们关注这样一个问题：理性到底是什么？由

---

1 引述部分稍作修改，原文可见吕西安·戈德曼：《隐蔽的上帝》，蔡鸿滨译，百花文艺出版社1998年版，第43页，脚注①。
2 参看吕西安·戈德曼：《隐蔽的上帝》，蔡鸿滨译，百花文艺出版社1998年版，第368—369页。

古至今，我们在不同的场合与领域运用和言说它，那么它真的就只有一个确乎且唯一的含义吗？进一步言之，我们所探讨的古典时期推崇的理性／理性主义究竟指涉什么？

对于理性的界定应有三个层面，且是相互指涉、步步推进的。

其一，什么是理性（内涵）。理性是指心智、良知、情感层面，还是指思维、逻辑推理、判断的层面？它是一种人生来具有的，还是人试图解释自己而后天赋予的？或言，它是原始本能，还是一种能力？

其二，对于理性的运用（途径／形式），这其中又暗含两层意思：是通过目的、手段以达到最终的理性，还是使用理性的方式？是工具理性，还是价值理性？它是一种以达到终极目标的实践活动，还是实践手段本身？

其三，针对什么而言的理性（对象）。是对于宇宙、神，还是人？是对于个体的"人"，还是整体的"人"？这又将涉及上一层面理性的运用，是理性的私下运用，还是公开运用？当康德谈及启蒙之于人类的意义时，他说，人类要达到成熟状态，并不是在他不再被要求服从之时，而是被告知服从，但尽可能如你所愿地运用理性思维的时候[1]。很明显，康德所言的理性对象是"他"，是"你"，简言之就是个体的人，那么它又是针对哪一个层面的运用（私下／公开），同时与这两个领域运用分别对应的应当是服从还是

---

[1] 参看 Catherine Porter 的英译本：What is Enlightenment? （收于 Paul Rabinow 主编的 M. Foucault, Ethics: Subjectivity and Truth, The New Press, 1997, pp. 303-319）转引自福柯：《什么是启蒙》，李康译，王倪校。由于尚未找到收入该文的中文译本，此篇文章来自网络：https://www.douban.com/group/topic/14194644/。

自由？

我们看到，后两个层面对于理性的不同界定，牵涉、限制了第一个层面理性的内涵，同时又造成了内涵的改变。

有一条细细的长线将古典时期的理性串联起来，它经由笛卡尔、帕斯卡尔，再到康德、黑格尔，而每一个阶段对于理性的认知都是不尽相同的，或是辩证的认同，或是批判的吸收。可以说，最初的理性主义（寻求思想的意义）是反对以感觉／知觉出发的经验主义（寻求思想的真实价值）的，但事实上，它们共同缔造了古典时期的法国社会。理性主义与经验主义之间的相互排拒与吸收形成了古典时代后期的理性主义。固然，这份理性主义得以促成启蒙运动兴起的原因诸多，但最为重要的就是它发现与认可了个体的人。人类开始运用自己的理性，而不臣服于任何权威。对理性的推崇随即带来了对个人价值的肯定，同时它也改变了古希腊以及更早的原始时期人与世界（自然）共同体的关系，继而替代为有理性的个人与他需要融入并服从的社会之间的关系。这一替代体现了某种"人"的胜利，它是建立在肯定个人自由与正义是全社会的道德准则这一基础上的。故而称理性主义为个人主义，也是在这个意义上探讨的。

当然，理性是人类生活中的一个重要因素，是人区别于兽的因素，是人之所以为之自豪的因素，并且也将是人永远不能抛弃的因素。但也正是因为对个人的这份推崇，对于理性的极端信仰，以及不正当的运用，引发了另一种形式的教条主义，或言实用主义。诸如理性万能，理性是一种绝对的力量；理性至善，理性与技术是人本质力量的确证，等等。而大肆宣扬理性的潜能与力量，在另一方面，也将招致它的局限性与弱点的显露。理性主义的发展限制了理性自身。最终，这份焦虑在尼采的一句"上帝死了"中爆发，理性被质询，人也再次被质询。

3.1.3 古典时代的理性主义如何产生

现在，让我们回过头来看看古典时期的理性主义是如何产生的，这一次我们将目光对准古典时期的法国社会。

十六、十七世纪时，王权国家取得了自身的平衡，君主专制得到巩固（这里，我们不得不罗列出以下三位重要人物的生卒年月，以此与同一时期法国社会等级结构上的变动做一对应。笛卡尔：1596—1650；帕斯卡尔：1623—1662；拉辛：1639—1699），第三等级[1]中的资产阶级作为经济上占优势的阶级，取得了与贵族（贵族失去了其有益且实际的最后社会作用，从佩剑贵族变为宫廷贵族）平等的阶级。他们负责组织生产，并开始在认识论和物理学两个领域建立理性主义学说[2]。资产阶级的发展与壮大，使得亚里士多德派哲学（尤其是他著名的三段论法[3]）和新柏拉图学派的泛

---

[1] 第三等级具体包括农民、手工业者、小商贩、城市贫民和资产者等，占法国全国人口的95%以上。均属被统治阶级，负担国家的各种赋税和封建义务。资产阶级在第三等级中属经济上最富有的一类。

[2] 参看吕西安·戈德曼：《隐蔽的上帝》，蔡鸿滨译，百花文艺出版社1998年版，第34页。

[3] 亚里士多德的三段论法自16世纪中期以来就受到了广泛的质疑，而到了17世纪中期，它作为一种发现方法的名誉已经彻底扫地了。当然，这更多的是由于对三段论的本质和作用的误解，而不是由于对三段论法本身的有力批评。这个情况十分近似对亚氏"三一律"的曲解，但后者却成为了古典时代戏剧创作的无二法则。

灵论被远远抛下，取而代之的是一批新的物理学、数学、天文学以及思想家的诞生。这其中就包含了以《谈谈方法》（1639）一举闻名的笛卡尔。

戈德曼指出，由此第三等级逐步发展了孤立、自由且平等的个人形象，而这一特征是由买卖双方的交换关系所造成的必然。但这是一个缓慢的演变过程，它从11世纪末期开始，直至19世纪才告结束。但在17世纪（也正是笛卡尔、帕斯卡尔与拉辛的著作或戏剧作品得以问世并受到瞩目的时期），这一演变在精神、哲学、艺术方面得到了强有力的表现[1]。

以上我们简要地从社会结构的层面概述了理性主义的产生，当然，社会学层面的解析远非这么简单，个中缘由纷繁复杂。但这不是我们研究的重点，下面我们将从认识论的层面谈谈理性主义如何产生。

古典时代初期的思想家可谓不计其数。由于对个体的"人"的认识推进（经由文艺复兴再到古典时代），人们认识外部世界的方式拓宽了，同时企图改造外部世界的决心也被重新唤起。斯蒂芬·高克罗格（Stephen Gaukroger）指出，17世纪常常被看作是科学革命的世纪。这是一个进行彻底科学变革的时代[2]。近代科学技术进一步发展，科学知识与宗教信仰得以分属两个平行的领域。"知识"这一概念也从经院哲学的领域广延释放，许多思想家身兼数学家、物理学家"数职"，而他们的哲学概念（以及

---

1 参看吕西安·戈德曼：《隐藏的上帝》，蔡鸿滨译，百花文艺出版社1998年版，第36页。
2 G.H.R.帕金森主编：《文艺复兴和17世纪理性主义》（劳特利奇哲学史十卷本·第四卷），田平、冯俊、楚艳红等译，中国人民大学出版社2009年版，第201页。

哲学事业这个概念）是涵盖极广的，它远不止现代学术意义上的"哲学"概念，而主要是与我们现在应称之为"科学"的东西相关。笛卡尔与帕斯卡尔便位列其中。

当然，我们没有遗忘本篇论文研究的对象——拉辛悲剧，在这里提到的笛卡尔、帕斯卡尔或其他的思想家，并非意在描绘他们的形象，阐明他们的所有观点；而是通过关注与指出他们的某些特点或因素，帮助我们更好地理解我们所要研究的拉辛。

与拉辛几乎同时代的笛卡尔与帕斯卡尔，一个是哲学学派"唯理论"（rationalism）的实际奠基者，另一个则体现了"西方思想从理性主义或经验主义的原子学说向辩证思想的伟大转折"[1]。一个提出了"我思故我在／是"（Cogito ergo sum）为人的存在，或言为所有沉思者找到一个"阿基米德点"，使其遇见了第一个不可置疑的确定性；另一个则关注人的矛盾处境，关注人的脆弱与有限性，提出了"与上帝打赌"的自救举措。

说到底，一切哲学思想的主要对象都是人，人的意识、人的行为以及人与外部世界的联系。凡是哲学都是一种意义上的人类学。

笛卡尔首次谈及"我思故我在／是"[2]是在《谈谈方法》（原题为：谈谈正确运用自己的理性在各门学问里寻求真理的方法）（1639）的第四部分，并将其作为第一哲学原理[3]。继而在《第一哲学沉思

---

[1] 吕西安·戈德曼：《隐蔽的上帝》，蔡鸿滨译，百花文艺出版社1998年版，第5页。
[2] 我思故我在，法文为Je pense, donc je suis，拉丁文为Ego cogito, ergo sum, 或Cogito ergo sum. 王太庆认为不应译作"我思故我在"，而应还原为"我思故我是"。"是"在西方哲学中有很重要的意思，与中文中用法不同，"是"是"起作用"的意思。换言之，"是"即所谓"存在"的一种，且是"存在"的根本。但两者相通不相等。参看笛卡尔：《谈谈方法》，王太庆译，商务印书馆2000年版，正文部分第27页，脚注①。
[3] 在《谈谈方法》的第二部分笛卡尔探讨了普遍怀疑的方法原则，提出应当在普遍怀疑

集：论证上帝的存在和人类灵魂与肉体的区分》（1641）一书的第二个沉思中又一次提到了"我思故我在／是"，并广延了它的内涵[1]。

对于17世纪的理性主义者们而言，他们寻求的基础只能通过先验的推理才能发现[2]。而对于这个论题最清楚的论证，正是由笛卡尔在《沉思集》与《谈谈方法》中对于普遍怀疑的说明所提供的。怀疑冲击着一切感性的显现，冲击着一切我们能够想象的东西，同时，也冲击着理性的真理。我们看到，作为笛卡尔出发点的第一哲学原理是"我思"和一个"最完满的"上帝（善的上帝）的存在。

众所周知，笛卡尔的论证，他认识的存在的真理首先就在于"我思故我在／是"这个命题。他作为一个思想者存在着，即只要他实际思想着，他就不能怀疑这个命题，而一旦他不能怀疑怀疑本身，那恰恰说明了思想的意义，也说明了这个思想的他不能不存在。

但是很明显（这也没有逃脱笛卡尔的注意），这个命题远不是

中寻求真理，因为感官与思想都是可疑的。"那么，我那样想的时候，那个在想的我就必然应当是个东西。我发现，'我想，所以我是'这条真理是十分确实、十分可靠的，怀疑派的任何一条最狂妄的假定都不能使它发生动摇，所以我毫不犹豫地予以采纳，作为我所寻求的那种哲学的第一条原理。"笛卡尔：《谈谈方法》，王太庆译，商务印书馆2000年版，正文部分第26—27页。

1　"但是我已经使自己相信在这个世界上绝对不存在什么东西，没有天空，没有大地，没有心灵，也没有物体；现在不是也能推导出我也不存在吗？不能；如果我使自己相信什么东西，那么我确实是存在的。可是有一个拥有最大能力和诡计的欺骗者，他有意地一直欺骗我。如果他正在欺骗我，那么在这种情况下毫无疑问我也是存在的；并且随便他怎么欺骗我，只要我想到我是什么东西，它就永远不能使我成为什么都不是……我是、我存在——这一命题，无论我在什么时候提出它或在心里思考它，它都必然是真的。"勒内·笛卡尔：《第一哲学沉思集》，徐陶译，江西教育出版社2014年版，第22页。

2　G.H.R.帕金森主编：《文艺复兴和17世纪理性主义》（劳特利奇哲学史十卷本·第四卷），田平、冯俊、楚艳红等译，中国人民大学出版社2009年版，导论第7—8页。

基础性的。笛卡尔谈的"存在"还取决于许多其他存在着的存在。最终理性主义者们论证，它取决于一个最高存在者的存在，那么，知识的关键就变成了那个最高存在者的必定存在。结束普遍怀疑的是理性主义者口中的一种"最完满"的存在者的必然性。而这位"最完满"的存在者就是上帝本身，因此这些论证必须是"先验的"，即笛卡尔在《谈谈方法》的第四部分以及《沉思集》的第三个沉思中所论证的：上帝的概念只有上帝才能把它植入我们心中。

让我们进一步来谈谈这个笛卡尔理性主义的出发源点——我们熟知又陌生的，抽象概念化的——"我思故我在／是"。

笔者认为，理解"我思故我在／是"分为三个层面：我思、我在、我。

首先是"我思"，即我在思想，我在认识。这其中包含了两层含义：怀疑与两个自我。

"怀疑"是进行推理的基础，它将带来认识。在笛卡尔看来，认识是比怀疑更好的事情，因为怀疑是为了认识。"两个自我"则指我思的自我与完成了我思的自我，后一个自我证明了我的存在／我是。两者的区别（有先后的次序）固然不是完全基于时间上的（它可能仅仅是一瞬间），而是意义上的。

"我思的自我"指我通过思考，开始怀疑一切事物，有形与无形的，甚至自己的存在；"完成我思的自我"指我发现我在怀疑一切这件事是不容许被怀疑的，因而推导出我是一个"在思维的东西"[1]。也许，正如约翰·柯延翰（John Cottingham）所言，

---

[1] 勒内·笛卡尔：《第一哲学沉思集》，徐陶译，江西教育出版社2014年版，第23页。

对于"我思"的有效性,就不能仅用形式逻辑的静止推论模式来分析[1]。简言之,即有两个先后次序的"我思"。而且,我思考这一事实是自我确认[2]的(自我确认是笛卡尔"我思"的先要条件,却也为后世争论留下了空间),从我正在思考这一怀疑活动,可以得出我正在思考这一结论,因为怀疑就是一种思考。在这个意义上,"我思"具有优越地位,因为只有它才使"正在怀疑"这一事实被赋予有效性。

"我在"相对好理解一些(但是海德格尔同样对它提出了质疑[3]),即有我,我是,我存在。它作为"我思故我在"的后一个判断,表示他是根据前一个判断"我思"而产生的,"仅仅通过我们的所思,我们才是什么"。

---

[1] 约翰·柯延翰:《笛卡尔:形而上学和心灵哲学》,G.H.R.帕金森主编:《文艺复兴和17世纪理性主义》(劳特利奇哲学史十卷本·第四卷),田平、冯俊、楚艳红等译,中国人民大学出版社2009年版,第239页。

[2] 正是笛卡尔"我思"这一自我确认使其成为后世批评家争论的难点。他们从"私人性"对其发出质疑。笛卡尔要求沉思者怀疑自己之外的任何事物和任何人的存在,以便达到对自身存在的主体性认识。而20世纪的维特根斯坦在"私人语言论证"中提出了"公共标准"这一概念,如果我们对概念的把握不可避免地是一种公共的、以社会为媒介的现象,那么,笛卡尔式的私人的、自我中心的观点就具有内在不稳定性。因为,它从一开始就预设了外在精神世界的存在,而这一外在精神世界又正是他要怀疑的。总之,从现代观点来看,笛卡尔所处的古典时代自我主体优先性的思想被消解了,对个体的"人"的推崇再一次被质疑,代以从属于社会的优先性。相关内容可对比参考G.H.R.帕金森主编:《文艺复兴和17世纪理性主义》(劳特利奇哲学史十卷本·第四卷),田平、冯俊、楚艳红等译,中国人民大学出版社2009年版,第245—246页。

[3] 海德格尔指责笛卡尔在谈论"我在"时没有预先对存在的意义进行一般拷问。这样,"我思"就承认了一个难以被想象的先在假设。正如我们之前讨论过的,17世纪的理性主义者们寻求的基础正是通过先验的推理形成的,所以这些论证必然是"先验的"。米歇尔·亨利从现象学的角度为我们提供给了一份解释:他认为,在笛卡尔那里"我在"从来都不曾在没有先在的合法化的情况下被提出来,最具决定性的是这个先在根本不是存在或是存在的意义,而是显现。因此,正是存在自己完全停留在非确定性之中。在现象学中,"显现"取代了"表现",由此产生了"观看"与"被观看"等一系列结构性对立的观念。具体内容参见米歇尔·亨利:《笛卡尔哲学的源点和现象学的观念》,贾江鸿译,《现代哲学》2011年第2期。

前一个判断肯定了与思想连在一起的"我",即思想者,而且肯定了思想离不开思想者,所以后一个判断肯定这个在思想与完成思想的"我"。后一个判断没有扩大之前的内容,只是强调这个认识必须有主体,也就是"我"[1]。

那么,情况很明显了,这个"我"成为理解"我思故我在／是"的关键。笛卡尔在第二个沉思中提到了这个必然存在的"我"。作为理性动物的人是"更加困难的问题"[2];作为机器的身体也可以被质疑,笛卡尔将吃饭、走路、感觉、思维等一一复归给了灵魂,探究之后发现:"思维吗?最后我发现了它——思想;只有它是和我不可分离的。有我,我存在,这是确定的","因此,在严格意义上我只是一个在思维的东西;也就是说,我是一个心灵,一个理智,一个智力,或者一个理性"[3]。笛卡尔认识到,"我"是一个本体,它的全部本质或本性就是思想。这是与身体完全不同的,因为即使身体不存在,"我"也不会什么都不是。

"我只是一个在思维的东西"构成了理解的难点,为何不是"人"而是"东西"?然而,笛卡尔的观点实则存在一个前提:如果一件东西(那个思考的东西就是"我")被明确地设想为缺少某种性质(也就是缺少身体),那么,这种性质对这件东西来说就不是最基本的。

"我思""我在"的这个"我"是什么?还是那个会怀疑的,

---

[1] 参考笛卡尔:《谈谈方法》,王太庆译,商务印书馆2000年版,译者代序部分xiii。
[2] 勒内·笛卡尔:《第一哲学沉思集》,徐陶译,江西教育出版社2014年版,第22页。
[3] 勒内·笛卡尔:《第一哲学沉思集》,徐陶译,江西教育出版社2014年版,第23页。

会思考的，会分析的，会推理的，会认识的"我"。笛卡尔强调的不是"东西"的概念，而是"存在"，是"是"，是"起作用"，而非"无""不显现"。这个"我"就是"人"。

谈论笛卡尔的理性至少涉及两个层面。其一，思维（内涵），这是人之所以存在的本质。其二，逻辑推论（方式）。笛卡尔固然不是一个怀疑论者，他仅仅是吸收了古典的怀疑观点，并将怀疑纯粹当作达到目的的手段来使用，以摧毁不可靠的"先人之见"。而笛卡尔哲学方法问题的核心，也就在于这个更深入同时也更不可驾驭的领域：推论如何增进知识。高克罗格指出，推论必然包含于每一种科学事业之中（从逻辑和数学到自然科学），这些事业的核心在于产生新的知识，但是对于笛卡尔及其所有前辈来说，推论的规范形式就是演绎推理，而演技推理能否促进知识则是一个很成问题的问题[1]。

同样地，对于逻辑推理的信任是哲学产生的必要因素，而对于它的过度依赖是否也造成了人类对自身理性信任的消解呢？还是那句老话，逻辑推理，或言理性能解决一切问题吗？

笛卡尔通过怀疑一切而达到了唯一的确定性；又通过信仰上帝，使个体的"我"取回了被中世纪所隔绝的外部世界（因为如果外部世界不存在的话，善良的上帝是不会欺骗我们去相信它的存在的）。"我思故我在／是"可说是近代哲学，随之也是近现代纪元的起始点。它肯定了作为主体的"人"。故而，我们的探

---

[1] G.H.R. 帕金森主编：《文艺复兴和17世纪理性主义》（劳特利奇哲学史十卷本·第四卷），田平、冯俊、楚艳红等译，中国人民大学出版社2009年版，第224页。

讨不是没有意义的，换言之，这也是拉辛生活的古典时代对于理性的初步认识，它在人之所以为人的意义上提供了积极的解释，但同时它也将人锁藏在他自己那个"我"里面。

接下来我们要谈的帕斯卡尔，作为与拉辛关联更为密切的同时代人（两人的关联体现在他们各自与波尔-罗亚尔修道院和冉森教派的关系上。帕斯卡尔在青年时代就接受了冉森教派的教义，并作为其最突出的理论代表，在思想史上又重新提出了奥古斯丁的观点。至于拉辛与冉森教派以及其思想阵地波尔-罗亚尔修道院的关系，笔者将在附录二[1]中做简要的梳理），显然已经注意到了被困被封锁的这个"我"，与笛卡尔"积极"的推崇人不同，帕斯卡尔更多地关注作为"人"的脆弱与有限性。值得注意的是，这两位思想家（当然不仅仅是他们两位，还关乎他们各自的继承者）对于"人"的认知，体现在整个古典时期关于理性的理解和运用中，同时体现在拉辛的悲剧，尤其是《费德尔》一剧对于理性的构建中。这一点是不应被我们忽视的。

---

[1] 不将此部分内容放入论文正文中，笔者有两点考量。其一，他们之间固然有联系，诸如让·奥西巴尔在《拉辛的青年时代》（原载《文学史杂志》，1951年第1期）提出的，拉辛20岁之前都是在波尔-罗亚尔修道院内部接受教育的，波尔-罗亚尔修道院对其日后的作品影响颇深；吕西安·戈德曼在《隐蔽的上帝》（蔡鸿滨译，百花文艺出版社1998年版）中提出的饶有趣味的假设：拉辛的三部拒绝悲剧是极端冉森教派拒绝世界的态度的具体反映，三部现实世界悲剧是冉森教派后来试图在世界上生活并与政权、教权和解的经验的体现，《费德尔》则是拉辛彻底与冉森教派决裂，不再从悲剧性的冉森教派抗拒世界的角度创作，并提出了在世界上生活和失败的必然道理等等，但是目前笔者手上的资料甚少（国内学界对拉辛及其悲剧的论著更是少之又少），仅从两位作者的论著推导出一个必然结论，显然不足以具备说服力。其二，借由生平批评（传记）推导出其与作家作品之间的必然联系，并非笔者完全认同且擅长的领域，而诸如戈德曼的社会学批评又过分看重作者意图，使用作者、作品与特定的社会集团做结构类比，最终旨在用作品去解释社会集团，这也并非笔者本篇论文之目的。故而将拉辛与冉森教派、波尔-罗亚尔修道院的关系放入附录中梳理，笔者认为，论文第一、第二章关于拉辛悲剧的内容解读是不受任何传记假设所约束的。

作为"唯理论"实际奠基者的笛卡尔，对于理性的推崇是人之所以为人的理由，理性可以使人控制自身。也是自笛卡尔始，人这个形象的伟大与否取决于他是否具有理性。然而这种承认初步理性的原则与从感觉或感知出发的经验主义都有一套十分相似的认识方法，即实证主义的方法。它们都或多或少地承认"思想的直线前进，而无须正常地和必然地重新提起已经解决了的问题"[1]。而辩证思想则断言"从来没有肯定的出发点，也从来没有最终解决了的问题"[2]，因为思想从来就不是直线前进的。

我们在帕斯卡尔的作品中无疑会发现笛卡尔实证的"理性主义"到辩证思想的"理性主义"这一转变。帕斯卡尔也提倡理性，然而，他对于理性是既肯定又否定的。当然，"肯定的因素没有使他更接近笛卡尔，而否定的因素也没有使他更接近克尔恺郭尔"[3]。因此，倘若我们说笛卡尔的理性主义是积极的，但不能轻易将帕斯卡尔的理性主义说成是悲观的。在帕斯卡尔看来，只有唯一的一种立场，就是悲剧的辩证法，它对人的生活、人与人的关系及人与世界的关系所提出的种种根本问题，既回答是，同时也回答否[4]。

集中体现帕斯卡尔这一思想的，便是这本让后世称道却也众说纷纭的《思想录》（1658）（《思想录》是一部由作者生前尚

---

[1] 参看吕西安·戈德曼：《隐蔽的上帝》，蔡鸿滨译，百花文艺出版社1998年版，第5页及同页注脚①。
[2] 吕西安·戈德曼：《隐蔽的上帝》，蔡鸿滨译，百花文艺出版社1998年版，第5页。
[3] 吕西安·戈德曼：《隐蔽的上帝》，蔡鸿滨译，百花文艺出版社1998年版，第13页。
[4] 吕西安·戈德曼：《隐蔽的上帝》，蔡鸿滨译，百花文艺出版社1998年版，第14页。

未完成的手稿集结而成的书，以布伦士维格Léon Brunschvicg整理、注释的精审本为依托）。在《思想录》中，充斥着种种悖论，而悖论也始终是作者所接触到的唯一形式的真理，为了说明真理永远是各种对立物汇合的辩证思想，悖论成了唯一适合的风格特色，而段落就是其具体的表达形式。翻阅过《思想录》的读者都知道，《思想录》的论述绝非笛卡尔式的严谨推论，而是以字条段落形式的，且章节之间缺乏严密的次序，然而这却是帕斯卡尔有意为之的（详见《思想录》373段[1]）。因为思想的事实本来就是无序的，这恰恰反映了人的脆弱性，刻意的秩序[2]则是妄为。

戈德曼认为"《思想录》实际上是一部结构非常严谨的著作"[3]，当然，这绝非刻意的溢美之词。下面我们来看《思想录》中的相关阐述（归结来说应是三部分：对于人的理解、对于理性的理解以及与上帝打赌），它将有助于我们对拉辛悲剧《费德尔》的理解。

《思想录》208段[4]提出了对人的疑问：为何我的知识是有限的？为何我的身体是有限的？这无疑回应了在72段中对人脆弱性

---

[1] 段落373：我要在这里漫无顺序地写下我的思想，但也许并非是一种毫无计划的混乱不堪；这才是真正的顺序所在，它将永远以无顺序的本身表明我的对象。帕斯卡尔：《思想录》，何兆武译，商务印书馆1985年版，第186页。

[2] 关于秩序。"秩序"这也是帕斯卡尔与笛卡尔的"唯理论"区别之处。在笛卡尔及其追随者看来上帝首先意味着秩序，这个秩序是永恒，是真理，是可以影响个人思想、行动的工具。因此，他们对人和人的理性抱有信心，并以明确肯定上帝在心灵中存在为前提。而帕斯卡尔所认为的上帝，固然他也是存在的，但他并没有带来任何关于人的理性和力量的有效保证和证据。因此，帕斯卡尔在《思想录》中竭力用看似无序的思维以及字条段落的形式表现。

[3] 吕西安·戈德曼：《隐蔽的上帝》，蔡鸿滨译，百花文艺出版社1998年版，第240页。

[4] 段落208：为什么我的知识是有限的？我的身体也是的？我的一生不过百年而非千载？大自然有什么理由要使我禀赋如此，要在无限之中选择这个数目而非另一个数目，本来在无限之中并不更有理由要选择某一个而不选择另一个的，更该尝试任何一个而不是另一个的。帕斯卡尔：《思想录》，何兆武译，商务印书馆1985年版，第114页。

的证明，"如果人首先肯研究自己，那么他就会看出他是多么地不可能再向前进"[1]，"而最为不能思议的则莫过于一个肉体居然能和一个精神结合在一起。这就是他那困难的顶峰，然而这就正是他自身的生存：精神与肉体相结合的方式乃是人所不能理解的，然而这就正是人生"[2]。

那么，人是什么呢？帕斯卡尔认为人既卑微又伟大，"人在自然界到底是个什么？对于无穷而言就是虚无，对于虚无而言就是全体，是无与全之间的一个中项"[3]。这是帕斯卡尔对于人最本质的理解。而"无穷"就意味着自然本身以及自然背后的那个上帝，就这个无穷（自然）而言，人面对着"无穷的大"和"无穷的小"的世界，"这便是我们真实的情况；是它使得我们既不可能确切有知，也不可能绝对无知"[4]。有别于笛卡尔对于无限空间的探索，这种探索我们说是积极而笃定的，帕斯卡尔则认为我们"可能确切有知，也不可能绝对无知"。

然而，帕斯卡尔描绘的这种人的处境与我们现代人的处境又是何其相似，我们现在同样面对这个无穷的大（浩瀚的宇宙）与无穷的小（神秘的微观世界）的世界，然而我们怀着与帕斯卡尔一样的思辨吗？我们是安心地运用着理性计量一切还是怀疑自己的渺小呢？问题总是被一再地提出，却从未得到过确切的解答。

---

[1] 72段：如果人首先肯研究自己，那么他就会看出他是多么地不可能再向前进。部分又怎么能认识全体呢？可是，也许他会希望至少能认识与他有着比例关系的那些部分吧。帕斯卡尔：《思想录》，何兆武译，商务印书馆1985年版，第37页。
[2] 同为72段。参看帕斯卡尔：《思想录》，何兆武译，商务印书馆1985年版，第39页。
[3] 同为72段。参看帕斯卡尔：《思想录》，何兆武译，商务印书馆1985年版，第33页。
[4] 同为72段。参看帕斯卡尔：《思想录》，何兆武译，商务印书馆1985年版，第36页。

《思想录》探索的对象是人,探讨人与对立和相反的两个无限、两个极端的关系。那么,关于人,关于人的精神和肉体,理智与情感,我们就不得不引述412-413段中的内容:

人的理智与感情之间的内战。

假如只有理智而没有感情,……

假如只有感情而没有理智,……

但是既有这一个而又有另一个,既要与其中的一个和平相处就不能与另一个进行战争,所以他就不能没有战争了:因而他就永远是分裂的,并且是自己在反对自己。【412段】[1]这场理智对感情的内战就把向往和平的人分成两派。一派愿意否定感情而变为神明;另一派则愿意否定理智而变为禽兽。然而他们无论是哪一派都做不到这一点;于是理智就永远逗留着,它控诉感情的卑鄙与不义,它搅乱了那些委身其中的人们的安宁;同时感情也是永远活跃在那些想要否定它的人们的身上。【413段】[2]

如果说,当笛卡尔提到"那种正确判断、辨别真伪的能力,也就是我们称之为良心或理性的那种东西"[3],"它是唯一使我们成为人、使我们异于野兽的东西"[4]时,我们还试图将这个"良心或理性"对应到拉辛笔下的那些悲剧人物(奥赖斯特、尼禄、昂朵马格、朱妮以及费德尔)身上(拉辛本人也曾说过,古往今来

---

[1] 412段。帕斯卡尔:《思想录》,何兆武译,商务印书馆1985年版,第199-200页。
[2] 413段。帕斯卡尔:《思想录》,何兆武译,商务印书馆1985年版,第200页。
[3] 笛卡尔:《谈谈方法》,王太庆译,商务印书馆2000年版,正文部分第3页。
[4] 笛卡尔:《谈谈方法》,王太庆译,商务印书馆2000年版,正文部分第4页。

良知和理性是相同的[1]），那么帕斯卡尔的这段论述则毫无偏差地击中了费德尔。

这是多么贴切的描述啊！对于费德尔内心分裂的表述，我相信古典时代没有人能超越帕斯卡尔的认识。费德尔是分裂的，她的分裂在于她要求"全部"。她要爱情、责任和荣誉全有，然而这却是她作为"人"，成为"人"不得不面对的一场理智与情感的内战，或如我们之前所言，她的理性与非理性在博弈。

帕斯卡尔眼中的人"既不是完美无缺的人，也不是愚蠢的人"，因此他的真正任务就是造就把这两者结合起来的完全的人。胡戈·弗里德里希看到了《思想录》中的辨证特点，他认为帕斯卡尔的"完全的人"，是一个具有不死的灵魂和躯体的人；一个同时具有极度强烈的理智和情欲的人[2]。如同帕斯卡尔所言，理智永远逗留，控诉感情的卑鄙不义，搅乱那些委身其中的人们的安宁。费德尔最终得到了这份安宁[3]，那是通过她残忍的悖论（想要成为一个"人"，费德尔必须死亡）达到的，而帕斯卡尔的那种完全的人也是"在人世间是不能实现的"[4]，至少在古典时代，他们是不被认可的。

---

1 周宁主编：《西方戏剧理论史（上册）》，厦门大学出版社2008年版，导言部分第22页。
2 胡戈·弗里德里希：《似是而非的帕斯卡——一种思维方式的语言现象》，原载罗马语文学杂志，第LVI卷，1936，转引自吕西安·戈德曼：《隐蔽的上帝》，蔡鸿滨译，百花文艺出版社1998年版，第76页。
3 五幕七场。费德尔："死神来临，亮光已在我眼前消尽，被我亵渎的上苍将恢复它的明净。"拉辛：《拉辛戏剧选》，齐放、张廷爵、华辰译，上海译文出版社1985年版，第271页。
4 胡戈·弗里德里希：《似是而非的帕斯卡——一种思维方式的语言现象》，原载罗马语文学杂志，第LVI卷，1936，转引自吕西安·戈德曼：《隐蔽的上帝》，蔡鸿滨译，百花文艺出版社1998年版，第76页。

与对人的认识相仿，帕斯卡尔对于理性的认识也是辩证的。一方面它继承了理性主义的方式，以理性来批判一切，同时他又质疑以推理（推论）来达到真理的必然性（因为在他看来，一切真理都必然以矛盾的形式呈现），指出了理性的内在矛盾及其界限。无怪乎以讨论界限著称的"危险哲学家"福柯要以帕斯卡尔作为《疯狂史》的开篇[1]。当然，帕斯卡尔对于理性辩证的认识是十分"帕斯卡尔式"的，即以悖论的，揭示矛盾的方法体现（诸如阐释对立统一的两极与无限、伟大与卑贱、理智与感情等）。

帕斯卡尔的"理性"涵盖面很广，有时是"思想"[2]，有时是"理智"[3]，有时又是"合理性"[4]，等等。但无论是作为理性内涵的思维（思想），还是作为理性方式的合理性，帕斯卡尔对其的态度都是既肯定又否定，既质疑又赞美的。"因此就让我们别去追求什么确定性和固定吧。我们的理性总是为表象的变化无常所欺骗"[5]，"假如理性是合理的话。它是充分有理由的，足以承认自己还不能发现任何坚固不移的东西；然而它却不死心，总想要到达那里，它在这一探讨之中始终是热烈的，并且自信在它本身之中就具有进行这种征服的必要力量"[6]。

---

[1] 福柯在《疯癫与文明》的开篇前言中提到：帕斯卡尔说过："人类必然会疯癫到这种地步，即不疯癫也只是另一种形式的疯癫。"米歇尔·福柯：《疯癫与文明》，刘北成、杨远婴译，生活·读书·新知三联书店2012年版，第1页。

[2] 365段。详见帕斯卡尔：《思想录》，何兆武译，商务印书馆1985年版，第183页。

[3] 277段。见帕斯卡尔：《思想录》，何兆武译，商务印书馆1985年版，第145页及同页注脚③。

[4] 73段。详见帕斯卡尔：《思想录》，何兆武译，商务印书馆1985年版，第41页。

[5] 72段。帕斯卡尔：《思想录》，何兆武译，商务印书馆1985年版，第37页。

[6] 73段。帕斯卡尔：《思想录》，何兆武译，商务印书馆1985年版，第41页。

帕斯卡尔既不相信简单概念的证据，也不相信以理性来构造世界的可能性，因此他喊出：笛卡尔既无用而又不可靠[1]。但从某种意义上说，他又屈从了实证主义。他怀疑着、质疑着理性本身，却又用一种无比理性的逻辑方式说道："让我们就其效果考察过它的能力之后，再来认识它吧；让我们看看它是否具有可以掌握真理的某些形式和某些能力吧。"[2]

由于帕斯卡尔自身复杂的教徒身份，他的理性思索是完全沉浸在灵性的关切之中的。正如江绪林所言，正统的基督教信仰（上帝的无限和人的脆弱）、信仰在理性本身中刻下的烙印、信仰与理性的冲突与和解等主题既构成帕氏论述的核心，也构成了帕氏论述的精神背景[3]。

直接说"与上帝打赌"其实并不准确，帕斯卡尔在《思想录》的第三编"必须打赌"（184–241段）与第四编"信仰的手段"（242–290段）中具体阐述了"打赌"的观点。这关联到帕斯卡尔对于人和理性的认识。

人是悖误的存在，而人永远不会放弃并追求绝对的社会准则，但这份准则在生活中与世界中找不到，也实现不了。这样，人就要为不确定的东西而努力（因为机遇规则总是关系到人类命运的本身），那么，人要追求幸福，就要在日常生活中出现的种种"赌局"中做出选择，主要便是有关上帝的打赌和有关虚无的打赌。

1　78段。帕斯卡尔：《思想录》，何兆武译，商务印书馆1985年版，第43页以及同页脚注②。
2　73段。帕斯卡尔：《思想录》，何兆武译，商务印书馆1985年版，第42页。
3　江绪林：《帕斯卡尔〈思想录〉小笔记》，文章来自网络：https://book.douban.com/review/5317424/

理性如果完全沿着自己的步骤走下去，最终就会理解它本身的缺陷和寻求上帝的必要性，因而导致打赌。

如同笛卡尔与其追随者口中的那个"先验的""完满的"上帝一样，帕斯卡尔关于"打赌"的观点中也存在着这样一个上帝，只不过它不再表现得如此积极地使个体与外部世界产生联系，也不再带来任何关于人的理性和力量的有效性保证与证据，转而变成沉默不语的、隐蔽的上帝了。无疑，帕斯卡尔的观点是：应该信仰上帝。但是值得注意的是，这里信仰的基础已经发生了变化，它体现在诸如帕斯卡尔这样的古典时代思想家们对于理性的认识上。他们面对理性不再像手捧新生儿般表露出惊喜，而是更多地去思考这个所谓理性的局限性。

作为帕斯卡尔信仰的基础有两点。其一，理性已经面临一种极限（这似乎是近现代的思想家们关注的问题，然而在推崇理性的古典时代便早已埋下了怀疑的"种子"），必须做出孤注一掷的选择："你要赌什么呢？根据理智，你就既不能得出其一，也不能得出另一；根据理智，你就不能辩护双方中的任何一方。"[1] 其二，由于人的脆弱和局限性，这种赌局是人类必然面临的情形，"然而不得不赌；这一点并不是自愿的，你已经上了船……所以当我们被迫不得不赌的时候，与其说我们是冒生命之险以求无限的赢局（那和一无所失是同样地可能出现），倒不如说我们是必须放弃理智以求保全生命。"[2]（这里的"理智"也指"理性"，

---

[1] 233段。帕斯卡尔：《思想录》，何兆武译，商务印书馆1985年版，第123页。
[2] 233段。帕斯卡尔：《思想录》，何兆武译，商务印书馆1985年版，第123—125页。

参看《思想录》第145页脚注③。）

说到底还是关于人与理性局限性的认识，还是人与那个将他自己封藏在"我"里面的理性的认识。这些论述与帕斯卡尔的神学思想处于某种奇妙的混合关系之中，同时也是《思想录》中最为动人的部分。

我们花费了不少篇幅谈论笛卡尔与帕斯卡尔，现在我们需要把脚步停下来，看看这两位与拉辛同时代的思想家们与拉辛悲剧之间的联系。

诚然，笔者关注的是理性与非理性问题在拉辛悲剧文本事实、编剧技巧、历史－文化层面的呈现以及为何这样呈现的原因。在论文的第一、第二章中（分别从事实层面与编剧层面），我们不止一次地提到：置于时代，拉辛在对理性推崇备至的古典时代表述了非理性，表述了非理性的瞬间以及这些瞬间所带来的巨大毁灭力，这一表述是具有力量的。而这并非是一句话可以简单概括的，为何说古典时代推崇理性？为何又说拉辛对于非理性的瞬间（以及由这些瞬间所带来的巨大毁灭力）的表述是具有力量的？

这是我们在第三章历史－文化层面需要解决的问题。故而，我们梳理了古典时代的理性主义（主要是与拉辛同时代那批思想家们对于理性的认知），我们看到这样一个事实：对于理性的认识是和对于人的认识一同产生的，我们不能只谈一个而忽略另一个。

笛卡尔从理性出发肯定了个体的人，肯定了人的存在，以此区别了"人"与"兽"。这难道不正是费德尔最终选择赴死的理由吗？难道不是奥赖斯特与尼禄堕入无尽黑暗的疯癫的证据吗？

更毋宁提到"我思故我在／是"这一思辨的作用了，它不正是作为人思维、存在的绝佳体现吗（至少在拉辛所处的古典时代，这一推论是无法被驳倒的）？

而帕斯卡尔从人的局限性出发，既说人的伟大又说人的脆弱，这不正是悲剧人物（更应该说是"人"本身的）所赋有的秉性吗？帕斯科尔谈理智与情感的内战、人的分裂，难道不正是我们第一章所谈的费德尔之苦吗？费德尔的理性与非理性博弈、痛苦、挣扎、自省最终投射到的，难道不是对于"人"这个存在的基本认知吗？

这两位思想家，一位通过发现理性而肯定人；另一位则通过质疑理性而肯定矛盾的人，肯定人的价值。而这些对于人的认识、人的思考也相应地出现在同时期的艺术作品（如拉辛的悲剧）中，并反过来体现古典时期人们对于非理性的排拒，以及当时人们并没有清晰认识到的——理性与非理性共存于人一身的现实。文艺作品与思想、历史、文化有着如此亲密的关系，这可能也是亚氏说"诗比历史更真实"的理由吧。

事实上，以上这些都远非是使用"古典时期理性主义"这一模糊的概念所能够一言蔽之的，它需要做足够耐心的工作与梳理，这也是笔者在这一节中试图做的努力（尽管还远远不够）。

第二节 古典主义戏剧创作理念下的理性主义

古典主义戏剧创作理念下的理性主义，涉及创作法则与文艺美学的层面，或言，讨论的是在古典主义戏剧（尤其是悲剧）中怎样具体运用理性法则的问题。这与我们第二章讨论的拉辛悲剧的创作层面更为接近，也将解决一些第二章中遗留的问题。

古典主义戏剧又称新古典主义戏剧，以此将其与古希腊、罗马时期及意义上的古典戏剧作区分。我们谈的古典主义戏剧，作为一种戏剧理论，是在17世纪法国兴起、盛行，尔后波及并统治整个欧洲剧坛。而作为一种文艺美学思潮，它的源起及影响则远非是短短一个多世纪可以概括的（古典主义戏剧起源于文艺复兴时期，更确切地说，起源于中世纪后期的意大利，形成于17世纪的法国。它的影响在时间上则一直延续到启蒙运动），可以说，它影响了好几代人的审美情趣和理论取向。

毋庸置疑，古典主义时代的理论家们继承和吸收了古希腊、罗马先辈们的理论（诸如亚里士多德、贺拉斯），并在17世纪推崇理性的思潮下构筑了自己的理论大厦。而最具代表性的，当属作为"巴纳斯山立法者"[1]布瓦洛的《诗的艺术》（1674）。

《诗的艺术》全书由四章、1100句诗行组成。文学史家朗松评价它"很可能就是最适合于法国精神之恒久特质与经常需要的文学理论"[2]。下面，我们将结合拉辛悲剧与《诗的艺术》，谈谈古典主义戏剧及理论中具体运用的理性法则。

讨论涉及四方面内容：理论基础（崇尚理性）、方式（逼真性、崇古）、法则（"合式""三一律"）、功用（道德教育功能）。

---

1 周宁主编：《西方戏剧理论史（上册）》，厦门大学出版社2008年版，第345页。
2 朗松：《法国文学史》第四编，转引自布瓦洛：《诗的艺术（增补本）》，范希衡译，人民文学出版社2010年版，引言部分第9—10页。

3.2.1 理论基础

古典主义戏剧视理性为一切艺术的根本出发点，也是诗人认识世界的最可靠的依据，崇尚理性是他们的理论基础。布瓦洛在《诗的艺术》第一章中就告诫诗人："因此，必须爱理性：愿你的一切文章永远只凭着理性获得价值和光芒。"[1]

布瓦洛所言的理性，针对诗人、艺术家，其中包含了两层意思。而无论是从理性内涵上看的心智、良知（古典时代要求诗人具备的道德修养），还是从理性方式上看的合乎理法（要求诗人在创作过程中，小到音韵的安排、文辞的选择，大到剧情的布置、主题的表现以及最后的修改都必须在理性的控制和掌握之中），最终都指向了通过肯定它而获得的理性的"价值和光芒"。

我们在本篇论文的第一章，从"为何而死"的角度曾分析过拉辛悲剧中死亡的几种形式，如果稍作回忆，我们会发现这四种形式（自杀、他杀、未死、疯狂）不单单指向了悲剧人物的最后走向，还涉及了剧作者拉辛关于死亡的认知，更确切地说，涉及拉辛对于什么样的人应当存活在未来世界的设想。这里，我们可能要除去更多从情节设置上考量的第二种（他杀），从而关注另外三种形式。人物的死亡与其是否具有理性（古典时代笛卡尔所推崇的那种理性）联系起来，借此呈现拉辛的某种倾向与意图。

---

[1] 37—38 行。布瓦洛：《诗的艺术（增补本）》，范希衡译，人民文学出版社 2010 年版，正文第 5 页。

遵守道德、深陷罪恶却并未舍弃良知的昂朵马格与朱妮，她们提出过"死亡"（更多的出于理性的权衡），但并未真正实现，她们在拉辛预设的未来世界中存活了下来；而自身携带罪恶、制造罪恶的奥赖斯特与尼禄则被拒之于未来世界的大门外，他们没有真正的死亡，却迷失在无尽的疯癫中，从"为人"堕落为"为兽"。最后我们真正的悲剧主角费德尔，面对着理智的光明和爱情的欲火，奔走在自己的理性与非理性中，对她而言，没有比死更好的结局了。因为和太阳神与维纳斯在一起的正是费德尔自己的良心，按她的良心来说，她的行为就是无尽的罪恶和错误。这个费德尔，这个要求"全部"，要爱情、责任和荣誉全有的费德尔，在拉辛对于"人"，对于"理性"的要求下，必须死亡。

3.2.2 方式

与笛卡尔的《方法论》不同，古典主义戏剧体现的理性是具体而形象的，它的合情合理是在摹仿自然的过程中实现的，因此又要与生活真实连接起来，求得逼真。

古典主义者们继承了自亚里士多德、贺拉斯以来关于文艺摹仿自然的学说，并将这种摹仿说置于理性的控制之下加以发挥。在他们看来，表现理性的普遍性和永恒性才是美的[1]，而布瓦洛认为自然就是真，"只有自然才是真，一接触就能感到"[2]。因此，

---
1 参看周宁主编：《西方戏剧理论史（上册）》，厦门大学出版社2008年版，第347页。
2 《没有比真更美了——赠塞尼莱候》86行，布瓦洛：《诗的艺术（增补本）》，范希衡译，人民文学出版社2010年版，正文部分第105页。

文艺必须摹仿自然，才能表现理性，获得普遍和永恒的价值。

当然，李时学也提醒我们古典主义者所言的"自然"与亚里士多德、贺拉斯的"自然"是不同的[1]。后者指涉客观存在着，可感知的大自然以及人类社会，而古典主义者的"自然"并非那样开阔，它是指"体现于客观物质世界之中的'常情常理'和体现在人类社会中的'自然人性'或曰'情理之常'"[2]。简言之，这个"自然"就是被古典时代所认可的"人的自然"，布瓦洛对诗人说，"你们唯一钻研的就该是自然的人性"[3]，而"我们永远也不能和自然寸步相离"[4]。

那么，这个古典主义者的"自然"是有一个重点圈域的，"好好地研究宫廷，好好地认识都市"[5]，而这个暗定的圈域我们不难在拉辛、高乃依的悲剧中一寻踪迹。所谓的"逼真"就是建立在对这个"自然"摹仿的理解基础上，因而，"逼真"被古典主义理论家们解读为"近情近理"，展现普遍恒定的常理、人性。逼

---

[1] 当然，17法国古典主义理论家所指的"自然"与后来的时代也并不相同。德国学者埃里希·奥尔巴赫指出："在拉辛时代，人们对于自然的理解与后来的时代并不相同……（在那个时期）人们把自然与人的天性等同起来，即受过良好教育、行为体面、能自如地适应任何规定而生活的人才是自然……自然几乎就等于理性、懂规矩……自然同时也是永恒的人性。看来，文学的最高使命就是真正当个表达出这种永恒的人性；人们认为，比起低级混乱的历史骚动来，在生活孤寂的高层次之内可以更清楚、更单一地表达永恒的人性。"埃里希·奥尔巴赫：《摹仿论——西方文学中所描绘的现实》，吴麟绶等译，百花文艺出版社2002年版，第435页。

[2] 李时学先生撰写了《西方戏剧理论史》的第五章：新古典主义戏剧理论部分。引文参见周宁主编：《西方戏剧理论史（上册）》，厦门大学出版社2008年版，第348页。

[3] 360行。布瓦洛：《诗的艺术（增补本）》，范希衡译，人民文学出版社2010年版，正文第53页。

[4] 414行。布瓦洛：《诗的艺术（增补本）》，范希衡译，人民文学出版社2010年版，正文第55页。

[5] 391行。布瓦洛：《诗的艺术（增补本）》，范希衡译，人民文学出版社2010年版，正文第54页。

真是以"真"来保证"善"和"美"的，而又因为真与美是合一的，"真决不能排斥美，所以唯理主义并不排除虚构、激情一类的艺术成分"[1]，这也就为拉辛悲剧中那些描述情欲、激情的部分带来了辩护。

我们之前谈过，拉辛擅长写情感，他写爱情，写男女之情，写无法达成之情感，常用两种方式：瞬间激情与持久之爱。在人类的情感模式中，它们或许并不冲突，但在拉辛悲剧中，这两类情感却无法自如转换。而这种关注继而又体现在拉辛对于悲剧时间的把握和理解上。作为时刻存在的瞬间激情无法过渡到足以形成时段的持久之爱，然而悲剧人物又奢求这种转换。这成就了人物内心的执念，成为悲剧本质矛盾：理性／非理性博弈的体现。这也是笔者所认为的拉辛悲剧的本质——将情感形式可能造成的非理性巨大毁灭力倾注于瞬间激情和持久之爱的不容转换上。

当然拉辛也为自己描写的情欲辩护[2]，他说"表现情感只是为了使观众看到它是万恶之源"，从所处时代上看，这似乎更符合当时的社会道德化要求，我们会在古典主义戏剧的道德教育功用中再次提到这问题。

所谓崇古，古典主义理论家与戏剧家们都崇古，对于戏剧家们来说，"古"更多指的是古希腊戏剧；而对于理论家们而言，这个"古"则涉及亚里士多德、贺拉斯等一批古代理论家的论著及学说。

1　布瓦洛：《诗的艺术（增补本）》，范希衡译，人民文学出版社2010年版，读朗吉努斯感言第115页。
2　我们之前（第二章第一节）同样引述过拉辛在《费德尔》序言中为情欲辩护的那段话。

布瓦洛在《1770年给贝洛勒的信》中说，"形成拉辛的是索福克勒斯和欧里庇得斯"[1]，而拉辛本人也直言不讳地说，"巴黎人的审美趣味毕竟和雅典人的审美趣味相符合，使我的观众受感动的东西正是使往时希腊最有学问的人们落泪的东西"[2]。我们说，前者叙述了一个事实，而后者则没有那么贴切了。因为与其说拉辛改编了古希腊悲剧，毋宁说他重新创作了属于古典时代的悲剧。两者的审美趣味实则大有不同，一个从仪式的角度体现了人与世界共同体的不可分割性，而另一个则从理性角度出发，再现了作为个体的人的要求以及社会生活赋予他应当遵守的道德准则。

那么，让我们首先来看看拉辛在题材上是如何继承与改编古希腊戏剧的。

《费德尔》取材欧里庇得斯的《希波吕托斯》，《昂朵马格》取材欧里庇得斯的《安德洛玛克》。对比[3]集中在拉辛如何运用"爱情"这个题材上（不在古典主义悲剧与古希腊悲剧形式内涵的差异层面考量，诸如歌队的删减，等等。我们将从神的处理、主要人物的增减、关键情节的改变三方面罗列两个版本的不同之处），毕竟爱情因素是原先悲剧以及古希腊神话中原有的设定。

《费德尔》与《希波吕托斯》

---

[1] 伍蠡甫编：《西方文论选（上卷）》，上海译文出版社1979年版，第305页。
[2] 拉辛：《伊斐见尼亚在奥利斯》（《伊菲革尼亚》）序文，转引自朱光潜：《西方美学史》，人民文学出版社2002年版，第186页。
[3] 作为对比的欧里庇得斯两部悲剧《希波吕托斯》《安德洛玛克》选取周作人先生的译本，分别参看欧里庇得斯：《欧里庇得斯悲剧集（上、中）》，周作人译，中国对外翻译出版社2003年版。

【神的处理】

《希波吕托斯》中淮德拉爱上希波吕托斯全因为爱神阿芙洛狄忒的报复，而《费德尔》中费德尔虽然也提到了爱神，但拉辛更多地把这份情欲处理成由人自身而发的，弱化了神的作用。这样处理意在表述非理性瞬间原本就潜藏在人本身，而非是外在于人之物。

【主要人物的增减】

《费德尔》中增入了忒赛的俘虏、依包利特的心仪对象阿丽丝这一形象，使得费德尔与依包利特，依包利特与阿丽丝的爱情关系形成一个对比，同时也构成费、依、阿的情感三角关系。同时由于阿丽丝这个人物的加入，我们更加能清晰地发现，费德尔爱情中的依包利特与作为费德尔继子的依包利特（幻想／真实）的差异。毫无疑问，阿丽丝与依包利特仇敌间的相爱之于费德尔也是压死骆驼的最后一根稻草。

【关键情节的改变】

《希波吕托斯》中淮德拉在第三场中便留下遗书自杀，遗书中对希波吕托斯轻蔑于自己爱情的行为予以报复。在拉辛的《费德尔》中，费德尔则是在结尾五幕七场中服毒自杀，并向忒赛坦白了一切的。

当然这首先取决于悲剧主人公的替换。欧里庇得斯版中的悲剧主人公是希波吕托斯，而拉辛版中则是时时处在矛盾纠结中的费德尔，费德尔自杀这一行为的推后，使得剧作家有更多的空间去展现费德尔的内心。

《昂朵马格》与《安德洛玛克》

【神的处理】

处理集中在关于诸神的前史上。在《昂朵马格》中删去了阿伽门农家族的复杂前史，同时删去了《安德洛玛克》中最后出现的海之女神忒提斯（珀琉斯的妻子），也删去了忒提斯的神启。

【主要人物的增减】

《昂朵马格》中加入了《安德洛玛克》中并未出场的卑吕斯；删去了墨涅拉俄斯（相当于《昂朵马格》中爱妙娜的父亲[1]）、珀琉斯（卑吕斯的祖父），以及摩罗索斯（昂朵马格与卑吕斯的儿子）。还有一处主要的变动，即昂朵马格的身份，在《安德洛玛克》中她不再犹豫于卑吕斯给出的选择，而是已经改嫁卑吕斯并育有一子，主要情节便是介于墨涅拉俄斯与安德洛玛克之间了。

【关键情节的改变】

因为对主要人物卑吕斯设置的变动，相关情节也随之发生了改变。《昂朵马格》中提前了奥赖斯特的出场时间（提前到一幕一场），更改了昂朵马格被俘虏的时间。同时对峙双方也发生了更改：《安德洛玛克》中是墨涅拉俄斯与安德洛玛克的关于要儿子还是要自己性命的对峙，而《昂朵马格》中则由卑吕斯给予昂朵马格的选择取代。

可以这样说，与《费德尔》相同，《昂朵马格》对比欧里庇

---

[1] 因欧里庇得斯版与拉辛版中人物名区别过大，为使对比简化，故后面将使用《昂朵马格》中人物的名字。

得斯的版本，除了主要情节的保留，叙述的几乎不是同一个故事。

这些变动中最为重要的一点，即原本不在场的卑吕斯的加入，由于这个人物的加入，牵连出拉辛对于昂朵马格形象的重构。而这个形象的复杂性——对亡夫表现忠诚还是挽救儿子的性命，两者存在矛盾，同时又不可分割——也得以成立。欧里庇得斯的版本中，矛盾最后回归到珀琉斯与墨涅拉俄斯的家族血脉之争上，最终通过忒提斯的神显解决了这一世代仇杀。这其中，安德洛玛克是完全没有自主选择的权利的，而在《昂朵马格》中昂朵马格则是企图以选择自杀来换取平衡。

伴随这些大刀阔斧的变动，拉辛版的《昂朵马格》中形成了两组多角关系：昂朵马格－卑吕斯－爱妙娜；卑吕斯－爱妙娜－奥赖斯特。与《费德尔》的改编相似，爱情多角关系的建立目的是为了使"爱情"本身的面容更加清晰。与《费德尔》不同的是，《昂朵马格》中不再是昂朵马格独自处在悲剧的中心，而是由于人物间真真假假的回应，变成一个流动的戏剧景象。各种人物互为镜像，相互映射影响，相吸相斥，共同组成爱情的迷宫。

古希腊悲剧体现了人本质的悲剧性。我们可以这样说，人的悲剧性不在于命运（其实是神，再进一步说就是大自然）如何的不可抗拒，人的悲剧性表现在明知不可为而为之。他向不可征服的命运挑战，他是一个必然的失败者，而他是一个必然的失败者，却并不意味着他不去做那个抗争者。人徒劳的努力表现出一种更高意义上的崇高。

那么，在拉辛这里，他的"崇古"不再只是体现在题材和手段上，

215

而是关乎人的本质内涵。费德尔爱上继子,并没有让情感遵循理性,"明知不该为而不为",相反,她"明知不该为而为之",并且时时忍受这个"为之"的煎熬,直至最后承担了死亡的结局,这也是费德尔为之"人"的时刻,她崇高的时刻。

拉辛站在古典时代向我们提问:人到底是什么?人能被理性彻底解释吗?人能被非理性彻底解释吗?而这个问询在某种程度上延续着古希腊悲剧中关于人的质朴诘问。它既没有笃定承认无论如何都要保持理性的要求,也没有明确否定情感——以及有可能带来的对普遍道德准则的违背——存在的价值。

这是笔者所认为的,拉辛以及其悲剧所遵循的"古"。

3.2.3 法则

《诗的艺术》第三章有这么一句话:戏剧要与精确的理性相结合,一切要恰如其分,保持着严密尺度[1]。这个严密的尺度即法则,讲究法则也正是古典主义戏剧理论最突出的特征。李时学在谈及古典主义戏剧理论时说:"'合式'的原则和'三一律'基本上涵盖了新古典主义所尊奉的所有戏剧规范和法则。"[2]

遵循"合式"的原则是戏剧达到逼真的根本途径,那么"合式"又指什么呢?情节安排符合理性要求(结构简单单一),语言纯

---

[1] 122—123行。布瓦洛:《诗的艺术(增补本)》,范希衡译,人民文学出版社2010年版,正文第38页。

[2] 李时学先生撰写了《西方戏剧理论史》的第五章:新古典主义戏剧理论部分。具体引文参看周宁主编:《西方戏剧理论史(上册)》,厦门大学出版社2008年版,第352页。

洁清丽，风格典雅质朴，题材要严肃纯净（悲剧只能以帝王将相、英雄人物为主人公，描写高贵而严肃的事件；而喜剧则只能以市井小人物为主人公，描写日常生活中平凡可笑的事件），等等。

最后这一点对于悲喜剧题材内容的限定以及它严苛的划分，实则是有违古典时代理性主义所推崇的个体的人之精神的。我们看到拉辛悲剧中的主人公也并非全是帝王将相，当然也不都是英雄人物，最好的证明便是费德尔这样一个"正义的罪人"形象。

无怪乎在随后的启蒙运动中，莱辛要抨击布瓦洛了。而狄德罗也据此推出了市民悲剧的概念。为何市民悲剧不能与王子悲剧同样真实呢？与其说这一立场抛弃了古典时代确认的那种情感结构（即比起低级混乱的历史骚动来，在生活孤寂的高层次之内可以更清楚、更单一地表达永恒的人性），倒不如说它把悲剧的范畴扩大到了一个新兴的阶级。

说到底，还是关乎人的认识问题。人怎样认识自己，定义自己，反思自己，不单单体现在思想视阈中，日常生活中（这方面往往比较滞后），还十分鲜活地体现在那个时代的文艺作品及理论中。

作为古典主义戏剧理论和创作中最受关注且最引人争议的一条法则，布瓦洛在《诗的艺术》第三章中这样规定：我们要求艺术地布置着剧情的发展；要用一地、一天内完成的一个故事从开头直到末尾维持着舞台充实[1]。

而拉辛对于三一律的运用我们在第二章第二节中已经谈得够

---

[1] 44—46行。布瓦洛：《诗的艺术（增补本）》，范希衡译，人民文学出版社2010年版，正文第32—33页。

多的了。笔者认为这其中固然有遵循法则的念头，但拉辛对于三一律（具体而言是同一时间）的运用恰恰体现了他本人的独特性。拉辛用高度隐喻的时间构筑了他独有的悲剧世界，而这是在他同时代的悲剧作家中鲜有的。

3.2.4 功用

我们最后谈的道德教育功用，可用布瓦洛自己的话概括：专以情理娱人，即通过戏剧教育观众。教育的意义不在于去不去写丑、恶、越礼的事，而是怎样去写的问题。布瓦洛就曾在《从批评中求进益——赠拉辛》中为拉辛辩护[1]。

拉辛在《费德尔》的序言这样说：

> 他们的戏剧就是一所学校，在这里美德比在哲学家的学校里教的还好。……那么这可能是把悲剧和许多以虔诚和学识闻名的人调和起来的一种方式，因为最近一个时期，他们纷纷谴责悲剧；如果作者既想使自己的观众受到教育，同样又使他们得到娱乐，如果作者们在这方面遵循悲剧的真正目标，那些名人无疑会对悲剧作出更有力的评价[2]。

---

[1] 这首诗是为拉辛《费德尔》受到惨烈攻击而作的。布瓦洛写道："呃！谁一旦看到菲德尔不自主既背信而又乱伦终至于忏悔痛苦，对这样高贵作品谁能不感到惊异，羡慕这幸福时代产生了这种神奇？……还有许许多多的在这里屈指可数，愿我们诗的妙用能达到他们心头。"详见布瓦洛：《诗的艺术（增补本）》，范希衡译，人民文学出版社2010年版，正文部分第95—100页。

[2] 序言引用，参看吕西安·戈德曼：《隐蔽的上帝》，蔡鸿滨译，百花文艺出版社1998年版，第560页，脚注①。

拉辛认为，作为戏剧的功效，受到教育与得到娱乐并不矛盾。布瓦洛也说"因此第一要诀是动人心、讨人喜欢"[1]，那么，这个"娱人"的功用也正是布瓦洛的高明之处，"处处能把善和真与趣味融成一片"[2]，不仅仅强调戏剧的道德教育功用，也将感动人、引人喜欢放在了第一位，把追求道德的善和艺术的真与趣味放到了一起。

以上，我们就借由布瓦洛的《诗的艺术》梳理了古典主义戏剧创作理念下的理性主义。通过与拉辛悲剧的对照，我们讨论的是理性法则在古典主义悲剧中具体怎样运用的问题。当然，我们不能忽视这其中关乎"人"的问题。

回到上一节最后我们探讨的问题：人与理性。到底是怎样一种对人的认识，使我们肯定理性，而又是怎样一种对人的认识，使我们质疑理性。或许这段话还可以这样说，到底是对理性的一种怎样的认识，使我们肯定自己，而又是怎样一种对理性的认识，使我们质疑自己。人的自我发现与理性之间的关系到底是怎样的？这便是我们在下一节中要讨论的话题。

我们说，整个人类的文化就是一种自恋。人类爱自己，想要了解自己，而对于人自己而言，或许从来就没有一个确切的、绝

---

1 序言引用，参看吕西安·戈德曼：《隐蔽的上帝》，蔡鸿滨译，百花文艺出版社1998年版，第560页，脚注①。
2 88行。布瓦洛：《诗的艺术（增补本）》，范希衡译，人民文学出版社2010年版，正文部分第62页。

对真理的解答。

第三节 两次关于"人"的发现

我们在前两节中结合第一个"当下",即拉辛所处的古典时代,谈了拉辛试图建立的未来世界——理性的世界。我们谈了古典时代的理性是什么,以及古典时代如何表述理性两方面内容。

接下来我们探讨的内容将会涉及第二个"当下",即我们所处的时代。具体而言,就是我们如何看待古典时代的拉辛及其剧作,我们看待的拉辛剧作与他试图表现的有何异同,以及又是什么造成了我们这样的看法。在表述这些之前,我们需要将两个"当下"做一连接,我们当下对于自身,对于理性的认识与古典时代,甚至更早的人们对其的理解发生了怎样的变迁,阐述经由时光,人对自我认识上的差异。

那么,我们的"当下"是什么呢?这首先关系到我们怎样看待传统。有两种截然不同的看法:一种信仰传统,强调传承,认为处在"当下"的我们需要维持不断逝去的过去时刻或将其永久化,抬高到神圣的位置上——我们必须忠于传统;另一种则认为"当下",或言现代性意味着与传统决裂[1],或者将传统(那不断逝去的时刻)当作一件转瞬即逝的新奇玩意来捕获,总而言之,我们

---

[1] 出自福柯《什么是启蒙》。原文:人们经常把现代性概括为对时间的非连续性的自觉意识:与传统的决裂,对新颖的情感,在不断逝去的时刻前的眩晕。福柯:《什么是启蒙》,李康译,王倪校。由于尚未找到收入该文的中文译本,此篇文章来自网络:https://www.douban.com/group/topic/14194644/

要对抗传统。

我们是否要遵从这种"非敌即友"的鲜明立场？如果我们只是把这种态度看作是传统对我们的一种"挟持"，而从中精细地判断传统中可能包含要素的优劣，那么，最大的可能就是我们尚未摆脱这种"挟持"。比如对古典主义戏剧模式化，比如对"三一律"之于戏剧创作的局限等成见。

问题不在于我们是否认可这种传统对于我们的延续（因为它是固然存在的），而是应该意识到传统不是过去，而是对过去的一种解释，一种对先辈的选择和评价，而非中立的记录或是非好即坏的判断。我们是否真正就优于古人？我们优于先辈的地方又在何处？若是硬要陈列一二，那应当就是思维方式，基于传统，我们尚有某种选择的权力。如果是这样，那么，"现在""当下"就成了任何选择或评价过程中的一个因素。

同时，我们也不能无限扩大这种选择的自由。自由的存在对应着限制。

应当意识到，一方面存在着先于我们的，无论如何仍在渗透着我们的因素。作为个体的我们一旦出生，便落入某种文化结构中，这是我们无从选择，也不可超越的。这些文化结构好似一张巨大的知识网络，使得学说、信仰、习俗得以显现，使得我们成为"现在"的我们。

另一方面，这张知识网络本身对信息有选择地接受和排斥，这是作为断裂而出现的因素。传统本身是一个变化中的文化结构，它排拒一些事物，而排拒与融合剩下的事物造就了与先人有所不同的我们，造就了"现在"的我们。

提出我们的"当下"是什么这个问题，也就是在向自己提问。这不仅仅是我们属于这个或那个理论的问题，不仅仅是我们属于某个传统的问题，甚至不仅仅是我们属于某个一般人类共同体的问题，而是在于，我们所属的是一个具有现实特征的文化整体。我们无法割裂也无法臆造与其的联系，承认继承与差异，是我们讨论的基础。

3.3.1 反思自我的形式

福柯在《什么是启蒙》中提出了哲学思想（在康德之前的）中反思自我的三种形式[1]。

其一，以古希腊时期的柏拉图为例，将现在表述为属于这个世界的一个特定时代，并与其他时代区别和分离。柏拉图意识到自己身处世界循环周期中的一个周期，在这个循环中，世界正逐渐走向堕落。简言之，与"现在"相对的"未来"是各种否定性的后果。其二，以中世纪的奥古斯丁为例，这个"现在"是被质询的，并可以从"现在"体察出的各种标志事件以预示"未来"。其三，以文艺复兴时期的维柯为例，这个"现在"是面向"未来"曙光中的转折点，是某种成就的开端。

这三个时期的选取是具有意义的，它代表着重要的人类历史

---

[1] 具体内容可参看福柯：《什么是启蒙》，李康译，王倪校。由于尚未找到收入该文的中文译本，此篇文章来自网络：https://www.douban.com/group/topic/14194644/

转折，分别预示着人对于自我、对于世界的三次重大认识。古希腊时期人与世界、自然同一体和谐共存，但对于"人"的模糊意识出现又冲击了神的权威。中世纪为巩固神的权威，将自然、神具象为某一个具体的上帝，随后建立了基督教；文艺复兴时期从宗教的桎梏中又重新发现了"人"，人类第一次觉醒，"人"成为万物之主。

无疑，福柯是赞成第四种反思自我的形式的，这就是康德的形式：只讨论有关现时性的问题，而并不想以某种整体性或终极目标为基础来理解现在。这是一种什么形式呢？简言之，就是考察与历史共存的"现在"，对我们自己的"现在"提问。康德所寻求的是某种差异："今天与昨天相比，它带来了什么样的差异？"正是这种对差异的寻找界定了"现代态度"，同时也界定了我们自己的习性。

福柯的自我反思分类为我们提供的可参考价值，不仅在于从寻求差异的角度向"现在"提问的这种反思形式，还在于他提示我们注意到人类历史上三次重要的转折。当然，基于原文的讨论范围，福柯没有提到尼采振聋发聩的发问，这涉及人类的第二次觉醒，继"人"的诞生后的"人"的死亡。

下面我们就来看看基于文艺复兴与尼采呐喊的这两次人类的"发现"，它不仅仅体现在思想与生活的领域，同样生动地体现在与此相关的戏剧作品中。

3.3.2 "人"的诞生

我们前面谈过，对理性的认识与对人自身的认识是分不开的，而两者之间最明晰的联系便体现在人类的两次"发现"上。

原始社会与古希腊时期，人控制不了自身，只有神（自然）有这个能力。古希腊文化的特点是诸多信仰形成的异常复杂的网络，它将各种制度、实践与情感联系在一起，但没有我们现在意义上的神学或哲学系统和抽象理论。威廉斯这样说，古时最深刻的探究和知解方式就是不断地回溯到个别的神话[1]。而古希腊时期的英雄传说既不是理性的，也不是非理性的，它们主要被看成是历史。人怀着虔诚的态度居于神的膝下，与世界、宇宙、神、自然成为共同体，同时这种共同体的仪式情感又反过来作用在当时的制度与实践上。

文艺复兴时期，人类第一次发现了自己，复兴的也是"人"。人要认识到自己的伟大，人的能力能够改变一切，这是人类的第一次觉醒。一切都复兴了，人认为自己的历史使命就是复兴，这便出现了维柯在《新科学》中描绘的积极反思态度，认为这个"现在"是面向"未来"曙光中的转折点。但在文艺复兴时期的知识里，占据中心地位的仍是秩序，世事无常是主题，只是人们需要遵守的宇宙秩序概念并没有古希腊时期那么含混，也没有那么包罗万象了。人的形象，由于要表达他所预感到的世间威胁和秘密而显得具有分量。

古典时期，将理性与人存在的本质联系在一起。这个发现告诉人们，"我思"所以"我在／是"，人要有理性，这是他区别

---

[1] 雷蒙·威廉斯：《现代悲剧》，丁尔苏译，译林出版社2007年版，第8页。

于兽的地方，划分界限的意识开始出现了，这是文艺复兴时期所没有的。理性驶向创造，驶向征服，而人的伟大之处也在于人有理性。古典知识肯定人的存在，而这个"人"便是复兴了的，个体的"人"。也是在笛卡尔之后，人有理性变成一种常识认知，理性平衡了这个世界。

文艺复兴时期的"人文主义"和古典时代的"理性主义"使人在世界秩序中占据了一个特权地位。第一次"人"的发现，意味着发现了个体的"人"，同时也意味着这个"人"从古希腊（原始社会）概念中整体的人中分离，神不存在了，和谐的共同体不存在了，取而代之的是有理性、会思辨、学习改造自然的"人"。

随后的启蒙运动中那些关于命运、绝对秩序以及神灵安排的传统观念遭到了摒弃，取而代之的是古典时期树立起的对理性的信心，以及不断拓展的解释自然和控制自然的信心。这一信心继而体现在自然科学及实用科学的蓬勃发展上，知识与实践活动理性化的计划中，而在社会、政治领域，它是社会转型的要素，政治制度的类型，这一形势产生了一种新的关于人类命运的社会意识。在哲学领域，则产生了对宗教和社会习俗的意识形态分析以及其他新的理性解释体系。

这种对人、对理性的认识，相应地体现在同时期的悲剧中。我们发现，重要的悲剧既不产生在信仰真正稳定的时代，也不出现于包含冲突性公开的时代，它往往产生于某个重要文化或制度崩溃和转型之时，它是新旧事物之间的真实冲突，也是人们对传统以及制度的接受与新产生的体验、矛盾之间的张力。从这个角度上说，戏剧是一种人类对自己的反思，对自己的认识，以及一种无论肯定、否定抑或两者兼有的对理性的态度。

古希腊戏剧对于古希腊人而言并非萌芽而是圆满。这种圆满体现在人与神（自然）的情感共同体上，这里没有个体的人，只有人格化的神。"我们看到的不是被普遍化了的个体行动，而是被个体化了的普遍行动，我们了解到的是变化无常的世界，而不是人的性格"[1]。古希腊的悲剧中，戏剧行动发生在介于人与神之间的统治家族中。高贵地位和英雄境界是使悲剧行动为之普遍的重要条件。对于悲剧中地位的强调源自悲剧人物的代表性，而这种代表性又是具体的，帝王代表他的臣民，同时也代表生活和世界的意义。悲剧主人公的死亡也非行动的终结，死亡意味着再生。这一循环又与自然四季相连，中心是有牺牲意义的死亡。在死亡之后通常伴随某些物质或精神力量的重新分配，表达某种对宗教的肯定，同时这种重新分配也是城邦得以延续的基础。古希腊悲剧通过提醒人们一遍遍重温这无常世界的认识，引起观众对人类普遍处境的怜悯与恐惧。

与中世纪基督教的统一与征服不同，中世纪戏剧是世俗戏剧的开端，相应的情感结构也发生了变化，不再是古希腊时期的人与世界合一，转而变成人和世界分离。在世俗与神话分离的过程中，悲剧讲述发生于地位显赫且容易肇祸的个人身上世俗地位的变化，它明确涉及高贵的地位。而悲剧的重点也从亚里士多德的"幸福与苦难"转向"成功与逆境"。威廉斯提示我们：参照这一复杂的发展

---

[1] 雷蒙·威廉斯：《现代悲剧》，丁尔苏译，译林出版社2007年版，第80页。

过程，我们必须看到中世纪重视对"富贵国王和伟大君主"的孤立和揭示。悲剧虽然得到了字面上的延续，但仍然是这种异化的特殊个案。悲剧是一个故事，一种叙述，但无法被看作一个行动[1]。

自文艺复兴时期始，人的概念被强调，人类第一次觉醒了，但是在强调个人命运的同时，悲剧的代表性与公共特征丧失了。悲剧不再是某种特殊而永久的事实，而是同文化结构一起变成了一系列的经验、习俗和制度。古希腊时期，悲剧的本质是一种秩序感，一种生命的秩序，它不仅比人更强大，而且还具体的、有意识地作用于人（古希腊悲剧的神话体系很好体现了这一点）。命运超出了人的理解力，人不需要对此做出理性的判断。因此，他所认为的偶然事件实际上是命中安排，是神的秩序，宇宙的秩序，其实也就是自然的秩序。

复兴后的"人"继续对生命不断探索，这也使得秩序的观念逐步简化抽象为"仅仅人类的"，通常涉及国家权力的更替。文艺复兴时期强调个人的命运，悲剧随之变成了个人的偶然事件。悲剧主人公的地位同样受到对内、对外的限定（大宇宙和小宇宙），然而在这其中我们发现了人的个性。人物的判断和选择变得重要，性格也随之凸显，同时"秩序"能够通过个人意志"建立"。正如莎士比亚戏剧中说的那样，世界是一个大笼子，我们把不好的东西去掉，它就会变得更好。

古典时期，理性第一次得到了明确的推崇。它的对象也不再是神而是会行走会思考的人。笛卡尔的"我思故我在／是"至少

---

1 雷蒙·威廉斯：《现代悲剧》，丁尔苏译，译林出版社2007年版，第13—14页。

使理性获得了双重的内涵,即它是人区别于兽的标准,同时也是得以证明人存在的思维。在思维、在思考、在思想的人的形象被提出,个体的人被巩固。我们在第二节中也谈了,古典主义戏剧视理性为一切艺术的根本出发点,也是剧作家认识世界的最可靠的依据,崇尚理性是他们的理论基础。理性主义在古典主义戏剧理论中最明显的体现莫过于"三一律"和"合式"原则。后者甚至在题材上做了明确规定[1],悲剧主人公地位的限定,把人、国家、世界联系起来的整体最终变成了一个纯粹抽象的秩序,而曾经那些提供特殊关系和行动的具体联系已经不复存在。戏剧创作者们面临一个选择:是要描写人(这是由理性原则肯定个体的人而建立的),还是要描写理性的人(同样由理性原则催生出的戏剧理论法则规定的),这引向了一个更深刻的问题:人是什么?

启蒙运动的戏剧领域更是呈现流派交替的局面。新兴阶级的崛起与不断壮大,使得个体的"人"的形象进一步加深,随之作为人的自由和选择被放置入戏剧探讨的范畴。黑格尔曾说过,"真正的悲剧行动,有一点很重要,即个人的自由和独立,或者至少是自我决定的原则"[2]。狄德罗的市民悲剧也是一个很好的例子,市民的悲剧也可以与王子的悲剧一样真实。到了之后的资产阶级社会,人们已经无法拒绝这一观点:个人既不是国家,也不是国家的某种成分,而是独立的个体。悲剧主角从王子到市民的扩展实际上是一种向全人类扩展的趋势,而这一扩展的性质却在很大

---

[1] 题材的规定:悲剧只能以帝王将相、英雄人物为主人公,描写高贵而严肃的事件;而喜剧则只能以市井小人物为主人公,描写日常生活中平凡可笑的事件。

[2] 转引自雷蒙·威廉斯:《现代悲剧》,丁尔苏译,译林出版社2007年版,第24页。

程度上限制了自身的内容。

浪漫主义戏剧反对启蒙运动,反对古典主义戏剧,批判理性,而他们所批判的理性不是理性的活动本身,而是将这一活动抽象化的做法。理性(正如康德在反思启蒙运动中所谈的一样)一旦与其他的人类活动相分离,那么,它就从一项活动异化成了一种机制。浪漫主义戏剧不愿像实用主义那样从社会的改造中寻求自我价值,转而在个人的发展中追寻自由主义的价值,却由于它对非理性和怪诞的强调又一次异化了非理性本身。自然主义戏剧以反浪漫主义戏剧的面目出现,它的实践者们厌倦了虚无和超验的死亡,重现强调应当细致地观察和描述社会。正如卢梭说的那样,自然状态是永远失去的伊甸园,由于无法重返自然状态,我们必须建立公民的政治形象,以此使得人们能够在社会机体里共同生活。

有趣的是,我们看到,这个由文艺复兴时期复兴了的"人",经由古典时代和启蒙运动"理性主义"的"加持",他不断地求索与争取在世界秩序上的位置,同时也处在剧烈的矛盾中,他强调自己,却又不断地以与周围世界建立关系来确认自我,是个体的人,有理性的人,寻求权利的市民、资产者,改造社会的人,肆意挥洒想象与灵感的人,还是遵守社会法则的公民。而这些自我问题的纠缠,使其无法抗拒地试图一次次回溯最初的原始状态,那个已经遗失了的、不复存在的、人与世界共同体的关系。

对于自由的热望,获得能力的渴求与各式各样技术传递出的各式各样的权力关系相博弈,人必须"夹缝求生",与此同时,"人的主体性丧失""人的异化"这类批判性的话语也开始出现。

3.3.3 "人"的死亡

二次世界大战之后，人类开始了第二次的觉醒。有意思的是，19世纪末尼采振聋发聩的"上帝死了"又再一次被提出。然而死的不是上帝，质询的也不是上帝，而是人。因为人（有限之物）的一切价值最终以上帝（无限之物）为依据，上帝死了，意味着不能依照以往那样去解释生活。"丧失了自己的真理而又重新被真理所照亮的动物，使自己感到陌生而又重新变得熟悉的人。这种人在很长一段时间曾经是一切宣告人，尤其是异化的人的情形的话语的主体。不幸的是，他正在那些喋喋不休的话语背后死去"[1]。

人"死"了，而杀死上帝恰恰也是人。人的孤独，人与人之间关系的丧失愈发强烈，随之而来的是人类命运的盲目性。人的理性被质询，同时他开始直接面对自己的有限性，体验死亡、疯狂与不可思议的思想。理性最初是根据自明性来发现一切的，从前，它带给我们信心、明确性以及果断确定的判断。在古典与启蒙时代，理性就是立法者与创造者，它是真实，也是真理和善的来源。而现在，这个立法者被质疑了，同时被质疑的还有信奉这个立法者的"人"本身。

当然，这样的质询并不意味着"人"的毁灭，而是另一个"人"的形象的出现：一个有限者的形象。

---

[1] Macey, The Lives of Michel Foucault, p.169, 转引自刘北成编著：《福柯思想肖像》，中国人民大学出版社2012年版，第104页。

这个有限者的"人"是一个矛盾的综合体。一方面人受到劳动、生命、语言的支配，另一方面，人本身又是使一切知识成为可能的条件。有了人的存在，这些概念才能被划入领域得以研究和存在。"我思"曾是"我存在"明察秋毫的顿悟，而由此阐发的理性又使得人去思考那些不被划入理性的、非理性的领域，去揭发无意识的面纱，而它们（人与集体的无意识，晦暗的体制，无形的决定因素）却是"我思"曾经摒弃的领域。试图去解释这些"黑格尔称之为'自在'、叔本华称之'无意识'、马克思称之为'异化的人'、胡塞尔称之为'非事实''积淀'"[1]内容的努力又注定令人失望，但它们同时又是人每前进一步需要重新面临的问题。近一步言之，作为有限者的"人"，既与最初的人、与世界共同体的"我们"有关，也与当下在寻找位置中迷失了的"我"有关，与存在、与时间有关。

基于第二次世界大战后对人的重新思考，加之之前的经济学、生物学、历史语言学（虽然它们的研究对象不是人，而是诸如生产劳动、生命、说话等关于人的活动），作为新兴学科的人文科学诞生了。它们是社会学、心理学、艺术学、人类学（文化研究、语言研究、地质、体质研究）以及这些领域的跨学科研究。尤其是人类学以及文化人类学的出现，它告诉世人，人不再是世界的主宰，而仅仅是世间万物种类的一员。

戏剧领域经由易卜生、契诃夫、斯特林堡、梅特林克、皮兰德娄等戏剧家一系列挽救现代戏剧危机的尝试，出现了两种悲剧意识：一种是古老的悲剧教训，人无法改变自己的环境，他只能

---

[1] 刘北成编著：《福柯思想肖像》，中国人民大学出版社2012年版，第119页。

徒劳地用鲜血染红世界；另一种则是当代人的直觉反应，试图凭借理性掌控社会命运的努力已经失败，或者说，至少因为我们无法回避的非理性以及传统形式之崩塌所带来的暴力和残酷而大打折扣[1]。后一种悲剧意识触发了荒诞派戏剧。

荒诞派戏剧关心的是人处境终极真实的问题。尽管这个终极真实的概念还尚待定义，但却是人类生存的本质问题。我们看到了一个已然存在的世界，充满着个体理性无法穿透的世界，需要建立秩序并认为世界能够改变的渴望与尝试，反倒成了逃避和自欺的手段。

荒诞派戏剧家们这样提问：人在这个世界上的目的是否确定无疑？是否真的能用逻辑理性来归算世界，使"眼见"的确"为实"，让真实等同于共识？同时又如何区分，达成的这种共识是事实，还是整体的幻觉？换言之，人类是否真的存在或者需要这样一种被普遍接受的原则（理性的原则）。问题接踵而来。社会的残暴已经变得非常文明，自我、语言与事物之间的信任关系也已经严重动摇，因此如果戏剧要坚持摹写这个"现实"，那么就必然自行消亡。所以，无论是荒诞派剧作家的哪一种自我[2]，这个"我"都是复写的"我们"。他已经不是那个处在自由主义悲剧中心的"我"，那个个体的解放者，也不再是能够终其一生以求拓展自己极限和改变世界的悲剧英雄。荒诞派戏剧所要展现的不是未知

---

[1] 两种悲剧意识参看雷蒙·威廉斯：《现代悲剧》，丁尔苏译，译林出版社2007年版，第66页。

[2] 无论是贝克特的"等待中的自我"、阿达莫夫的"无法证实身份的自我"，尤内斯库的"物化的自我"、热奈的"镜子迷宫中迷失的自我"，还是品特的"受到威胁的自我"，都表现了作为个体的"我"对于现实世界的反映。

世界中的个体意识或个体行为,而是一种整体状况,是人的处境。

如果说荒诞派戏剧拒绝一切预设的概念,不相信任何"意义体系",不再以摹写"现实"为戏剧的依据,它体现了人对于自己、对于理性、对于世界的某种质询,那么,伴随着结构主义与解构主义兴盛而出现的先锋戏剧或后现代派则更是"肢解"一切。像是理查·谢克纳导演的《酒神在1969年》(1968-1969)[1],虽说是改编自欧里庇得斯的《酒神的伴侣》,但仅仅只保留了酒神狄奥尼索斯与彭透斯之间冲突的内核,主要表现的还是美国当时的性解放、学生运动、民权运动及其与政府间的对立。剧中古希腊神话里的酒神喊出了反对越战的口号,演出结束后则打开剧场大门,与等在外面的路人一起走上街头游行狂欢。

更重要的是观演关系的变化。波兰的戏剧大师格洛托夫斯基想改变旧有的观演关系,于是找来马戏团使用的大木桶,让演员在桶里面演戏,而观众趴在木桶的边缘观看,营造一种"上帝视角"。格洛托夫斯基关注的是戏剧和仪式之间的界限,他做的最后一个戏剧实验完全取消了观众,或者说观众和演员共演。

先锋派与后现代派戏剧的演员对观众说,要么成为我们的一员,要么消失。这种观众消失或是与演员共为一体的形式,难道不正与古希腊戏剧或是更早的原始戏剧的宗教仪式十分接近吗?或许在某种意义上说是这样的。格洛托夫斯基实际上在做一个人类学的实验,把观众完全取消,退了一步回到仪式,他否定了观

---

[1] 《酒神在1969年》的演出相关内容参看孙惠柱:《后现代——戏剧?》,文章来自网络: https://www.zhaoqt.net/lishihuizuo/317628.html

演关系，观众变成了演员，那么，戏剧还存在吗？

我们发现了一个有趣的现象。由于"上帝死了"，人们开始怀疑建立社会秩序的可能性，开始怀疑理性和与其相关的种种制度存在的必需性，而这一体验深入到了戏剧领域，在悲剧意识中，个体的人的经验是否就能够代表曾经整体的"我们"？或许，如果"我们"被取消了，"我"又该从何处去寻找自身？悲剧兜了一圈似乎又回到了原点。

第四节 文化框架与文化界限

我们借由两次关于"人"的发现，清理出一条线索，从中探究处在"当下"的我们与前人的某种差异。由于对人的认识，对自己认识的深化造就了这种差异，也造就了现在的我们。具体而言，针对此篇论文的讨论范围，是我们与古典时代的人们对于"理性"的认识发生了什么改变的问题，这关系到我们这样去看待古典时代拉辛的剧作，而我们看到的拉辛剧作又与拉辛试图表现的有什么不同。

关于文化，美国人类学家克罗伯.A.L.这样定义：文化是一种架构，其中包括了各种内隐或外显的行为模式，通过符号系统习得或传递。无独有偶，理安·艾斯勒在谈论文化时也这样说，人类文明史，过去被认为是真理的事物不过是一种变化中的文化结构[1]。艾斯勒强调了"变化中"的文化结构,换句话说,她承认这张由文化所编制的巨大网络对我们的影响,同时也看到了"当下"与"过去"的差异,因为这个"文化结构"并非是恒定的,它是变动的。

这其中包含了一种认知,面对这张变化中的文化结构的巨大网络,我们身处其中,而古典时代的拉辛同样身处其中。

我们常说经典剧作之于我们的意义,而它的意义在于,从经典剧作中我们看到了欲望、感受以及目标,我们也会将自己与剧作中的人物进行比较,可能认同,也可能不认同(当然不认同也意味着一种接受)。不可否认的是,经典剧作或是文艺作品都是某种深层次的历史与文化的体现,它切实地表现着某种文化结构。亚里士多德说,诗比历史更真实。

更重要的是,我们还发现了其中的突破。经典剧作是某种文化框架的体现,而经典剧作中的人物又都是旧有文化框架的冲击者,无论是从道德观念还是旧有制度。艺术和艺术创造不可分割地表征着这种创造行为,这是艺术本身的主体性,也是它不可超越的自由。

拉辛的剧作表述了这样的一种自由。在推崇理性、理性至上的古典时代,他无疑是一枚异类。他写极致的情感,写情欲,写瞬间的激情,写人物对欲望、权力的渴求,而这些在当时都是不被认可的。我们说,他写了《费德尔》,但不仅仅是将她作为一

---

[1] 相关内容参看理安·艾斯勒:《神圣的欢爱——性、神话与女性肉体的政治学》,黄觉、黄棣光译,社会科学文献出版社2009年版,第313页。

个反面的批判的角色来写,因为费德尔的矛盾,她的挣扎,她在此岸与彼岸路上的不断徘徊,我们看到了某种古典时代不被触及的东西,某种古典时代不屑去言说的形象。一个"人"的形象。

拉辛的贡献在于,通过作品,他告诉我们,在人身上除了在那个时代称之为"理性"的东西,确乎还有别的东西存在他身上。而这些东西便是我们在第一、第二章中称之为"非理性"的东西。古典时代的非理性是完全不被顾及的,拉辛却表述了它的巨大威力。在拉辛这里,非理性被强调,被推向极致。尽管最后的结尾拉辛还是推崇理性的,以理性来收拾这一切。但他向我们提示了理性与非理性共存于人一身的可能性。

这里,非理性的概念出现了。那么,为何我们没有像梳理理性概念那样去梳理非理性、界定非理性呢?其原因在于,它一直都是(特别是在文艺复兴之后)相对理性这个概念而言的。人们提倡理性,而那些无法被理性所吸收、所解释的事物便成了非理性,因此是先有的理性这个概念,尔后才出现的非理性,作为它的反面,它不能包含的部分,阻止它解释世间一切事物的部分。

我们看到,理性的概念是一直在变动的,无独有偶,非理性的概念也在改变。理性概念最早的出现是人得以存在,得以区别于兽的证明,也是使得人控制自身的工具。尔后,人们以此去解释世界,去看待世间万物。问题出现了,世间万物无法用理性归纳、概括的东西千千万,人类迷失了。更重要的是,人类发现甚至试图用理性去概括、归纳自身都是一件无法完成的事。而这一切的基点,不是人退后了,相反是人对于自我的认识更加深刻了。

所谓非理性的因素，早在人类思想觉醒的遥远时代，就已经使哲学家们不安了。哲学家们顽强地也毫无成果地企图"认识"它，即把它分解成我们理性所固有的因素。非理性的存在是否确实应当令人如此恐惧、敌视和憎恨呢？舍斯托夫提出这样的疑问：现实界有太多东西不能从理性中引申出来，现实界要比理性大得多。这是何等的不幸，而为什么人们要把这看作是一种不幸呢？[1]

应当这么说，在尼采之后，在"人"的死亡之后，非理性才以概念的形式出现在我们的视野。它使得人去直面自身的有限性，体验死亡、疯狂与无法自控的欲望，触及集体的无意识，言语的无上权力，晦暗的体制等无形的决定因素。

问题又出现了。那么，为何我们要去探讨古典时代的非理性、探讨古典主义戏剧中人物的非理性呢？在那时它并没有作为一个清晰的概念而出现。

理性与非理性的区分是西方文化的中心。希腊人称之为"逻各斯"的原初理性中没有对立面，正如它的哲学自产生之初就带有对理性的信仰，同时也包含着非理性的神秘色彩。然而"理性"这一概念的存在却不能没有其他否定方面，也就是说，不能不去承认由于差异而使理性能够存在的那些东西。所以，"理性"这一概念的存在并不是由于它本身，而是一种划分，划分才使得理性能够存在。

这里，需要考量差异与划分在其中的作用。依据索绪尔从语

---

[1] 参看列夫·舍斯托夫：《在约伯的天平上》，董友等译，上海人民出版社2004年版，第181页。

言学角度提出的差异[1]，并非存在最初形成差异的两方（我们可以理解为理性与非理性），因而构成了差异的这种关系，而是首先预设了某种差异，尔后才产生了差异的双方。划分则是不把社会区分为善与恶，而是分成理性与非理性两部分。这一划分揭示了理性的不纯性，揭露了权力（统治权）与万物存在着的含混不清的关系。

福柯在《古典时代疯狂史》中试图研究的，正是这段我们文化中某个确定时期内发生的区分理性与非理性的历史。即这样一个理性与非理性的基本划分以合理性形式出现的时刻，"当理性试图控制非理性，以便获取其真相，也就是理性试图将其知识话语、机构、实践这三重形式的权力网眼扩大到它似乎加以排斥的东西之上"[2]。而这个划分的合理性形式出现的时刻，如书名所示，正是西方的17世纪，我们称之为古典时代的时期，也就是我们考察的拉辛剧作存在的时期。

古典时代的非理性除了站在理性的背面，还被赋予了另一层含义：自由的（甚至是恶意的）对恶行的选择。如果说"不可遏制的情欲"[3]在诸恶行中占有一席之地，那么，自由的对恶行的选择不正是意味着放纵情欲、追逐情欲吗？我们从中看到的不正是

---

[1] 索绪尔语言学中的差异模式：差异并非两者距离之间的否定标记，而相反被确定为这样的东西，即它被确定为两因素之间最初的和建设性的关系——两个因素并不先于此关系而存在，它们反而是此关系的产物。对索绪尔而言，能指与所指之间的差异构成了符号，或者说符号本身之间的差异编织了意义链。相关表述亦可参考，朱迪特·勒薇尔：《福柯思想辞典》，潘培庆译，重庆大学出版社2015年版，第33页。

[2] 朱迪特·勒薇尔：《福柯思想辞典》，潘培庆译，重庆大学出版社2015年版，第126页。

[3] 拉辛在《费德尔》序言中曾明确表示：表现情感（情欲）只是为了使观众看到它是万恶之源。见第二章第一节中的引用。

拉辛笔下的悲剧人物吗？古典时代的费德尔们、卑吕斯们、奥赖斯特们、尼禄们，不正是因为放纵自身的情欲而被划入非理性的行列中的吗？这种自由的对恶行的选择暗含着道德批判的意味，而同时划分使得他们站在了理性对立的那一面。当然，需要一提的是，费德尔的自我批判（自省）使得她又区别于拉辛笔下那些非理性的形象，她是唯一体现了理性与非理性共存的"人"的形象，也正是基于此，由《费德尔》去谈古典时代人们对于理性的认知才是具有意义的。

古典时代如此排斥非理性而推崇理性，这种强调是否也意味着一种内在的担忧：由理性所排拒并不断吸收的非理性有一天会反过来埋葬理性吗？而能够使用理性来控制自身进而去控制世界（自然）的"人"，作为万物灵长的"人"能够彻底地排拒非理性吗？

福柯在《古典时代疯狂史》第一版的序言中这样谈界限（limites）：界限意指一些晦暗不明的手势，它们一旦完成，便必然遭人遗忘。然而，文化便是通过这些手势，将某些事物摒除在外；而且在它整个历史里……（这些被排除在外的事物）和文化的正面价值一样标志着它的特征。[1]

这段话可能有些绕，简单来说，界限[2]是一种文化做出基本划分以确立自身（文化自身）时做出的必然选择。文化透过划定边

---

[1] 福柯：《古典时代疯狂史》第一版《序言》，收入《言论写作集》（Dits et écrits），Paris,Gallimard,1994,vol,1,pp.161，转引自米歇尔·福柯：《古典时代疯狂史》，林志明译，生活·读书·新知三联书店 2005 年版，导言部分第 47 页，括号内的内容为笔者所加。
[2] 《古典时代疯狂史》的译者林志明提出，这个界限不作为极限来解释，而是作为划定界线的界限来解释。

界将某些事物排除在外，从而谴责这些边界之外的东西，然而那些界限之外的事物同时也在证明着文化自身。文化不仅是通过由它所框定以证明自身的那些事物而存在，它同时也是由它所排拒的那些事物构成的。正是这些界限，标志出一种文化的性质。

在这里，之所以提到界限，是因为我们不仅仅要注意到文化框架的意义，同时还需要关注文化自身划定界限在其中的作用。

首先，正是因为划定界限的标准在变，它所排拒与谴责的事物也相应地在变化，这造就了变动中的文化结构。

其次，由于古典时代的划定界限[1]，它排拒非理性，而理性与非理性的存在又一同构成了古典时代的特征。拉辛的《费德尔》正是将这一特征——理性与非理性共存的矛盾——浓缩地体现在了悲剧人物费德尔身上。

然而，艺术和艺术创造并不可能真正地摆脱这一界限。经典剧作在享有不可超越的创作自由的同时，我们也不能忽视自由背后的限制，即由权力／知识配置所带来的界限。

具体而言，拉辛的剧作便体现了这一界限，他在表述非理性形象的同时也表述了对于这一形象的排拒，排拒来自于作为道德规范机构的社会以及作为具有良知伦理的个人。通过拉辛的表述，我们发现悲剧人物非理性时刻（状态）所产生的巨大毁灭效用，

---

[1] 这种划定界限的方式是多种多样的，即使得理性与非理性的区分以一种"合理性"的形式展现：科学与技术的合理性在生产力的发展中，在政治决策的游戏中愈发重要；国家的合理性强制规定了治理术形式以及复杂的控制程序；行为的合理性则确定了规范和社会尺度，诸如此类。关于合理性的相关叙述，除了可参看福柯《古典时代疯狂史》《性史》《规训与惩罚》之外，还可具体参看朱迪特·勒薇尔：《福柯思想辞典》，潘培庆译，重庆大学出版社2015年版，第126页。

它将人划分入兽的行列，而等待这个"兽"的不是死亡就是疯狂，当然如果疯狂意味着无理性地活着，那也意味着另一种"死亡"。

如果我们还记得在第一章死亡诸形式中，我们捕捉了费德尔死前的那一段十分短暂的疯癫描述，将其与奥赖斯特、尼禄的最终疯癫作对比。为何拉辛没有让费德尔陷入彻底的疯癫，投身无尽的黑夜，而是让她最终选择了死亡？现在我们可以回答这个问题。这一选择出自于拉辛对于古典时代划定界限的体验，在拉辛看来，费德尔赴死前的疯癫，是被驯化的疯癫。因为它参与了对理性的评估和对真理的探求。这一真理便是费德尔想要重新归复为"人"的真理。费德尔的非理性瞬间是受到排拒的，是不被认可，而否定这些的，可以说不是费德尔的理性，而恰恰是理性的费德尔。这意味着拉辛首先是将费德尔塑造成一个理性的人，一个会思考、会思辨的人。通过她的判断，她认为自己之前那些由于无法自控的情欲，由于瞬间激情所产生的行为是非理性的，不是为人所应该具有的。所以这个费德尔，拉辛笔下的费德尔不会疯，她的结局只会是死亡。费德尔赴死前的片刻疯癫最终被理性所占据，它被容纳入理性，被植入了理性，成为费德尔走向"人"的矛盾悖论中的最后一步——好的疯狂。

正如前文所言，非理性在古典时代并非一个具体的概念。而我们对于拉辛悲剧的阐释，我们称之为"非理性的费德尔"抑或"费德尔非理性瞬间"的解读，正是基于文化框架与文化界限下的这样一种"当下"解读。正是由于我们处于并非古典时代的另一个"当下",我们才赋予了文本这样的解读。

我们需要关注到两组同时存在的辩证关系。

人类文明史,过去被认为是真理的事物不过是一种变化中的文化结构。经典剧作既体现了这种文化框架,同时经典剧作中的人物又都是旧有文化框架的冲击者。拉辛用角色的死亡换来"未来世界"的建立,他在崇尚理性的时代书写了非理性的形象。他在剧中写尽了非理性,为的却是推崇理性的可贵。他为我们提供了一种思考理性/非理性的方式,从费德尔的进退维谷,我们看到理性与非理性之间模糊暧昧的界限,它们难解难分地纠缠在一起,它们不可分割的时候,正是它们不存在的时刻(费德尔最后选择死亡,痛苦伴随肉体消逝),而它们又是相互依存的,它们存在于费德尔——"人"之内,它们存在于交流之中,而交流却又迫使它们分开。拉辛写费德尔之苦即人之苦,因为"非理性"便寄居在"人"之内。拉辛的叙述为我们提供了一种思考,一种与古典时代不同的思考。而基于我们的"当下",我们看到(无论拉辛是否有意识)拉辛表述了理性与非理性两者的共存,而这种共存正是说明了人还是世间万物种类中的一员,人没有绝对的理性可以操控自己。

同时,艺术与艺术创造也存在着双重特征。一方面它不可分割地表征着创作行为不可逾越的自由;另一方面,它也表征着文化划定的界限本身(臣服化模式或者权利/知识的限定)。自由与限制之间的关系远非对立,而是复杂的、密切地相互交叉。我们由两个"当下"出发,探讨的"我们之所见"与"拉辛之所述"

之间的差异正体现了这一复杂的辩证关系。

人的理性与非理性是分裂的吗？人的理性能够管控非理性吗？人的非理性能够埋葬理性，而理性能够埋葬非理性吗？人到底是什么？人能被理性解释吗？人能被非理性解释吗？

关于理性／非理性的博弈，甚至哪方最终获胜，这些问题的确并非拉辛、笛卡尔、帕斯卡尔所在的古典时代能够思考的，而是尼采之后的哲学家们所一直试图解答却终究无果的。

我们看到，人类的理性在其知识的某个门类里有一种特殊的命运：它为一些它无法摆脱的问题所困扰，这些问题是由理性自身的本性向自己提出来的，但它又不能回答它们。因为这些问题超越了人类理性的一切能力。

而理性与非理性，这一对立不仅存在于拉辛剧作中，存在于古典时代中，也将会存在于我们的当代社会中。拉辛让我们看到了理性与非理性共存于人一身的可能性，而我们也将会看到它们的博弈不仅存于变化的人本身，同时也存于变动的文化结构、文化框架中。两者间的博弈与相互吸收，不单单体现在文艺作品中，也正在我们生活中的切实领域，诸如刑罚、医疗、教育系统中运行并发生着效用。

结　语

斯多葛学派的埃皮克泰德曾说过这样一段话来表明他看待哲学的态度。

的确，这就是墨丘利的神杖：你是触摸不到的，它可以把一切变成黄金。请告诉我你想要什么——我可以把一切变成善。请告诉我疾病、死亡、贫困、委屈和死刑判决——通过墨丘利神杖，一切都会变成有利的。

这段话表达了斯多葛学派的某种实质，同时它也代表着一种共识：哲学的基本问题始终是本体论的问题，即关于对人的认知。由于对我们之所是内涵的追问，衍生出我们与世界、与周遭他人、与自己的关系，也衍生出我们如何建立自身的问题。那么，这些追问是如何形成的呢？通过怀疑。

同样提及怀疑，笛卡尔从最初理性原则出发的"怀疑一切"

与休谟基于经验主义的"彻底怀疑"是否一样？亚里士多德提出矛盾律，而赫拉克利特赞成对立冲突背后的某种协调，有趣的是，一千年之后亚里士多德的忠心追随者黑格尔却站在了赫拉克利特这一边。思想家们的"论战"比比皆是，从斯多葛学派与伊壁鸠鲁学派的矛盾，到解构主义对结构主义的反驳；黑格尔与康德，尼采与黑格尔，福柯与德里达，等等，其中更不乏跨越时空的。说到底，思想家们都在用自己的方式打开混乱不清的形而上学问题所无法解开的那个结。

福柯提出了一种划分[1]：在尼采之前（尤其是自笛卡尔以来的现代哲学），所有的哲学家谈到真理的时候，都力图达到全能，他们都在寻找什么是真理的最可靠途径。大家都想寻找墨丘利的神杖，触摸它就可以把想要得到的东西变成"纯金"。而尼采之后，变成了找寻什么是真理的危险之路。问题也随之发生了变化，在于再现某种留给历史的，并且被免除了权力关系的真理；在于发现该真理的多种强制性及其利害关系；在于找寻拥有获得真理而受到推崇的技术与方法；以及看待拥有真实话语使命的人士及其身份。

总之，哲学史向我们证明，人探索真理历来就是追求公认的判断。可叹的是，人很少拥有真理，他想要得到往往是别的东西，正如他以为的那样，是"最好的东西"：要使他的真理成为"一切人"

---

[1] 福柯的划分：自尼采之后，问题发生了变化。问题不再是：什么是真理的最可靠途径？而是：什么是真理的危险之路？出自"就地理问题向米歇尔·福柯提问"，收入《言与文》，卷四，文章编号345，转引自朱迪特·勒薇尔：《福柯思想辞典》，潘培庆译，重庆大学出版社，2015年版，第149页。

的真理。舍斯托夫告诉我们，终极真理是活的东西，无法轻易得到。它总是让我们觉得，获得它尚需努力，可每一次的努力又都无所获，像是先前没有努力一样[1]。而福柯索性让我们去质疑寻找真理这件事，当然他质疑的绝非真理本身[2]。他通过质疑真理游戏，进而去探究人在历史上由于某些界限而被进行划分的事实。所谓理性的人与非理性的人，疯子与正常人，人的各种身份不是先天赋予的，而是后天被建构的。

寻找真理的可靠之路与找寻真理的危险之路，究竟哪一种更接近真理？而无论是理性的人抑或非理性的人的探讨，还是人是否享有主体性的探讨，仍旧是对人的认识的一种探讨。只要人作为生物继续存在，寻求真理的道路还将一直存在。

那么，在思想家那里争论不休的关于人之认识的问题，在戏剧家们这里又何尝不是呢？戏剧是一门了解人、认识人、表述人的学科。虽然死亡的意义在人类社会的各个时期都不尽相同，但人的死亡往往是一个文化最深层意义的表述，而由生与死构成的二元问题也始终存在于人类社会的发展中，谁也无法解释。戏剧本质的意义也存在于这个层面。个体如何解读、如何体验这个二元的、不协调的、不统一的世界，这种解读与体验又代表了怎样的一种对人自身的认识。

---

1 参看列夫·舍斯托夫：《在约伯的天平上》，董友等译，上海人民出版社2004年版，第181页。
2 福柯原话：我试图所做之事，就是探讨思想和真理的关系史，作为真理思想的思想史。有人说，对我而言，真理并不存在，所有这些人都是头脑简单的人。出自"关注真理"，收入《言与文》，卷四，文章编号339，转引自朱迪特·勒薇尔：《福柯思想辞典》，潘培庆译，重庆大学出版社2015年版，第125页。

由此，我们开始了重新阐释拉辛悲剧的道路。

借由拉辛悲剧中女性角色的死亡，我们关注到了某种差异，这种差异体现在拉辛悲剧的内部以及作为阐释者的我们身上。一切以提问的形式展开。

费德尔的自杀与厄诺娜、爱妙娜的自杀有何不同？为何费德尔死了而昂朵马格与朱妮活着？何为费德尔最终赴死而奥赖斯特与尼禄却疯了？拉辛试图通过人物的死亡表达什么？这涉及拉辛所处的古典时代对人的认知，以及他如何表现这一认知。那么，拉辛试图表达的与我们最终解读到的是同一样东西吗？我们在拉辛悲剧《费德尔》中看到的是理性与非理性共存于人一身的可能性，而拉辛却用理性"杀死"了费德尔。为何会存在不同？这继而涉及我们的"当下"与拉辛所处古典时代的"当下"对人的不同认识。

我们对于拉辛悲剧的阐释便是基于这些差异而开始的。两个"当下"既是我们考察的基点，同时也体现了重新阐释的困难。我们需要关注的不仅仅是被限定在古典时代的拉辛悲剧，同时也是被放置到当代的拉辛悲剧。

问题已被提出，继而就是解决问题的尝试，也就是本文的研究思路。

第一章事实层面的文本分析，帮助我们确立拉辛悲剧中理性与非理性这一本质对立关系的存在。这是由死者为谁，死亡诸形式，以及死亡解决的问题三阶段分析逐步展开的。首先，我们以《费德尔》为蓝本，借由"死者为谁"梳理了剧中的人物阵营；进而通过对比分析拉辛悲剧中的死亡诸形式（自杀、他杀、未死、疯狂）厘清了人物"为何而死"；最后，我们着手讨论的是拉辛用以解决理性与非理性这一对立冲突的平衡方案——死亡。

确立了理性与非理性这一本质矛盾，接下来便是拉辛如何表现这一本质矛盾的问题，也就是我们第二章编剧层面分析的内容，即分析拉辛是如何运用技巧在剧作中体现理性与非理性的。这部分的探讨由三块平行层面的内容构成。

其一，我们提出了拉辛悲剧中过往世界、当下世界、未来世界三个世界的划分，发现存在于《费德尔》过往世界中的仇恨（清晰、模糊）、罪恶（情欲、权欲、施予者、牵连者）同样存在于《昂朵马格》与《勃里塔尼古斯》的过往世界中，它们为当下世界的人物行为提供解释。同时，探讨了当下世界中致使冲突激化的三个问题：导火事件以及矛盾在当下世界爆发的轨迹，体现在当下世界的新元素嫉妒，拉辛描写情感的主要形式之一瞬间激情。

其二，讨论拉辛关于"时间"的发现。通过对时间构成两要素（时刻、时段）的分析，我们讨论了拉辛悲剧中与其对应的瞬间激情与持久之爱。由此展开并讨论拉辛悲剧中三种表述时间的方式：使用具体表现时间线索的台词，使用对白的方式，使用白昼／黑夜的意象。神的形象则是由白昼与黑夜这组对立统一引申出的小议题。通过分析，我们进一步发现《费德尔》中潜藏的悖论与循环。

其三，讨论拉辛关于"发现"的发现。通过对亚氏《诗学》中"发现"与"突转"概念的梳理，我们提出《费德尔》作为唯一具有"发现"与"突转"的拉辛悲剧与古希腊悲剧在意义上的异同。同时结合分析《费德尔》中由忒赛生死消息构成的"突转",提出关于"发现"的界定,发现的前提(悲剧主人公具备承担与自省),发现的途径(源自情节结构本身),发现的内容(对于自我的发现)。

完成了"是什么"与"怎么样"的分析,我们进入到关键性的"为什么"部分,将拉辛悲剧放置到两个"当下"去思考。在第三章历史-文化层面,我们需要回答最初关于差异的提问:拉辛在剧作中表现的与古典时期对于人的认知有何不同之处,我们对于拉辛悲剧的解读与拉辛试图表现的又有何不同。

针对第一个"当下"即古典时代,讨论由两部分展开:古典时代思想视阈中的与古典主义戏剧创作理念下的理性主义。

通过对"理性"概念及溯源的梳理,我们提出了"理性"的三层面界定:理性的内涵、理性的运用、理性的对象。由此,从社会结构与认识论两个层面分析古典时代的理性主义如何产生,其中以认识论层面为主。主要涉及古典时代两位思想家:笛卡尔与帕斯卡尔。前者主要探讨了"我思故我在／是"中的我思、我在、我三个层面;后者则从辩证思想的角度阐述了对于人的理解、对于理性的理解,以及与上帝打赌三部分内容。通过对照拉辛悲剧与古典主义戏剧理论《诗的艺术》,我们讨论了古典主义戏剧及理论中具体运用的理性法则。讨论涉及四方面内容:理论基础(崇尚理性)、方式(逼真性、崇古)、法则("合式"、"三一律")、功用(道德教育功能)。

人对于理性的认识与人对于自身的认识是相互关联的。同时,通过对古典时代理性主义的分析与考察,我们进一步阐释了"拉辛超越同时期剧作家"这一论述的含义（为何这样说以及从什么意义上超越）。

第二个"当下"涉及我们所处的时代。

我们通过关于"人"的两次发现（"人"的诞生与"人"的死亡），试图将过去与现在做一连接。梳理了不同时期人与理性的关系，进而发现我们当下对于自身、对于理性的认识，与古典时代甚至更早的人们对其的理解发生了怎样的变迁，阐述经由时光，人对自我认识上的差异。同时探讨这一差异在人类社会与文艺作品（尤其是戏剧）中的体现。

论文的最后阶段，我们立足于"当下"探讨了两方面的内容，并得出结论。

经典剧作与文化框架之间的辩证关系：经典剧作体现了变动中的文化结构，同时经典剧作中的人物又是旧有文化框架的冲击者。拉辛在崇尚理性的时代书写了非理性的形象，虽然他意不在宣扬这份非理性，在于肯定人的理性。但是我们却发现了拉辛这种表述的另一层含义：理性与非理性共存于人一身，而这种共存正说明了人依旧是世间万物种类中的一员，人没有绝对的理性可以操控自己。

基于文化界限，艺术与艺术创造体现了双重特征：一方面它不可分割地表征着创作行为不可逾越的自由，另一方面它也表征着文化划定的界限本身。自由与限制之间的关系远非对立，而是复杂的、密切的相互交叉。我们由两个"当下"出发，探讨的"我们之所见"与"拉辛之所述"之间的差异正体现了这一复杂的辩证关系。

有一个十分有趣的比喻。哲学家越是深刻越是大胆,他给知识的蜜糖里添加疑问和猜疑的松焦油也就越慷慨。我们不妨扩大一下这个比喻,若是哲学家是那个添加松焦油的人,他以怀疑向自己提问,那么,戏剧家则是那个使用蜜糖制作蛋糕的人,他需要添加的面粉就是个人对于自我、对于周遭、对于世界的体验。而阐释者、评论家们是那个品尝蛋糕的人。还是罗兰·巴特的那句话,批评不同于科学,也相异于哲学。科学探索意义,哲学探究问题是如何产生的,而批评产生意义。

由于我们是人,是个体的"人",也是复写的"人",是存于社会群体中的"人",也是存于自然万物中一员的"人"。由于我们的企图心,要知识,要真理;要可以把想要得到的东西变成"纯金"的墨丘利神杖;要拥有,不要失去。欲望关系、权力关系与人的自我认识、自我建构在探求真理的道路上相互交织。我们考察理性与非理性的迂回指涉,考察我们身处的种种界限,归根结底,仍是一种我们对于自由的热望。

对于我们产生威胁,同时又对我们带来帮助的,与其说是理性,不如说是理性观念的各种形式。它们是理性工具的加速积累,是理性化进程中的逻辑眩晕。而不可否认的是,这些理性化进程又正在与我们息息相关的刑罚系统、医疗系统、教育系统中不断运转,并发生着效用。

理性与非理性同时存在于人自身,之后焦虑又来了,人类开始思考理性／非理性究竟是什么，它们是否只是概念的叠加，而概念又是无意义的（德里达所言），那么由此所建立的一切上层建筑都将会崩塌。用理性或者用逻各斯推导出来的所有概念本身就是虚幻的，只是一种表述。因为无法真正的清晰，所以这些含混又构成了非理性。而在这个基础上再去谈理性，意义何在呢？

这不是阐释拉辛能为我们解答的，然而一种阐释的结束意味着另一种阐释的开始。

我们不妨做一个小小的延伸：理性与非理性都是人类力图认识自身的一种虚设，它们的区分带有一种被设计出来的差异性，用以完成人类对自身分析的想象。因此，所谓的"非理性"，在大多数情况下，是由于和"理性"构成的整体性、同一性而存在，继而被联系到一起。用德里达的话来说，它们并不形成真正的差异性。因为差异就是差异，它不可能完成同一性。

理性与非理性的讨论只是或只能是对过去相关文化艺术现象的痕迹的讨论，而在这其中，又因有时间的因素，故讨论也只能是一种延异与延迟的讨论。

当然，这也是本篇论文的目的与意义，因为只有在当下，我们才有可能进行这种讨论。

附录一
仇恨、罪恶、恐惧表格

剧本	过往世界					过往－当下世界	
	仇恨		罪恶			恐惧	
	清晰的仇恨	模糊的仇恨	情欲	权欲	施予者	牵连者	作用于对方	作用于自身
费德尔	阿丽丝对忒赛	依包利特对费德尔 费德尔对忒赛 忒赛对依包利特	费德尔对依包利特	忒赛对阿丽丝	费德尔对依包利特	依包利特之于阿丽丝	阿丽丝不相信依包利特的爱 依包利特逃避费德尔 费德尔对忒赛归来的恐惧 忒赛对依包利特夺权的恐惧	费德尔内心的分裂 忒赛不信任儿子爱上仇敌的妹妹 依包利特得知自己爱上阿丽丝后的种种逃避
昂朵马格	昂朵马格对卑吕斯 卑吕斯对厄克多 爱妙娜对昂朵马格 希腊民众对阿斯佳纳	奥赖斯特对爱妙娜 爱妙娜对卑吕斯 奥赖斯特对卑吕斯	卑吕斯对昂朵马格	卑吕斯对昂朵马格	卑吕斯对昂朵马格	卑吕斯之于阿斯佳纳	昂朵马格对卑吕斯的拒绝	

剧本	过往世界						过往-当下世界	
^	仇恨		罪恶				恐惧	
^	清晰的仇恨	模糊的仇恨	情欲	权欲	施予者	牵连者	作用于对方	作用于自身
勃里塔尼古斯	尼禄对勃里塔尼古斯	尼禄对阿格里比娜 阿格里比娜对尼禄	尼禄对朱妮	尼禄对勃里塔尼古斯	尼禄对奥大薇（结发妻） 阿格里比娜对格劳迭司 尼禄对西拉、毕松、包都（皆为稳固权势所杀）	尼禄之于西拉努斯（朱妮之兄） 尼禄之于勃里塔尼古斯（由于尼禄之母帮尼禄夺位的缘故）	尼禄对勃里塔尼古斯夺权、夺爱的恐惧 尼禄与阿格里比娜母子间互为对象的恐惧 朱妮对尼禄的恐（担忧勃里塔尼古斯）	尼禄恐惧自身荣誉、安全感与自由的丧失

255

附录二
冉森教派、波尔－罗亚尔修道院及拉辛与其之间的联系

冉森教派因系荷兰神学家、易普尔地区的主教 C.O. 冉森创始而得名，产生于 17 世纪中期，具体而言是 1637—1638 年左右诞生的，人们通常将主要活跃于 1637—1677 时期的教派团体统称为冉森教派。

17 世纪的法国社会经历了最重要的一次变革，而 17 世纪的中期是君主专制制度决定性的高涨时期，这种高涨导致了最重要的国家机构的建立，即"从属与中央政权并与中央政权密切联系的特派员官僚制度"[1]，这使得大贵族失去了昔日的权势和地位，转而变为宫廷贵族、国王的随从。由于国王直接向各地派遣司法、治安、财政监督官，控制地方官吏和最高法院，官吏阶层和法院成员与国家中央政权逐渐疏远。冉森教派教义的出现就是与温和的君主制到君主专制制度的过渡时期以及投石党之乱[2]相关联的（戈德曼补充了标志冉森教派运动产生的最初三大事件[3]）。

冉森教派教义的思想主要在两个社会团体（除开个别几个小资产者，以及过于分散的社会阶层如教士等）内传播：穿袍贵族与官吏阶层（尤其是高等法院成员）、律师阶层。大贵族们难忍

---

[1] 戈德曼语。参见吕西安·戈德曼：《隐蔽的上帝》，蔡鸿滨译，百花文艺出版社 1998 年版，第 146 页及同页脚注①－②。

[2] 法国的反对专制王权的政治运动。

[3] 即圣体会的危机，安托万·勒梅特尔的隐修，圣西朗被捕。参看吕西安·戈德曼：《隐蔽的上帝》，蔡鸿滨译，百花文艺出版社 1998 年版，第 167 页。

专制君主制度要求的驯服,但无奈他们在社会阶级关系上过于软弱,且力量分散(投石党之乱后更是如此),形不成反抗势力;官吏和律师阶层尽管对中央集权不满,但又不得不依附君主制度,因为这是他们得以生存的经济基础。由此,以上两个社会团体转而支持冉森教派。

冉森教派普遍认为,世俗世界是丑恶的,人根本不可能在世界上实现有价值的生活。人性由于原罪而败坏(重新提出了奥古斯丁的观点),如果没有上帝的恩宠,人便会受私欲驱使而不能行善。而冉森教派创立的目的即为了在天主教的教士与信徒之间建立严格的道德,以此来挽救当时社会上的颓废、放纵和浮躁的风气。这些观点导致了冉森教派悲剧性的拒绝世界。他们拒绝尘世生活,拒绝与世界建立联系并以此改变世界。

而实则在冉森教派的内部,悲剧性拒绝世界的方式是不尽相同的。戈德曼提出了四种典型的立场[1],并试图将这些立场与拉辛不同阶段的悲剧做一联结。

一、违心地迁就世俗社会的恶与谎言。

二、为在世俗社会占有地位的真理和善而斗争。

三、公开承认善和真理面临着彻底丑恶的世俗社会,而善和真理只能遭受它的迫害和摒弃。

四、在甚至不能倾听基督教的声音的世俗社会面前保持沉默。

三部拒绝悲剧《昂朵马格》《勃里塔尼古斯》《贝蕾妮丝》

---

[1] 参看吕西安·戈德曼:《隐蔽的上帝》,蔡鸿滨译,百花文艺出版社1998年版,第200—209页。

属于极端冉森教派拒绝世界，并单方面呼吁上帝的悲剧；三部现实世界的悲剧《巴雅泽》《米特里达特》《伊菲革涅亚》属于冉森教派极端主义的悲剧意识以怀疑和保留的态度接受教会和平（与教权、政权和解）经验的悲剧；《费德尔》属于既矛盾又协调的悲剧，即在物质世界内拒绝世界，就上帝是否存在打赌，同时又吁请上帝进行裁判的相互矛盾的悲剧。

戈德曼何以得出如此假设，他自己这样说，"这一切显然只是一种假设，不过我觉得，比起其他许多有关拉辛生平的研究著作里所提出的大部分假设，这个假设即使不是更大胆的，也不是没有可能性假设"[1]。让我们简要梳理一下拉辛与冉森教派、波尔－罗雅尔修道院之间的关系（当然，这个梳理是基于戈德曼先生的论述的，这也是笔者在第三章中所提到的那种考量）。

首先需要指出，波尔－罗亚尔修道院为1637年冉森教派第一所创办的学校所在之处，尔后成为冉森教派的主要阵地。

拉辛幼失怙恃，早期教育（19岁甚至20岁之前）便是在波尔－罗亚尔修道院完成的，他的姑母阿涅斯修女更是虔诚的冉森派教徒。

1661年拉辛离开修道院去往于泽斯，打算依靠舅父的关系谋得教会的圣职。这一行为受到了教会的谴责，因为在冉森教派看来，寻求教会的有俸圣职，甚至没有真正圣召的绝对保证是良心最大的罪过。尽管拉辛这样做并不意味公开地反抗冉森教派，但这一"反叛"（又因为最后并未如愿就职）为其日后与冉森教派、修道院，

---

[1] 吕西安·戈德曼：《隐蔽的上帝》，蔡鸿滨译，百花文艺出版社1998年版，第614页。

与世俗世界的关系留下了一系列复杂矛盾的情绪。

失业的拉辛尝试戏剧写作,并在世俗社会取得了一定的位置。真正导致拉辛与冉森教派决裂的是1666年的"信札事件"。1664—1665年冉森教派的代言人尼科尔结集发表了《幻觉者》,其中有一个片段指责戏剧,暗指剧作家会引人腐化堕落。虽然尼科尔并非针对拉辛,但却招来了拉辛的猛烈回击。两方论战性的信札结果造成拉辛与波尔-罗亚尔修道院的反目。

随后1667—1670年间,拉辛相继创作了《昂朵马格》《勃里塔尼古斯》《贝蕾妮丝》三部悲剧,在作品中表达了自己生活中未能实现,甚至是背叛了的道德准则,以此弥补自己对波尔-罗亚尔修道院思想的背叛。

1669爆发了教会和平事件,这使得拉辛震惊的同时,也使他对整个冉森教派刚刚接受的妥协而忧虑不安。1672—1675年间,拉辛相继创作了《巴雅泽》《米特里达特》《伊菲革涅亚》三部现实世界的悲剧。

1675年,法荷战争所带来的贫穷和负担引爆发了不列塔尼和吉耶讷两地的叛乱,而随之当局政府的镇压带来了教会和平的结束。也就是在1675和1677年间,拉辛的《费德尔》问世。希望能在世界上生活而又不做根本的让步,这是一种纯粹的幻想。拉辛将这种经验和失败感搬移到了戏剧作品中,伴随着这种失败感的,还有拉辛一直以来对波尔-罗亚尔修道院抱有的内疚情绪的消失。

而拉辛最后的两部剧作(《爱丝苔尔》《阿塔莉》),表现已不再是冉森教派拒绝世界的问题了，而是提出宗教在世俗世界胜利的问题。因为当时的英国革命已经指出，确立的政权未必是永恒不变的。

以上是拉辛与冉森教派、波尔－罗亚尔修道院之间关系的简要梳理。虽然笔者也并未找到更多、更充实的资料来求证这个假设成立与否，但有一点是可以肯定的，无论成立与否，这都不失为一种思考的方式。

最后，我们还是以戈德曼自己的话作结：这个假设的长处是它考虑到直至近年一直未引起注意的一整套连带关系，以及波尔－罗亚尔修道院始终对诗人的作品和意识的特别关注[1]。

---

[1] 吕西安·戈德曼：《隐蔽的上帝》，蔡鸿滨译，百花文艺出版社1998年版，第614页。

参考文献

中国作者文献

朱光潜：《悲剧心理学》，张隆溪译，江苏文艺出版社2009年版。

朱光潜：《西方美学史》，人民文学出版社2002年版。

周宁主编：《西方戏剧理论史（上册）》，厦门大学出版社2008年版。

伍蠡甫编：《西方文论选（上卷）》，上海译文出版社1979年版。

王潮选编：《后现代主义的突破：外国后现代主义理论》，敦煌文艺出版社1996年版。

柳鸣九、郑克鲁、张英伦：《法国文学史》，人民文学出版社2007年版。

陈修斋主编：《欧洲哲学史上的经验主义和理性主义》，人民文学出版社2007年版。

刘北成编著：《福柯思想肖像》，中国人民大学出版社2012年版。

张汝伦：《历史与实践》，上海人民出版社1995年版。

外国作者文献

【原著·原典部分】

拉辛：《拉辛戏剧选》，齐放、张廷爵、华辰译，上海译文出版社1985年版。

高乃依、拉辛：《高乃依、拉辛戏剧选》，张秋红等译，人民文学出版社2001年版。

欧里庇得斯：《欧里庇得斯悲剧集（上、中）》，周作人译，中国对外翻译出版社2003年版。

王士仪译注：《亚里斯多德〈创作学〉译疏》，联经出版社2003年版。

亚理斯多德：《诗学》，罗念生译，人民文学出版社1982年版。

笛卡尔：《谈谈方法》，王太庆译，商务印书馆2000年版。

勒内·笛卡尔：《第一哲学沉思集》，徐陶译，江西教育出版社2014年版。

帕斯卡尔：《思想录》，何兆武译，商务印书馆1985年版。

布瓦洛：《诗的艺术（增补本）》，范希衡译，人民文学出版社2010年版。

莱辛：《汉堡剧评》，张黎译，上海译文出版社1982年版。

伊拉斯谟：《愚人颂》，徐崇信译，译林出版社2011年版。

【后世阐释部分】

罗兰·巴特：《批评与真实》，温晋仪译，上海人民出版社1999年版。

罗兰·巴特：《神话修辞术/批评与真实》，屠友祥、温晋仪译，上海人民出版社2009年版。

罗兰·巴特：《符号学原理——结构主义文学理论文选》，李幼蒸译，生活·读书·新知三联书店1988年版。

吕西安·戈德曼：《隐蔽的上帝》，蔡鸿滨译，百花文艺出版社1998年版。

诺斯罗普·弗莱：《批评的解剖》，陈慧等译，百花文艺出版社2006年版。

特伦斯·霍克斯：《结构主义和符号学》，瞿铁鹏译，上海译文出版社1987年版。

尼采：《悲剧的诞生》，杨恒达译，译林出版社2009年版。

米歇尔·福柯：《古典时代疯狂史》，林志明译，生活·读书·新知三联书店2005年版。

米歇尔·福柯：《疯癫与文明》，刘北成、杨远婴译，生活·读书·新知三联书店2012年版。

米歇尔·福柯、莫里斯·布朗肖：《福柯 布朗肖》，肖莎等译，河南大学出版社2014年版。

朱迪特·勒薇尔：《福柯思想辞典》，潘培庆译，重庆大学出版社 2015 年版。

阿兰·布罗萨：《福柯：危险的哲学家》，罗慧珍译，漓江出版社 2014 年版。

加里·古延：《福柯》，王育平译，译林出版社 2015 年版。

雅克·德里达：《书写与差异》，张宁译，生活·读书·新知三联书店 2001 年版。

雅克·德里达：《论精神——海德格尔与问题》，朱刚译，上海译文出版社 2014 年版。

马丁·海德格尔：《存在与时间（修订译本）》，陈嘉映、王庆节译，生活·读书·新知三联书店 2014 年版。

恩斯特·贝勒尔：《尼采、海德格尔与德里达》，李朝晖译，社会科学文献出版社 2001 年版。

罗伊·博伊恩：《福柯与德里达——理性的另一面》，贾辰阳译，北京大学出版社 2010 年版。

彼得·斯丛狄：《现代戏剧理论（1880—1950）》，王建译，北京大学出版社 2006 年版。

雷蒙·威廉斯：《现代悲剧》，丁尔苏译，译林出版社 2007 年版。

阿兰·布鲁姆、哈瑞·雅法：《莎士比亚的政治》，潘望译，江苏人民出版社 2009 年版。

G.H.R. 帕金森主编：《文艺复兴和 17 世纪理性主义》（劳特利奇哲学史十卷本·第四卷），田平、冯俊、楚艳红等译，中国人民大学出版社 2009 年版。

列夫·舍斯托夫：《在约伯的天平上》，董友等译，上海人民出版社2004年版。

威廉·巴雷特：《非理性的人——存在主义哲学研究》，段德智译，上海译文出版社1992年版。

威廉·巴雷特：《非理性的人》，段德智译，上海译文出版社2012年版。

汤姆·洛克莫尔：《非理性主义——卢卡奇与马克思主义理性观》，孟丹译，中国人民大学出版社2014年版。

格奥尔格·卢卡契：《卢卡奇论戏剧》，罗璇等译，北京师范大学出版社2014年版。

罗素：《西方哲学史（上卷）》，何兆武、李约瑟译，商务印书馆1963年版。

爱德华·策勒尔：《古希腊哲学史纲》，翁绍军译，上海人民出版社2007年版。

埃里希·奥尔巴赫：《摹仿论——西方文学中所描绘的现实》，吴麟绶等译，百花文艺出版社2002年版。

皮埃尔·米盖尔：《法国史》，蔡鸿滨等译，商务印书馆1985年版。

马丁·艾斯林：《荒诞派戏剧》，华明译，河北教育出版社2003年版。

理安·艾斯勒：《神圣的欢爱——性、神话与女性肉体的政治学》，黄觉、黄棣光译，社会科学文献出版社2009年版。

特佐普罗斯等：《特佐普罗斯和阿提斯剧院：历史、方法和评价》，黄觉、许健译，沈林校，中国戏剧出版社2011年版。

约翰·罗尔斯：《正义论（修订版）》，中国社会科学出版社 2009 年版。

尤尔根·哈贝马斯：《交往行为理论：行为合理性与社会合理化》，上海人民出版社 2004 年版。

爱德华·福克斯：《欧洲情爱史（古代—1848 年）》，章国锋译，上海人民出版社 2008 年版。

彼得·巴里：《文学与文化理论导论》，杨建国译，南京大学出版社 2014 年版。

特雷·伊格尔顿：《二十世纪西方文学理论》，伍晓明译，北京大学出版社 2014 年版。

网络文献、硕博论文、期刊资料

【网络文献】

米歇尔·福柯：《作者是什么？》（两个译本）

http://www.douban.com/group/topic/4801662/

http://www.ideobook.com/374/what-is-an-author-foucault/

米歇尔·福柯：《什么是启蒙》，李康译，王倪校

https://www.douban.com/group/topic/14194644/

罗兰·巴特：《作者之死》

http://wenku.baidu.com/link?url=ZZkw9GAHGBtRb48NyKY7cJgn6dO882moh_zcy_ZsQMmEbAyl3b9GaZmo9SQvzp-TA4jOMsLqaCvCZHT6vmUAi_h9ShcX0o8TlavH1oNTVd3

罗兰·巴特：《虚构与批评》

https://wenku.baidu.com/view/cc1e28db6629647d27284b73f242336c1eb93036.html?_wkts_=1701608615756&bdQuery

白泽：《斯多葛式从容：logos 和 nous》

http://blog.sina.com.cn/s/blog_443afbc10100y9zb.html

江绪林：《帕斯卡尔〈思想录〉小笔记》

https://book.douban.com/review/5317424/

孙惠柱：《后现代——戏剧？》

https://www.zhaoqt.net/lishihuizuo/317628.html

【硕博论文】

徐芳：《论拉辛悲剧作品——〈昂朵马格〉中的伦理思想》，华中师范大学，2007 年比较文学与世界文学硕士论文

袁效辉：《拉辛悲剧中的性别意识》，河南大学，2006 年比价文学与世界文学硕士论文

李琛琛：《激情与理性——欧里庇得斯与拉辛相同题材古典悲剧的比较研究》，黑龙江大学，2004 年比较文学与世界文学硕士论文

钱晓燕：《论"费德拉"和"希波吕托斯"神话故事的改编与比较研究》，上海戏剧学院，2008 年戏剧戏曲学硕士论文

戴珺：《论卢卡奇的理性观——对〈理性的毁灭〉的解读》，华东师范大学，2013 年马克思主义哲学硕士论文

Saddam Sassi：《从莎士比亚的〈科利奥兰纳斯〉和拉辛的〈布

里塔尼古斯〉看女性对权力的渴望》，北京外国语大学，2014年英语语言文学硕士论文

文玲：《罗兰·巴特文论在中国的接受史》，浙江大学，2012年文艺学博士论文

张卫东：《罗兰·巴尔特的文本理论研究》，南京师范大学，2013外国语言学及应用语言学博士论文

【期刊资料】

约翰·雷渥巴渥：《批评的多元与阐释的对立》，《文艺理论研究》1994年第2期

米歇尔·亨利：《笛卡尔哲学的源点和现象学的观念》，贾江鸿译，《现代哲学》2011年第2期

郭宏安：《拉辛与法国当代文学批评》，《国外文学》1983年第2期

王天保：《吕西安·戈德曼"悲剧世界观"视阈中的拉辛》，《外国文学研究》2013年第2期

钟晓文：《结构与精神分析双重视域下的作家与文本批评——析罗兰·巴尔特的〈论拉辛〉》，《福建广播电视大学学报》2011年第2期

李长风：《古典主义特征论——文艺思潮与创作方法研究》，《泰安师专学报》1997年第4期

郑歆：《费德尔爱情欲望的心理实质》，《山东理工大学学报》2004年第1期。

赵学峰、张文奕：《〈费德尔〉的神话原型解读》，《台州学院学报》2007年第8期。

周星月：《〈安德洛玛克〉戏剧主题的变迁》，《戏剧》2009年第2期

郭宏安:《安德洛玛克的形象及其悲剧性格》,《外国文学研究》1982年第2期

李媛：《从古典主义到启蒙主义——西方戏剧女性形象演变阐释》，《美与时代（下）》2014年第2期

汤建萍：《论戈德曼的发生学结构主义文学社会学》，《理论导报》2007年第12期

钱翰：《从作品到文本——对"文本"概念的梳理》，《甘肃社会科学》2001年第1期

潘知常：《从作品到文本——在阐释中理解当代审美观念》，《江苏社会科学》1999年第4期

冯文坤：《走向文化研究的文学选择——论文学从作品到文本的历程》，《上海师范大学学报（哲学社会科学版）》2002年第1期

后记与致谢

　　历时近四个月，终于完成了博士论文的写作。北京，已是初春。
　　这篇论文的选题想来还是有一番波折的。由于硕士期间导师的引领，第一次接触到文化人类学并对这个领域产生了浓厚的兴趣，我的硕士论文也是从文化人类学的角度切入谈阿瑟·米勒《萨勒姆女巫》中的替罪羊形象。进入到博士的学习阶段，本想就着这条路继续做替罪羊形象在中世纪戏剧以及仪式中的体现，也做了许多相应资料的搜集与整饬。然而，问题也随之来了，在与导师的多次沟通后，我发现研究中世纪戏剧的难点在于缺乏具体的戏剧文本，没有文本支撑，分析便难以展开。导师建议我试着换一个思路考虑，但不必急着确定选题，多阅读，自己真正感兴趣的课题自然会产生。而这时已是我博一的下半学期，焦虑自然是难免的。

现在回想起来，十分感谢导师当时没有被我的焦虑所"感染"，其间还推荐我阅读了一批从女性主义角度探讨社会本质的文化人类学与批评家们的著作，理安·艾斯勒、苏珊·古芭以及桑德拉·吉尔伯特的著作给我留下了深刻的印象。

事实上，放平心态，不急于求成，很快我便找到了下一个感兴趣的课题。

最初的缘起是在导师给本科生开设的一堂经典作品精读课上，课上谈到了拉辛《费德尔》中费德尔的死亡。我最初拟定的选题就是谈《费德尔》与《美狄亚》剧作中的女性角色死亡。继而问题又出现了，由于戏剧中以女性角色自杀结尾的不计其数，剧本的选择与取舍成了问题。若是全部纳入则范围过大，而从中选取两部需要说明选择的价值且比较缺乏可比性。多次的讨论后，导师建议我以《费德尔》为主去谈女性角色的死亡，而非广泛涉猎各个戏剧时期。这就具体涉及拉辛的剧作以及古典时期的社会历史背景。

虽然国内对古典主义戏剧，特别是法国古典主义戏剧的研究比较稀缺，但这大大缩小了考察的范围。之后在与导师的多次交流讨论后，选题最终落实，我也开始着手准备论文开题的资料。其间重读了拉辛剧作以及古典时期重要的思想家、理论家的著作，也在导师的推荐下接触了如罗兰·巴特、索绪尔、海德格尔、福柯、德里达等一批结构主义、解构主义的大家，再次感受到了学术眼界的重要性。有句话不假，每接触到一个新的领域或某某主义，无论是社会学还是人类学的，虽然难免被其理论框架牵引深陷其中，但每每挣脱便也获得了属于自己的新的解读，所谓跨学科之于戏剧学的意义，可能也就在此吧。

顺利通过开题后，也就进入到最艰难同时也是最磨练意志的论文写作阶段。论文是对人心智与体力的双重磨砺，这是句大实话。一遍遍地修改大纲，一遍遍地推翻自己原有的结构与设想，然而所幸的是，一遍遍的推翻重来带来的是愈加清晰的思路与行文结构。

至今，我都记得导师在邮件沟通中对我中肯的批评与善意的鼓励。不能免俗，在最终完成这篇论文的时刻，我想摘录一二。

> 要相信，"取法乎上，仅得乎中"的道理。"知"不等于"得"，"得"不等于"行"。再经典的书籍，其价值和意义也只在于个人能理解的那部分。

> 论文是学术研究的结果，所以，一定强调它的个人性，即一家之言，并不能将其当成是一种绝对真理的发现。这样才使总体的理论系统具有价值。你的贡献在于给别人提供一套不同的分析思维系统，而不是人人必须接受的观点。

福柯说，我不疯癫就不会去研究理智，我不理智就不会去研究疯癫。对我而言，这不仅仅是一句关于理性与疯癫的迂回指涉，也是一种治学态度。学术研究的道路是苦涩艰难的，它需要从事的工作不是别的，而是赫拉克勒斯式的工作。然而，它的乐趣也在其中。

在某个艰难或是更艰难的时刻,你将认清另一个自己,至少我以为如是。

这篇论文对我而言,不仅仅是一篇博士阶段的毕业论文,更是我对自己在戏剧学院十年学习的一次总结。今年夏天,我将迎来我人生中最后的毕业季,我相信,这不是一次结束,而是一段崭新的开始。

在这里,我首先要感谢我的博士生导师张先老师,他也是我本科与硕士期间的导师,感谢他十年来对我的鼓励、指引、教诲和培养,也感谢他引领我步入充满挑战的学术之路。

其次,我要感谢我的父母,感谢他们的理解与支持,脾气永远只向最亲近的人暴露,感谢他们接受这四个多月来最"不好"的我。

最后,我还要感谢我的代理导师麻文琦老师,导师不在学校的期间,麻文琦老师在论文框架与结构的把握上给予了我许多宝贵的意见,也抽出个人时间与我讨论,帮助我完成大纲的写作。感谢我的开题指导老师杨健老师、孙玉华老师与陈敏老师,感谢他们在开题阶段对我提出的宝贵建议。感谢戏剧文学系的每一位老师,感谢他们在这十年间对我的帮助与关怀!

话语不多,唯有感谢!再次的感谢!

爱的迷思与追问

——关于拉辛《费德尔》以及法国古典主义戏剧的对谈

◎ 徐　枫（中央戏剧学院电影电视系教授）
◎ 孙雪晴（中央戏剧学院戏剧文学系教师）

一、合作缘起

雪晴：有机会和徐枫老师合作，缘起于 2016 中央戏剧学院的《费德尔》项目。2016 年徐枫老师邀来了法兰西喜剧院的院长埃里克·卢浮和青年导演兼演员克莱芒·埃尔维厄·莱热先生，那次是在东城校区，做了为期 5 天的帕特里斯·谢侯艺术与《费德尔》的工作坊。放映的是谢侯 2003 年的《费德尔》导演版本，没有记错的话，2003 版饰演王子依包利特的演员就是埃里克·卢浮院长。之后我们就开启了关于《费德尔》剧本研读、背景知识梳理、戏剧构作、排练排演等一系列的工作。当时我才刚博士毕业留校，刚好我的博士论文是关于古典主义拉辛和费德尔这个具体文本的，非常有幸能参与那次学院项目，和徐枫老师以及各位老师的合作很愉快，我的收获很大。

徐枫：当时原定由郝戎院长饰演国王忒赛，表演系的李红老师、白硕老师和依克桑分别饰演费德尔、厄诺娜和王子依包利特，舞美系的刘杏林老师参与舞台设计。胡万峰老师是服装设计，田丹老师是造型设计，可以说，是集中了学校最强的力量。我在做整个项目的立项和戏剧构作工作前，听了雪晴入职前的一个试讲，戏文系知道我在做这个项目，把我请过来参与那个试讲。雪晴老师给我留下非常深刻的印象，这位青年博士做的费德尔研究相当深入，当时我跟郝容老师说，希望雪晴老师能够进入我们的费德尔项目，也来做戏剧构作的工作。后来我们还邀请她做了一次关于《费德尔》的讲座。她在讲座中对整个剧作的演变，包括整个古希腊神谱做了一个系统的梳理，给大家留下了深刻的印象。

2016 年、2017 年我们在一起工作，到 2018 年之后，由于各种原因暂时搁置，并不是说以后就不做了。我认为不久也许就会启动。最起码做一个质朴戏剧版或称贫困戏剧版。事实上，一开始我们就有两个版本的想法，一个是大剧场版，一个是小剧场贫困戏剧版。为什么要有贫困戏剧版？实际上是受到工作坊的影响，我们的工作坊特别简单，大家也没有做美术，就做了一个简单到不能再简单的灯光，我们表演系的这些青年教师们穿着自己的衣服去演。

五天的工作坊，头两天是理论课，讲帕特里斯·谢侯导演的艺术，从第三天开始落地排，等于只排了两天半或者三天，老师们把剧本扔开，演了六场。你能想象吗？很惊人，激情饱满。演完以后，院长卢浮说，太棒了，继续啊！他说有时候一个来自遥远地方的人，更能说出对于艺术功底更客观的看法。他看了演出，觉得非常非常好，他很激动。我们当时做了两件事情，都是由他主持的。一个是关于古典戏剧当代演绎的讲座；另一个就是在逸夫剧场放映了帕特里斯·谢侯导演2003版的《费德尔》，那是一次学校大规模的放映，那之后，我和卢浮院长做了一次对谈。

整个工作坊是由克莱芒·莱热导演去做的，这个项目由我来主抓。在这个过程中，我们确定了后来表演系青年教师的《费德尔》项目，要把这个搬上中国舞台。这是第一件事。第二件事，当时马上面临一个问题，我们要对剧本进行研究。

二、法语原文与译本的文化差异

徐枫：在剧本研究过程中有两件事情是非常重要的。第一件事情就是把孙雪晴老师纳入到我们团队里来；第二件事，事实上是我在工作坊期间发现的，我发现中文译文有一些问题，有些部分是不忠实的，或者有太多的自我发挥。开始只是碰到了两三句台词，我觉得不合理。后来类似这样的问题渐渐多了起来，我作为一个说法语、用法语进行研究工作的人，觉得似乎需要做一个校译版本。

第二幕费德尔在厄诺娜的鼓励下去见依包利特，结果她在见到依包利特之后，华辰先生的译文这样写："一看到他在这里，我全身的血液就涌向了心房。"我说为什么这么翻？人家说得很简单，法语说的是"他在这儿"，这多直接。原译文一下子把法语的句型改了，改成了她所思所想的结果。其实不是，这样是改变了角色行动，法语原文是具有很强行动性的一句台词。

当时在工作坊只改了三处地方，都由我来负责。我们第一次对照法语原文去进行校对，第一次把它标注出来，抠到细节。我一边从法文走，一边把它翻译成中文，一边再跟大家推敲，关键是看它上舞台是否可行，反反复复。我们花了大量的时间，随着大家对《费德尔》文本的越来越熟悉，出现了一些很有意思的问题。雪晴老师也参与了一些？

雪晴：对，前期读剧本的时候参与了一些，我知道那个辛苦程度。我在做博士论文的时候，只有华辰先生这一个中文译本，没有别的译本。华辰先生的译本是 20 世纪 50 年代的，里头有一些误译，有的是关于希腊神话与罗马神话两个神话系统中人名的误译（这可能是基于拉辛所处的特定时代），有的是关乎文本支线人物的理解的（当然主要还是阿丽丝这个人物），如果能早些读到徐枫老师的校译版本，我可能会更关注费德尔和阿丽丝之间的形象对比，毕竟她们共处在一个情感三角关系当中。这也是我论文的一个遗憾吧。

徐枫老师能谈谈您的整个校译工作吗？这是一个相当大的工程。

徐枫：的确，在 50 年代译《费德尔》是一件相对困难的事情。

翻译的过程中体现了很多微妙的因素。一个是译者显然对于费德尔有偏爱，可能马上会涉及雪晴老师的问题。为什么呢？因为他所翻译的费德尔的台词，在主干上是没有问题的，只需要微调，没有大篇幅修改的地方。但有些人物的台词就出现了大规模的错译，你觉得好像是他没明白，这里面最典型的就是阿丽丝这个人物。

误译至少触及了三个问题。第一，法文没读懂；第二，特定历史年代的政治禁忌，在很多问题上不能这么去说；第三，文化上的差异。

这里面有一段非常重要的话，中文原译本"我不爱他的俊美和出众的风度，那是大自然的赐予，让他名扬天下"，这就表示她爱的不是依包利特的美。而法语原文却是"我爱他的俊美和出众的风度，那是大自然的赐予，让他名闻天下，但他对此毫不介意，似乎一无所知"。这个差别就是那个特定时代给予的，因为是50年代翻的，女性表达对异性的爱慕，似乎不能因着他的容貌和外表，这样会显得这份爱很肤浅。一个姑娘为什么不能去爱一个帅小伙？爱他俊美的容颜不是很正常吗？但是依包利特对此毫不在意，似乎一无所知，"似乎"两个字是我们根据它本身的意思加的。"在他身上我看到了最高贵的品质，他继承了他父亲的德行，却摒除了轻浮"，这时候说"我其实爱他的俊美"，但又比那个更好。你就会发现，阿丽丝从一种常人的爱，蜕变成特别深层次的爱。就像爱上他的心了。这个人好美啊，不光外在美，内在更美。一个姑娘爱上小伙子心里的东西，爱上他生命最光辉的东西，那个爱就有点不可自制，这个东西特别动人。我们其实能从这个误译中感受到时代的特征。

关于文化差异，这就很有意思了。阿丽丝原来是雅典的公主，是最后一个继承人。有一处地方，原译本是"走吧，王子，遵循你高贵的理想，让雅典由我们来统辖"，而事实上它的原文是什么呢？"走吧，王子，遵循你高贵的计划，把雅典的权力归还于我"，几乎是完全不一样的。在校译过程中，我们反复推敲。因为大众似乎对一个女性有一个认识，如果一个女性说你把权力归还给我，我们会觉得这个女性不够可爱。但其实她才是雅典真正的主人，事实上这个是中国人的理解。其实事情很简单，这是一件正确的事情，是阿丽丝世袭了雅典的权力。我们当时讨论了很长时间，最后我们回到它的原文，遵循原文"走吧，王子，遵循你高贵的理想，将雅典的王权归还于我"。事实上，这才能让我们意识到这份礼物有多重。你（王子）把它归还给我，而我是一个奴隶啊，我是你们这儿的女奴，我现在身陷囹圄，天天处在被监禁状态，不准许结婚，而你却要把这个权力归还于我，你赐予我的一切我全部收下。这伟大光荣的王国在我看来并不是最珍贵的礼物，最珍贵的是你的这份心意。这时候公主的尊贵才显现出来，她对王子的看中，她对王子的珍视才全部出来了。所以这句话必须保留。原译本的"改译"涉及译者对人物的理解，而这本质上是一种文化差异所形成的。

让·拉辛是不一样的，拉辛对这个人物内在世界的把握是极为准确的。这给我留下了很深的印象，它涉及关于阿丽丝这个人物全面台词的重改。事实上，重译本使我们对于剧作里面涉及的，无论是对人性的考量，还是对于政治和历史的考量，都去做了一个全盘的认识。我甚至特别想写一篇论文，它其实是来自于翻译过程中对于这个文本的重新发现。

雪晴：这确实是一件太好的事情。事实上您刚才提到关于误译的几个方面，特别是关于文化差异的问题，这本身就是翻译过程中需要克服的重大难题。拉辛的《费德尔》是法国古典主义戏剧中的集大成者，文本对白的密度之大，几乎没有太多的戏剧动作，而这些动作又蕴含在台词之中。

徐枫老师，您能谈谈亚历山大体的一些基本特征吗？

徐枫：对，这里面涉及了几个问题，第一个问题是这个剧本的难度，第二是它的密度。而它的密度和难度又不是完全相同的事情，但是从另外一个角度来说，它们是彼此相关的。可以这么说，它的致密程度使它变成一个很难译的剧本，它后面的潜文本太多了。要知道，所有的表达都通过亚历山大体，亚历山大体是欧洲中世纪后开始被使用的一种格律诗体，每句12个元音，翻译成汉语之后就很难保留这种美感了。汉语要是用12个字去译它实际上是不准确的。它在长度上变成等距的状态。法语是两句一押韵，如果这两句以阳韵结束，另外一个就要用阴韵结束，阴阳相间来押韵。这个情况比元辅音还是要复杂一点，每个句子要有12个元音的话，有一个内部的节奏方法，前6个元音为一组，后6个元音为另外一组，这样才平衡。在这个意义上来说，它必须把所有要说的话都锤炼到格律的体系里来。这就构成了难度，因为你必须在这样一个格律里来说这些事，有的时候说的方式就非常萦绕。这是一个问题。

第二个问题涉及古典悲剧的一些潜在规则。那些特别暴力、血腥、肮脏的、不够典雅的东西是不能说的，要回避。这其实无意中形成这个文本的特点，必然要出现一种更委婉更间接的状态。有的困难是从文体上形成的理解困难，当然还有的困难是关于时代的变迁。从古希腊到古罗马，费德尔的故事源自于古希腊传说，但它又沉淀了古罗马的部分。比如文本里所有神的名字都是古罗马的，其中也参照了古希腊，它掺杂了古希腊和古罗马的两种神谱，这就形成了第三个困难。再进而，传到法国古典主义以后，那时候产生了对于神话的新的理解。所有的这一切放到这儿，使得这个剧本变成非常难以把握、难以翻译的作品。这个难度不光是对中国人而言，对法国人来说也是同样困难的。

2016年5月，我们请比利时弗洛朗戏剧学院的一位青年教师办了一个《费德尔》的讲座，达米昂·夏尔多奈-达尔玛雅克（Damien Chardonnet-Darmaillacq）是巴黎十大毕业的博士，他研究18世纪戏剧，跟索邦大学和美国的一所大学一起做法国古典悲剧的历史文献保护、重新梳理的工作。2020年，我去布鲁塞尔弗洛朗戏剧学院访问，谈及亚历山大体时我背了一段《费德尔》，他当时非常惊讶。虽然《费德尔》属于法国的中学教育，但很多人也只是在中学读过，之后就再也没有读过它，更别说原本背诵了。

我想说的是，对于法国人而言，《费德尔》是绝对的不朽经典，但是当代法国人去把握它也是很不容易的。我们看，拉辛那么多伟大的作品，中文译本只有三部。关于这三个中文译本，雪晴老师在她的博士论文中都做了相当详尽的研究。所以，留给我们译界的工作量还是巨大的。

雪晴：确实如此，法国古典主义戏剧国内的中文译本太少了。我们比较熟知的就是高乃依和莫里哀的作品。还有就是博马舍和马里沃数量有限的中文译本。这在一定程度上限制了我们对于古典主义戏剧的探索。

徐枫：在一个小范围内，古典主义戏剧有一个特别狭窄的范围。1660 年到 1680 年，这是对古典主义最狭窄的时间段，就这 20 年，可以说压得最低了，一般来说要宽一些。现在有一个观点，从 1630 年一直到 1789 年法国大革命之前，这都可以算作是古典主义戏剧。因为戏剧的构成格式是差不多接近的。在这里面，比如 17 世纪最著名的几位戏剧家，高乃依、拉辛、莫里哀，17 世纪、18 世纪之交有伏尔泰，有博马舍、马里沃。现在翻译非常有限。马里沃很长时间以来只有一个译本，《爱情偶遇游戏》，很少见的译本，是宁春艳老师翻的。

三、是酒神与日神，还是酒神与爱神？

徐枫：拉辛被公认为法国历史上最完美的剧作家，也是最有深度的剧作家。郝戎院长当时做了《费德尔》的项目后，他说，莎士比亚固然是伟大的，但是拉辛更加完美。在剧作的形态上、结构上，细部的机理上，人物的塑造，心理的挖掘，人物之间的关系，潜台词潜动作的设计都太完美了。当时我们得出一个结论，我们说，在《费德尔》中没有一个真正的恶人存在。存在的是什么？暂时用一个概念来说，这个概念是雪晴老师提及的，存在的是丧失理性的人，所有悲剧都是由丧失理性造成的。这个问题就变成雪晴老师题目一个非常核心的内容，当然工作了一个阶段后，我对这个问题也有了新的认识。在细读文本后，揭开了这下面可能存在的另一层东西。

我不止个人谈，也想听听雪晴老师怎么找到这个题目，你的论题很有意思，"阿波罗／阿芙洛狄忒，对立抑或共存——从《费德尔》看拉辛悲剧中的女性角色的死亡"。这里面暗含着一层重要的思考。事实上，雪晴老师认为在古典主义的悲剧里，并不是理性的绝对胜利，而是呈现出理性与非理性极为复杂的共存，还有胶着或者斗争的关系。我想了解一下雪晴老师的想法，它最初是怎样诞生的。

雪晴：当初在思考这个问题的时候有过犹豫，最开始让我感兴趣的是在副标题上，也就是说《费德尔》当中一号人物费德尔的死亡，她为什么选择赴死的道路？费德尔是一位女性，而我又是一位女性读者。我最开始关注的是这个女性角色的死亡。我后来跟我的导师张先老师交流沟通的时候，他建议我，不要仅仅从拉辛的某一个文本去看，而是要结合拉辛的悲剧去看女性角色死亡的问题，去做一个横向的比较。同时，他也建议我把拉辛放到古典主义同时期的剧作家这个维度去看，这个建议对于当时的我而言非常重要，可以说是醍醐灌顶。

再往后随着论文框架的一点点成型，才有了这个主标题。其实主标题里的两位神祇，阿波罗与阿芙洛狄忒，他们分别指涉文本一幕三场中费德尔口中的太阳神和维纳斯，阿芙洛狄忒就是维纳斯在希腊神话中的名字，代表爱与美的女神。文本层面他们代表了费德尔的理性与非理性，而从拉辛的角度，又暗含着处在古典主义时期的剧作家对于理性与非理性的认识。

这里有一个小问题想请教徐枫老师，您怎么看这两层关系？前面说的理性和非理性，或者说您怎么去看待拉辛剧作当中女性角色的死亡？

徐枫：是这样的，因为你的研究很深入，将来我们的读者可以在这部专著中看到雪晴老师对于这个问题条理分明的分析，我更多说的是自己在这方面的思考。

在论文中，你涉及一组对立。而我们都知道尼采提出过另一组有趣的对立：日神和酒神，日神是理性的，而酒神则是完全沉醉和带有强烈癫狂色彩的极乐状态。事实上这是艺术的两种不同境界。而你的对立却刚好处在一个非常有趣的位置。阿波罗仍旧处在日神的位置，但是另外一边却没有把它放在酒神的位置上，而是放到爱与美的女神阿芙洛狄忒的位置上，他们扮演的角色都是非理性的。这是让我特别感兴趣的地方。你用来与理性的、光辉的（我第一次用这个词，后面还会再使用它）阿波罗进行对立的，不是处于癫狂状态的酒神，而是爱与美的爱神，她在你的描述中是呈现非理性的。你当时在做这个题目时，有联想过尼采提及的日神与酒神吗？

雪晴：有。尼采在《悲剧的诞生》中拿日神和酒神做了一个对比，这让我很受启发。我觉得在《费德尔》这个文本中，费德尔多次提及阿波罗，阿波罗似乎代表着费德尔想要找回的理性，但这个东西是不可捉摸的。无法触及这一行为本身又造成了费德尔之苦。而爱与美的女神叫她维纳斯也好，阿芙洛狄忒也罢，这是她失控时随时会触及的状态，那是费德尔的非理性瞬间。我当初读完拉辛，这个感受是非常强烈的。

徐枫：那你有没有想过在你未来的研究中，以及进一步的写作中，去涉及你的二元对立与尼采的二元关系之间的相互关联和区别？我认为这个区别非常重要，这其实是你研究的根本切入点的问题，说明你思维感受的维度是与尼采完全不同的。

我的说法比较简单，有很多角度。但最起码它会涉及女性的角度。显然，酒神癫狂、酒神精神是与爱神意识、爱神感知完全不一样的。事实上，大家都涉及了"爱"，当然有人不涉及"情"，但它的主要人物涉及的都是情爱。你在博士论文中非常精彩地设计了两重三角恋：费德尔、依包利特和阿丽丝，费德尔、忒赛和依包利特。两重恋情都涉及爱的问题，是不是我们也可以认为维纳斯其实在所有人身上都有显现？那么，在什么样的人身上爱神会以诅咒的方式出现，而爱神的诅咒到底是什么？是不是这个爱神就意味着非理性呢？这个问题很有意思。

雪晴：当时重读拉辛悲剧的时候，我脑子里面最先出现的，就是去分析或者要去试图找寻理性和非理性对立或者共存的关系。我当初看完拉辛悲剧有一个非常直观的感受，非理性之人必须死。理性的人不一定都能活着，但是只要你是非理性之人或者你是有过非理性瞬间之人，你全无活着的可能性。若不是在现实世界中死去，就是在现实世界中"遁世"，又或者是处于难以界定的、悬而未决的疯狂状态。比如《费德尔》，比如《昂朵马格》里面的爱妙娜、奥赖斯特，又比如《勃里塔尼古斯》里的尼禄。那时候我就在想，很奇怪，拉辛为什么要这样处理？这里面肯定涉及剧作家对于理性和非理性的认知，同时，不可否认的是，拉辛又是处在对于理性推崇备至的古典主义时期。

刚才徐枫老师提及的，关于酒神精神与爱神精神的不同。我觉得特别有意思。我本身是女性视角的，这是一个无法被剔除的东西。当我带着这个视角再次重读拉辛悲剧，再次去触及人物死亡这一迷人课题时，可能就未必仅仅使用"非理性"这样一个概念去解答心中的疑惑。爱神以及爱神精神、爱神之惩戒是一个不同的视角。照着这个思路往下研究，说不定能有衍生出更多有趣的东西来。

四、女性的孤独与孤独的女性

费德尔的孤独："内在疯狂"／"内在理性"

徐枫：费德尔从来没有后悔过她爱依包利特这件事。甚至到最后她忏悔了，她说"是我用无耻淫乱的眼光，瞧着这正直善良的儿郎"。事实上，她对自己心中的那份爱并没有后悔。相反，我们可以认为，就在她忏悔、悔罪的时候，费德尔对依包利特的爱超出了前面她爱恋过程的所有阶段。这时候她才拥有了一种近乎完美的爱。因为此前费德尔所有的爱都是和占有欲联系在一起的。如果说很长的时间她不是占有，而是驱逐王子，那是因为她不能占有，是理性，更确切地说，是伦理让她做出的选择。而理性和伦理做出的选择形成了费德尔爱的反向动力，这个反向动力事实上仍然有明确的占有欲。

爱这种感情，原则上来说是具有占有性的。佛学中说，十二缘起之中，爱就是很重要的一个。当我们有感受的时候，我们就会有选择。有了选择，就会有爱恨取舍。有接受就会有爱，有爱就有取，所谓"取"就是取舍的"取"。这个取，我要把它拥为己有。这里，我借用一个来自佛法的解释，它是生命习性中不可改变的倾向。只要我们还处在这样一个生命逻辑中，我们就会有这种取向。回到《费德尔》，只是她的"取"是有违理性，有违伦理，有违人伦的，而理性和人伦在她内心深处又有强大的位置和意义。

287

费德尔的理性来自于她的非理性，她的理性认识来自于她的非理性冲动，而她的所有非理性冲动都来自于理性的压抑。这两个东西根本不可分。

雪晴：的确，费德尔是一个极其丰富的女性形象。而拉辛的处理也很值得玩味。一幕三场，费德尔这个人物首次登场时说"太阳神啊，这是我们的最后一次相见"。全剧在五幕七场结束，费德尔的最后一句台词是"死神来临，光亮已在我眼前消尽"。她似乎一直在表述着女性的孤独。这份孤独不仅仅在人物关系的层面上，她似乎处在多个同盟中，爱人者同盟、被统治者同盟，但并非如此，甚至于看似和她"统一战线"的乳母厄诺娜也完全不能理解她。费德尔，就像人物出场时说的首句台词一样"不要再走远了，亲爱的厄诺娜，就待在这儿吧"，费德尔一直待在那儿，直至死亡。刚才您说得特别有意思，佛法里面的爱和取的关系。

徐枫：一旦有了"取"的势就有了存在，有了存在就有了生命，有了生命就有了老死。这是永不停止的循环。

雪晴：有了"取"就有了存在，就有了生命的体验，这个说法太奇妙了。

徐枫：一旦有了取舍，你的行动就必然会形成一个结果。我们说有是存在的，这个存在就是生命，就是生啊。而有生就会有死，生死都在无明之间，或者我们的生死都是无意识的。在佛法中，我们不叫非理性，而叫它无明。进而来说，理性与非理性都来自于无意识，所有的理性概念无非是感知总结的结果。从这点上来说，理性是不可能解决问题的，因为它所有的基本零部件全部来自于感知和意识，完全脱离不了感知和意识。所以，理性是不能获得胜利的。在佛法里面，理性是你获得人生感悟的某种借助手段，某个介质。

关于理性，我们会说逻辑和概念。在佛法中，这两样东西也有对应，一个叫名，一个叫色。色是它的物质层面，名则是它的意识和概念层面。我们把物质层面和意识层面的东西强行锁定在一起就叫作"名色假合"。把所有"名色假合"的东西放到一起，继续往上堆，形成概念、理念和逻辑。而这座"高楼大厦"，最后实际是没有基础的，从根本上来说都是假的。这个假的能不能用？能用。我们用它来干什么呢？我们用它来推翻我们对它的确信，从而真正地认识到我们的本性。逻辑可以帮助我们，就好像感知能够帮我们一样，它们都是不同的手段而已。

雪晴：拉辛的费德尔一直处在孤独之中。我认为拉辛为她创造了一种"绝对孤独"。费德尔处于困境之中，她寸步难行，这是她的"静止"，静止代表着她"危机四伏"的处境。但是从悲剧的节奏上看，这个费德尔又一直在运动，她在自己的内心，无数的焦灼中，反复运动，内心一直得不到平息。

我想问您的是，拉辛为她创造了"绝对孤独"，您觉得是否这种"绝对孤独"、这种"隔绝"的状态更容易体现人物的"内在理性"与"内在疯狂"呢？这两者之间的关系又是什么？

徐枫：费德尔的最大困境和她最大的孤独，是她自己都不能说服自己，她不能不孤独。

雪晴：费德尔孤独的根本原因在于她无法说服，无法接受自己。

徐枫：对。她连自己都不能接受，如何让别人接受她呢？她只能变成一个绝缘体。这种孤独是不可避免的。费德尔自知，爱上继子这件事会变成所有人诋毁和唾弃的事情，她觉得这个东西是耻辱的、罪恶的、肮脏的。而她的问题又恰恰在于，她无法说服自己放弃王子，这是其一；其二是，这份爱对她而言太真切、太美好、太动人、太强烈了。她不得不爱。她无法让自己不爱，那个东西在她内心唤醒的是所有存在的感知。哪怕那个感知是最痛苦的，对她来说都算是生命中最美好的东西。因为那个东西告诉她，她是在这儿的，她是在爱的，而在爱的那个时刻，哪怕是巨大的痛苦，也仍然有一份甜蜜在其中。

雪晴：徐枫老师刚才谈的爱与疯狂、痛苦与甜蜜，让我想起两部关于费德尔的改编。事实上，在拉辛之前有过两次比较重要的改编，一部是欧里庇得斯的《希波吕托斯》，另一部就是塞内加的《费德尔》。在拉辛之后也有两版比较重要的改编。一版是

1927年茨维塔耶娃的《费德尔》，是一个三幕悲剧，另一版是萨拉·凯恩1996年的《费德尔之爱》，是一出八场次戏剧。

茨维塔耶娃更多是从女性视角出发，去表述女性的痛苦、愤怒、神经质、性欲以及狂热、欢欣、真挚的感情世界。与拉辛一样，费德尔成为主要描绘对象。我觉得茨维塔耶娃那版中要表达的东西更纯粹，没有讨论理性／非理性的对峙，她要说的是，身体，甚至茨维塔耶娃本身就是力量，本身就是风暴，本身就是纯真。从某种意义上说，她就是激情，就是费德拉，为了心中之爱可以弃绝一切。

萨拉·凯恩的《费德尔之爱》被移置到了现代，希波吕托斯被描绘成一个双性恋者，是一个没有宗教信仰，纵欲无度的厌世者。他成为这段疯狂爱恋中的主角。用凯恩自己的话说，"我的希波吕托斯不追求贞洁，他追求诚实，尽管这意味着他不得不毁掉他自己以及所有的人"。这版《费德尔之爱》在美国上演时，由于剧中对于性和暴力的呈现过于激烈，德州休斯敦剧院还明文规定，谢绝心脏和脾胃虚弱者入场。萨拉·凯恩本人也是英国直面戏剧（In-Yer-Face Theatre）的代表性人物，我没记错的话，这出戏是写在《摧毁》（1995）之后、《清洗》（1998）年之前的。事实证明，"疯狂的爱"一直是艺术作品中被反复书写的内容。敬"疯狂"的魅力。

费德尔的最终赴死：伦理理性／崇高性

雪晴：刚才我们谈了费德尔的"绝对孤独"，这就使我们必须去面对这个人物的终局。关于费德尔的最终赴死,她服毒坦白之后的赴死,我之前试图将它理解成,费德尔希望通过自己的死换取从兽变作人的那份真理。很明显,我的整个逻辑还是从理性与非理性对立统一的角度出发的。您刚才提到,费德尔最终选择死亡的原因并非是她要归复成人,而是她只能这么做,她在那里面得到了全然完美的爱,她并没有要求在这其中还要再得到什么东西。那些唤起自己所谓的理性,所谓的良知这样的东西。

继而我想到一个在论文中涉及的重要议题:古典主义时期推崇理性,理性是权衡"人"之为"人"的标准,而人之复杂性又怎么能被理性说尽道明呢?您觉得什么是古典时代的非理性?非理性本身可以被书写吗?

徐枫:费德尔第一次能够公然地面对自己,在这个世界面前公然地面对自己。但她知道这是不被接受的。对她而言,公然面对自己唯一的可能性是接受死亡,她最后说,"我爱他,我还爱他,他是无辜的"。她在说"他是无辜的"的时刻,费德尔内心的爱达到了极点。面对世界,面对她的丈夫,面对所有人,把自己无法告白的东西真正告白了。她接受理性对她的宣判,她也告白了她深爱的人,而她的死亡本身就是一份告白的坚持。

从这个意义上来说,她仍然是孤独的,但是这次是一个"敞开"的孤独。其实她是没有办法面对的,她所有的理性告诉她……你刚才提问了非理性是否能被书写,在这里,我想先谈一下古典时代的理性。理性里面有一个特别重要的东西伦理,而且是宗教伦理，不是一般的人伦。这个东西告诉她，你是无耻的，你是肮脏的。这点非常重要。

雪晴： 徐枫老师，您能谈谈古典时代的理性吗？

徐枫： 很多年前我做过一项工作，这项工作后来对我影响很大。我要区分理性在不同时期的意义和差异。这个差异在17世纪和18世纪之后是完全不一样的。17世纪是一个很短暂的平衡期，这个时期理性既代表上帝，又代表伦理，也代表人伦，都在这儿。理性精神代表所有这一切。可是启蒙主义的改变使这个理性离开了上帝，也部分地离开了伦理。而封建伦理，我们知道"家天下"就是封建农奴制。到了18世纪的启蒙主义，甚至整个19世纪以后，理性的概念就从神权、教权和封建伦理权中被剥离出来了。它们不是同一个概念。重要的是，17世纪的伦理性是什么呢？它是神性。而且这个伦理性，你可以说是封建农奴制的伦理性。因此像戈德曼那样的研究就显得非常有必要。他告诉你这里面的社会元素是什么。

雪晴： 当初在为论文搜集资料的时候，我读了吕西安·戈德曼的《隐蔽的上帝》，关于拉辛，他提出了一个很有意思的思考面向。戈德曼关注到拉辛和冉森教派以及波尔-罗亚尔修道院这一层的连带关系。

拉辛生于1639年，法国平民家庭，他的早期教育（19岁甚至

20 岁之前）都是在波尔－罗亚尔修道院完成的，姑母阿涅斯修女更是虔诚的冉森派教徒。拉辛一生共创作了 11 部悲剧。1661 年拉辛离开修道院去往于泽斯，打算依靠舅父的关系谋得教会的圣职。但是这个行为受到了教会的谴责，因为在冉森教派看来，寻求教会的有俸圣职，甚至没有圣召的绝对保证，是良心最大的罪过。尽管拉辛这样做并不意味公开反抗冉森教派，但这一"反叛"（又因为最后并未如愿就职）为其日后与冉森教派、修道院，与世俗世界的关系留下了一系列复杂矛盾的情绪。

失业的拉辛尔后开始戏剧写作，并在世俗社会取得了一定的位置。有几个有意思的时间节点。

其一：1666 年的"信札事件"。这是真正导致拉辛与冉森教派决裂的事件。两方论战性的信札结果造成拉辛与波尔－罗亚尔修道院的反目。随后 1667–1670 年间，拉辛相继创作了《昂朵马格》《勃里塔尼古斯》《贝蕾妮丝》三部悲剧，在作品中表达了自己生活中未能实现，甚至是背叛了的道德准则，以此弥补自己对波尔－罗亚尔修道院思想的背叛。戈德曼将这一阶段的创作（《昂朵马格》《勃里塔尼古斯》《贝蕾妮丝》）看作是三部拒绝的悲剧。它属于极端冉森教派拒绝世界，并单方面呼吁上帝的悲剧。

其二：1669 年的教会和平事件。教会和平事件使得拉辛震惊的同时，也使他对整个冉森教派刚刚接受的妥协感到忧虑不安。随后，1672–1675 年间，拉辛相继创作了《巴雅泽》《米特里达特》《伊菲革涅亚》三部现实世界的悲剧。它属于冉森教派极端主义悲剧意识的经验悲剧，这份悲剧意识是以怀疑和保留的态度接受教会和平（与教权、政权和解）为基础的，也关乎拉辛本人对于冉森教派的态度。

其三：1675年的法荷战争。战争的残酷以及随之当局政府的镇压，带来了短暂教会和平的结束。也就是在1675和1677年间，拉辛的《费德尔》问世。希望能在世界上生活而又不做根本的让步，这是一种纯粹的幻想。拉辛将这种经验和失败感"移植"到了戏剧作品中。《费德尔》属于既矛盾又协调的悲剧，即在物质世界内拒绝世界，就"上帝是否存在"保有怀疑，同时又吁请上帝进行裁判，这样的相互矛盾的悲剧。当然，伴随着这种失败感的，还有拉辛一直以来对波尔－罗亚尔修道院的内疚情绪的消失。

拉辛最后的两部剧作（《爱丝苔尔》《阿塔莉》），表现的就不再是冉森教派拒绝世界的问题了，而是提出宗教在世俗世界胜利的问题。因为当时的英国革命已经指出，确立的政权未必是永恒不变的。

戈德曼注意到的这份"假设"，其实仍是从社会学批评的角度入手，他关注的是拉辛本人的戏剧创作和冉森教派之间的复杂关系，涉及剧作家本人的政治立场、教育背景、人生际遇，以及"人"与"世"之间暧昧难明的关系。正如您所说的，戈德曼关注到了这里面的社会元素。

徐枫：的确如此。事实上我们看到《费德尔》中的理性沉淀了这些东西。所以，它不是可以被我们完全认知的理性，这里面带有深刻的伦理构造。同时也包含了这样一个事实：冉森教派所濡染的古希腊哲学。说的是众神,事实上那其中有一位更高的宣判者,而那个宣判者是不露面的,它就是上帝。阿丽丝说,在愤怒的时候,我们做出的诅咒最后会实现。为什么呢?因为这个事实就是天谴,天命所在,还有一个"申冤在我,我必报应",最后终将会有一个审判。

我们知道,文艺复兴的特点在于它复兴了古希腊传统,古希腊文学、艺术、宗教传统、多神教传统。而这些东西中间有很多是外在于中世纪神学的,所以我们管它叫人学、人文科学、人文主义。为什么叫人文主义?因为它不是神学。那么,这个自始于文艺复兴后的遗产就显得异常复杂。文艺复兴再生了古希腊文化、艺术、宗教,而这些又与耶路撒冷中世纪基督教传统之间存在着复杂的对话。文艺复兴具备所有的可能性,但是后面大家继承的东西是不一样的。17世纪有一个最基本的形式,在艺术史上我们叫它巴洛克。它是怪异的、动荡的、夸张的;而另外一种东西我们管它叫古典主义,它是均衡的、匀称的、规则的。事实上,这两样东西都来自于文艺复兴,它是文艺复兴艺术中所包含的,因此,这些东西不能不受到千年基督教文化的影响。

第二,它不能不再次受到复兴后古希腊传统的影响。我们说,在这个过程中更多的秩序、更多的光辉、更多的理性,它们截取了文艺复兴的这两个面。如果说,巴洛克艺术截取的是动荡的创造力,那么,古典艺术截取的就是形成规范的那一面。当这两样东西同时出现在17世纪的舞台上时,不可能发生一刀两断的状态,它一定是互文的。

佛法里有一个观念，叫"万法相待而立"。"待"是等待的"待"。没有它就没有你，你必须等它有了，才能有你。所以你跟它之间根本就不可能分开。古典主义要处理巴洛克，而巴洛克是疯狂的、动荡的，古典主义要消化巴洛克。很自然就会有这种现象，只不过在每个人身上呈现的东西不一样而已。

雪晴：万法相待而立。这太奇妙了。不是相对而立，而是相待。你中有我，我中有你。我们回到《费德尔》，关于她最后的赴死，她第一次通过死亡去面对自己，面对自己的爱。费德尔的自杀使彻底的悲剧性在她身上体现，然而，她选择自杀并不是不害怕死亡，费德尔只有这样一个选择。不能"全有"，她选择"全无"。这特别像是易卜生的诗剧《布朗德》，在布朗德理想的奉献中，没有折中，没有妥协，要么完完全全地献给至上者，包括财产与性命；要么就是彻底弃绝，没有中间路线，可叹的"全有"和"全无"。

但我们又不得不说，选择死其实就是一种极致的非理性。而这种选择又是人物的唯一选择。我们似乎又回到了关于"非理性"的话题。

徐枫：费德尔最后向忒赛坦白，她用的方法是对自己的宣判。她说"是我用无耻淫乱的眼光，瞧着这正直善良的儿郎"，她其实在涤清自己爱中贪欲的成分，也可以把它叫淫欲。她的淫欲之所以那么强烈，确实在很大意义上是伦理化的理性带来的。如果不是这样，她的欲望也不会那么不可自制。如果这份欲望可以相对合理地表达，她就不会那样了。这是弗洛伊德所提出的一个非常重要的概念，他说人为什么会发疯？原因非常重要。

弗洛伊德提到了三个人格：本我、自我和超我。自我夹在两者之中，它一方面要满足本我快乐原则的欲求，一方面要满足超我道德的自我需要。道德背后有一个自我约束和自我形象，两边都得满足，需要平衡。所以自我是很痛苦的。当然这样的话，这个人就是健康人，因为他能够在他的欲求、精神和伦理追求，在伦理"我"中、道德"我"中做一个平衡，能够在斗争过程中找到一个自我平衡之道。如果你把你的欲望压抑到它无法表达的时候，这个人就疯了。费德尔是典型的例子，事实上她已经非常健康了。

你在论文里写到了她的另外一层困境，她看着她的丈夫，这个丈夫与她的继子长得一样，这对她来说就是一个巨大的折磨。但是你可能没有想过，当她看到她丈夫给予她巨大折磨的同时也是另外一种的满足。因为她可以在那里面得到某种补偿性的东西，得到她无法被满足的爱。有时候她可以假想一下，有时候她可以移情一下，它是可能的，因为这两个人确实很像。但问题是，两者不能同时存在。如果没有这样一个移情的方式，她就无法进行最微量的满足。但又因为有了这个"补偿"，她的爱开始变得越来越不可忘怀。她可以驱逐王子，而可怕的是，这个人又回来了，而且他比过去更帅、更美、更成熟、更有力量了。于是，费德尔疯了，她完全不能面对，完全不能表达。她太爱理性了，费德尔的问题是她太爱太阳神了。她说"这是我最后一次跟你见面"，她受不了理性的折磨，其实是伦理的折磨。谢侯先生有一个说法给我印象很深。他说，费德尔根本就没有罪，唯一一次出现罪的问题，是她向王子倾诉了爱意。我觉得倾诉也不是什么罪，她无非是告诉王子我爱你，这是什么罪？当然在她的伦理体系中倾诉就是罪。但是当她默许厄诺娜去诬告王子的时候，罪的维度出现了。因为忒赛归来，丈夫归来。伦理随着权力又回来了。她再度压抑，前面的倾诉才因此成了罪，尔后费德尔实施了一个真正的罪，那就是诬告和陷害。

雪晴：事实上，费德尔的诬告和陷害也仅限于默许厄诺娜去这么做。其实在欧里庇得斯的最早版本中，完全不是这样的，那一版中是由爱神阿弗洛狄忒首先出场，把随后整个悲剧的发生和自己的计谋都直接告诉观众，后头所有发生的悲剧都是按着爱神的旨意来的。最终，狩猎女神阿尔忒弥斯出现，和忒修斯以及临死的希波吕托斯交谈，表达神对于人间灾难的安抚，毕竟这场灾难就是由狩猎女神和爱神之间的矛盾引起的。《希波吕托斯》中淮德拉爱上希波吕托斯也完全是因为爱神的报复。欧里庇得斯版本中的主角是王子希波吕托斯，事实上淮德拉在非常早的时候（我记得是第三场）就留下遗书自杀，遗书中对希波吕托斯拒绝自己爱情的行为予以报复，她说希波吕托斯玷污了自己，最后的真相也是乳母告诉忒修斯的。而拉辛的改编版本把费德尔的死放到了五幕七场，他让费德尔活到了最后，一直痛苦地活着到了最后的那一刻。

徐枫：是这样的，她只是允许了乳母去诬告，自己根本没有诬告。拉辛认为费德尔这个女性实在太高贵了，不可能做那种事情，诬告的话不能出自她的嘴。她甚至发现王子已经爱上阿丽丝后，即使存在嫉妒，她仍想去维护他。费德尔最后用死亡涤清了自己的爱。有些事情在拉辛那儿是没有答案的，他肯定是困扰的。

在天主教的传统里，自杀的人是肯定要下地狱的。对于费德尔来说，她的自杀是涤罪她爱的唯一方法，也是她能够澄清自己爱的唯一方法。因为这一次她能把爱说出来。事实上，当费德尔在辩污的时候，她是最爱这个孩子的时候（我用了"孩子"这个词）。她说"是我用无耻淫乱的眼光，瞧着这正直善良的儿郎"。费德尔的内心唤醒了某种感情，这份感情不是对一个男人的感情，不是对美少年的欲望，而是对一个生命的感情，它是十分很动人的。那正是费德尔真正能够面对她爱的唯一一个时刻。那个时刻，她对自己做了一个宣判，她把自己说得非常不堪，在那个不堪的时刻里她敢于诉说她的爱，让它曝露在阳光下。

拉辛在这个时候有一个特别迟疑的状态，他已经完全理解了这位女性的感情，但他没有办法告诉你的是，这是她最美的一刻，甚至这是她最有光辉的一刻。他还不敢这么说。

雪晴：费德尔的最后赴死是这个形象最崇高的时刻。

徐枫：费德尔一直求死。其实她的求死，在部分意义上说是她在感知自己可知的矛盾。因为她是如此理性。她的理性是非常内在化的，内在化的理性是极其伦理的，我们一定要说"伦理"这个词。

理性意识是固然存在的，但是在拉辛的《费德尔》中，扎入费德尔内心的是伦理理性意识。伦理性的理性，它是17世纪古典时期的特产，在太阳王时期更是如此。王权、君权、封建性的伦理权，我们可以把它称之为"父权制"伦理，它们达到了相当饱和的形式。

在古典悲剧里有一个比理性更重要的词汇，叫作"崇高"。就是雪晴老师刚才提到的"崇高"。"崇高"显然不只是理性，还有伦理性。如果再往后走，这份平衡就丧失了。启蒙运动之后，理性首先反对神权，再就是反对君权。当我们回过头再看的时候，我们必须意识到，《费德尔》当中的语言，那些"理性"概念沉淀后的意义到底是什么？而这个意义为什么形成了费德尔内在矛盾的基本动力？费德尔的非理性就是由她的理性造成的，或者我们说，是由伦理理性、父权制的伦理理性造成的。为什么有这样一个过渡？

雪晴：的确。从古希腊到古罗马，再到拉辛的古典主义时期，这其中有一个漫长的演变过程。

徐枫：是，这是非常典型的古典主义戏剧特征。

重读阿丽丝：政治型／思想型／爱欲型

雪晴：徐枫老师前面提到了中文原译本中关于阿丽丝台词的几处误译。阿丽丝这个形象应该是《费德尔》文本中最容易被低估的女性角色。实际上欧里庇得斯那版的《希波吕托斯》中是没有阿丽丝这个人物的。拉辛的《费德尔》中增加了忒赛的俘虏，依包利特的心仪对象阿丽丝这个形象。阿丽丝的出现，使费德尔和依包利特、依包利特和阿丽丝的爱情关系成为一组对比，互为映照吧。同时也形成了费、依、阿的情感三角关系。

徐枫老师的校译本让我再一次关注到阿丽丝这个形象，她更像被作为费德尔的一个对照。您是如何看待拉辛《费德尔》中阿丽丝这个形象的？在谢侯导演的版本中，阿丽丝的形象也很值得玩味，她似乎更偏中性化，没有记错的话，她的服装也是比较庄重的蓝色丝绒质地的袍子。您能谈谈您对这一形象的看法吗？

徐枫：我们谈阿丽丝就不能不谈忒赛，这位国王。忒修斯在整个古希腊神话传说中是一位大英雄，但在拉辛的文本中却并非完全如此。如果要问作品中谁最没有理性？我恰恰认为这个人是忒赛，而不是费德尔。费德尔的伦理理性是非常内在化的，而忒修斯则不是。事实上，只要是触犯了他的君主权利，他作为丈夫的权利，他作为父亲的权利，他就立刻发狂。当然，拉辛可能并不这么去思考，但是他的文本就是这样，他创造出了一位绝对父权制的暴君。尽管忒赛也有警醒追悔的时刻，也有宽恕的时刻。我们说，忒赛血洗雅典城，屠杀了阿丽丝的六个兄弟，囚禁了阿丽丝，禁止她有自己的儿女。我想说的是，当我们把阿丽丝作为另外一个支点的时候，忒赛完全变成一个暴君。

我们回到阿丽丝。与费德尔的形象相呼应，阿丽丝形成了另外一种女性的表述。她的爱与智达到了一种平衡。这份智慧并不是信手拈来的，阿丽丝的智慧完全来自于生命中痛苦的磨砺与警醒。阿丽丝有惊人的警觉，这份警觉中还渗透了我们在心理分析上提到的"阴影"这一概念。"阴影"几乎是不可避免的。

拉辛的女性悲剧人物有三类：政治型、思想型、情爱型（爱欲型）。在费德尔那儿，只有一种，就是情爱型。我必须要说一下，费德尔不是不具备思想型，而是她思想型的那一面仅仅让她变得更疯狂而已。费德尔逼迫自己进入一个更疯狂的时刻，无法自明，无法自处，彻底不能自我面对。越压抑越疯狂。

而恰恰是这三种东西以另一种配比方式，最后存在于阿丽丝身上。阿丽丝出场时和伊斯曼娜有过一段关于依包利特的对话，她已经注意到了依包利特是钟情于她的。但与此同时，她又是不敢相信的，因为她的生命太苦楚了，爱情于她是一种奢望。因此对话变成了一次次的追问，阿丽丝不敢相信自己被依包利特所爱。她更不敢去想的是下一步的东西，那就是自由，她要重获自由。

阿丽丝是极度警觉的。她的警觉出现在两个自然的状态：一方面她最敏锐地发现王子爱她；另一方面她最敏锐地提醒自己不要奢望。与此同时，她根本不可能不去尝试验证这件事情。所以她用反问的方式，去验证自己内心已经发现的迹象。阿丽丝的警醒和内心的阴影是沉淀在一块儿的。所以我们说，这个人物所面对的禁忌，并不是由天理（父权制伦理）来决定的。她恰恰是理解天意的人，特别像被阿伽门农带回来的卡珊德拉，她是具有女预言家色彩的。

　　这里面触及了一个特别有意思的话题，关于阿丽丝的形象。这是我们在重读和重译《费德尔》时发现的。当我和我的法国同事们交流的时候，他们全部惊呆了。二幕一场阿丽丝对伊斯曼娜说："我爱他俊美的容颜和他的风度，他因此而闻名天下，但他对此毫不在意。"一个对自己的俊美外表毫不在意的男子，他的内心必然是更加美好的东西。这个时刻，阿丽丝对王子的爱是特别深邃的，她甚至爱到了比费德尔还深的地方。我们可以说，费德尔的爱是一份很深的爱，但这份爱里缺少了阿丽丝智性关照的成分。

　　还有一个值得关注的地方。忒赛囚禁了阿丽丝，禁止她结婚。在潜文本里，我们会发现，忒赛有想要染指阿丽丝的倾向。阿丽丝说："我对他背情逆理的追求从不予考虑。我常感激这不易的忒赛，他的严酷反而使我对他更加轻视。"而当她提及王子时说："他继承了他父亲的德行，却摒弃了轻浮。坦率地讲，我爱依包利特的高傲，从未有一个女人能把他征服。"其实阿丽丝是在忒赛父子之间做了一个选择，她拒绝了忒赛的所有企图，而她是爱依包利特的。这份爱里有着爱的所有特质，王子的外表与品行一样，都值得她去爱。

　　同样出自阿丽丝的台词，她说："忒赛像卸下戎装的战神，怎比得上依包利特，因为他屡屡失败从未得到真爱，降服他的人哪有什么荣耀？"这个时刻，阿丽丝把内心的欲望统统说出来了。我们甚至可以说，这份爱里还存在着一层更惊人的占有欲，同费德尔相比，阿丽丝觉得占有依包利特才是真正的胜利。我爱阿依包利特，同时我还要对抗一个暴君。

这时她的警醒又出现了，她问："依包利特懂得爱吗？"她又回到了那个阴影状态。我们说，阿丽丝的阴影同她的警觉是一体的，她的人生太痛苦了。这样我们似乎就更好理解前面提到的那段误译，按法文原文翻译应为"将雅典的权力归还于我"这其中一点也不羞愧，我要拿回原本属于我的东西。

五幕一场也是关于理解阿丽丝这一形象的重要场次。这里王子要求阿丽丝与他一同逃亡，但被阿丽丝以自己的名誉为由而拒绝。若是只看表层，我们会很难理解阿丽丝的行为。她一直强调自己的荣誉，当然王子也强调荣誉。可是问题是，她最后不是也决定跟依包利特王子一同逃亡吗？那时候她为何不关注名誉？这里面有一个最重要的东西，在阿丽丝说这段话之前，依包利特王子有一段叙述。

如果仔细阅读文本，我们就会发现这个潜文本的含义。依包利特要造反，反对父权。他说："守护您的都是我的卫士，我们的反抗会有精兵猛将来协助，阿果斯城向我伸手，斯巴达人向我们欢呼，让我们向患难朋友们呼救求援，不要担心费德尔会利用国王的权威把我们赶尽杀绝。"我们现在要举起义旗，反对忒赛，反对费德尔。现在我们就能完全明白，为何阿丽丝的反应是极其冷静的，甚至不近人情的。

雪晴：这和阿丽丝此前的经历有关。雅典城就是因为反抗忒赛被屠城。而眼前她爱的王子依包利特要做同样的事情。

徐枫：对。根本就不是名誉的问题。虽然阿丽丝说的是名誉，但她要王子活。这里阿丽丝最关键的一句话是"你至少得确保生命的安全，至少得活着"。阿丽丝的智性被完全体现出来。她那用痛苦的人生历练换来的智性，她的阴影。面对王子的赤诚，阿丽丝唯一能做的是阻止王子的反抗，她必须让王子先活下来。

随后的五幕三场，阿丽丝与忒赛见面。她答应了允诺王子的事，不说这个秘密，但是她用了另一种方式，激发了忒赛的警觉（可以去读文本，我这里就不详细引证了）。阿丽丝成功地引起了忒赛的怀疑，让忒赛决意再去询问厄诺娜事实的真相。而只要引发国王的怀疑，事情就有可能会有转机。

这是阿丽丝的智性。但最痛苦的莫过于，她不能直接告诉王子自己要做什么，而依包利特也是绝不能想到的。我们说，这里的潜文本非常清晰。我其实特别想知道《爱丝苔尔》是一部怎样的作品。我要去读拉辛最后的两部作品，我在想那两个女性主人公是不是阿丽丝的续集？

阿丽丝其实是一个集爱欲性、政治性和思想性于一身的女性。她是爱和智达到平衡的女性，但是在很大意义上，她"爱的质地"和"智的质地"都源自她生命中的苦难，苦难教会了她所有。事实上，拉辛写这个人物是比较难理解的。法国人对阿丽丝的理解也非常浅层，他们无法意识到这个女性的爱与智是怎样在苦难的警醒和阴影中发展到最后的这种程度。

有大量的东西需要我们去寻找潜文本。与此同时，这个潜文本又特别清晰，因为文本所浮现的东西足够把所有的潜文本呈现出来，我们可以去找到它。

五、拉辛技巧

时间：实在、体验、隐喻还是象征？

雪晴：徐枫老师刚才对于阿丽丝的人物分析非常精彩，而这又都是从文本中折射出来的。很多表述具有颠覆性，确实也引发了我的很多思考，而且这在某种程度上影响到我个人对于费德尔这个形象的理解。我们就索性回到文本，来谈谈拉辛技巧。

说实话，在做博士论文前，我对于古典主义戏剧其实一直存在误解，总觉得"三一律"在某种程度上是对于戏剧创作的束缚。简单而言，"三一律"是一种关于戏剧结构的规则，最早出自亚里士多德《诗学》。当然后世对其产生了误解。布瓦洛在《诗的艺术》第三章中这样规定：我们要求艺术地布置着剧情的发展；要用一地、一天内完成的一个故事从开头直到末尾维持着舞台充实。这其实就是一个演绎了。

但读了拉辛之后，我甚至发现他的很多处理都非常"现代化"，既古典又现代！甚至有些地方十分"前卫"。当然了，这里头肯定也剔除不了我的主观感受。拉辛技巧对于我而言最重要的是，拉辛对于情感形式的认知，这使他重新发现并且重构了时间。意识到这一点的瞬间是我在阅读剧本时最快乐的瞬间。我在那个瞬间突然明白了什么叫作"三一律",突然明白了"三一律"对于拉辛的意义,这是我之前完全没有过的体会。

徐枫:在你的论著中谈到了"隐喻的时间"这个问题,能不能把这个再总结一下,为什么说时间是具有隐喻性的?

雪晴:在拉辛的悲剧里有三种表述时间的方式:具体说明时间的台词,对白的方式,意象的方式(白昼／黑夜;神的形象)。它们分别指向时刻、时段以及高度隐喻化的时间。从文本创作时间与编剧技巧来看是吻合的,也是逐步成熟的。当然,我很有限地只阅读了他的三个中文译本,不能说一定准确,但在这三个译本里是这样的。

在《昂朵马格》与《勃里塔尼古斯》中,第一种表述时间的方式是固有存在,它表明悲剧时刻,而运用意象的方式表述悲剧时间则是辅助存在。到了《费德尔》,具体表述时间的台词第一次在文本中消失了,不存在了。拉辛转而使用对白与意象相结合的方式去重构这个悲剧时间。而这里,高度隐喻的悲剧时间出现了,它体现在与白昼／黑夜相关联的一系列代表明暗的意象词汇和神的形象中。

这太奇妙了,我们可以说,拉辛的白昼／黑夜,光明／黑暗在费德尔这里都是,并且指向了她独自的内心时间,这也就是斯丛狄所说的"绝对空间"。在《费德尔》中,拉辛对于"时间"的意象化处理意味着脱离了时间的进程,它聚焦于时间本身。而在这个唯一的时刻，戏剧中的过往世界第一次消失了，完全成为绝对的，当下的，此刻的时间。悲剧时序也从前两个剧本的直线时间转而成为循环时间，全剧集中体现费德尔一人的内心时刻。我认为，"三一律"就是做这个东西，在这个尽量固定的时空间里展现人物的内心。其实是拉辛重构了时间，来使得我们聚焦到费德尔这个人物独自焦灼的内心。

这是我以为的，拉辛技巧中最有意思的地方，关于时间的隐喻。

徐枫：好的，我来增加几个关于时间这个问题的维度。一是实在性的时间，二是体验性的时间，三是隐喻性的时间和象征性的时间。

我们先谈"三一律"。它来自于亚里士多德的《诗学》，正如你所说的，它被古典主义重构了。"三一律"并不是亚里士多德的东西，而是被古典主义总结出来的东西。时间的一致性，地点的一致性，原先这个地点是指一个大方位地点当中的若干地点。我们甚至可以说，地点不是最重要的。从这点上看，《雷雨》就很"三一律"。经历不断的发展，地点的一致性才局限为一个较狭窄的地点。然后，唯一事件，从头至尾有一个事件主题。这并不意味着只允许出现一个主线事件，与它相关联的还有副线事件。拉辛的创作中就是多个事件的平行交织。

费德尔、依包利特、忒赛，这是主线。副线是依包利特和阿丽丝。两条事件线同时存在。我们知道，阿丽丝和依包利特的副线是服务于主线的，服务于第一事件主题的。

有意思的是，刚才我们谈了阿丽丝与忒赛形象，我们似乎可以得出这样一个主题：副部主题引发了另一个主题，或者说另一种生命状况。如果说我们看到了现代性，你刚才说了一个特别重要的问题，它就是实在时间。

古典主义为什么要求时间的一致性？现实主义的原因。要在舞台上演一出戏，它必须冲突集中。这样才能与观众的现实时间最为接近。古典主义是以模仿为基础的，加上了完美尺度的模仿，修饰性的模仿。"三一律"的其中之一功用就是，使得"演剧时间"更接近人的"实在时间"。因为这就意味着使观众更接近主人公的体验化时间。其实，古典主义戏剧这么做，本质上来源于自然主义的要求。它要让戏剧时间和舞台演出时间非常接近，继而去靠近观众的感受时间。

第二个维度，体验时间的维度。在这个维度上，观众能够更好地完成同主人公精神生活、外部行动之间的合一。因为它们的时间值是一样的，所以我们就更容易体验，我们在体验中更容易互换，共情。

雪晴老师找到了时间的第三个维度，隐喻和象征的维度。《费德尔》文本中确实没有直言过时间。我们只能从人物的只字片语中去发掘，费德尔说"太阳神啊，这是我最后一次和你相见"。这意味着是烈日当空，它少有地提示出了时间所在。我有一位法国朋友，他说，费德尔是独特的，因为她是阴暗的，同时她又是有光的，所以费德尔是一个独特的混合体，她是黑色的光，法国人很有诗意。

《费德尔》里面所有对于时间的表述都是形象化的，因此是隐喻的，具有很强的象征性。事实上，剧作的最后是夜幕来临，也是费德尔的最后一句台词，"光正在我面前消失"，这是她非常心理体验的东西。这里面包含了你说的隐喻性成分，你的论著中引用了福柯的例子。

我个人认为，拉辛是极度同情费德尔的，但又不能为她辩明。费德尔最后的爱的申明，是她爱的顶点，也是她的爱最清澈的时候。而拉辛有着一种极其复杂的情感。他认同的是在理性之下，为非理性之爱所苦的费德尔。所以他写了这个夜的来临，他希望费德尔在这里得到安息。我们甚至可以说，这是一种抚慰状态，在这一刻，理性也丧失了对她的控制权，因为生命结束了。拉辛在写最后一刻的时候，他的内心应该是保有祝福的。他把爱和尊严完完全全地留给了费德尔，而这正是理性的白昼之光和日光消失的时刻。

雪晴：说到这里，我有一个一直想提的小问题。您怎么看待忒赛最后的那段话，他道貌岸然地说"不再去追究世仇的种种恶疾，他的情人阿丽丝就作为我的女儿"。

徐枫：这个很有趣。有一种看法，特别否定它，否定的方式就是直接把它去掉。谢侯先生的版本基本完整保留了这个作品的全部台词，却把最后的这几句话去掉了，只是说"我要去抚爱儿子遗留下的一切，为我所许下的誓愿抱恨终天"就结束了。从另一个角度来说,它的出现,忒赛的醒悟,其实非常的古典主义。

对于我而言,拉辛的时间是实在性的、体验性的、隐喻与象征性的都具备。在隐喻和象征里面,我们有容易找到的那些东西,同时还有一些无意识的东西,那些是超出我们通常的隐喻和象征意象的,这其中包含了作者本人的情感际遇。我们不得不去注意拉辛的情感倾向。我们很清楚,费德尔是出于悔罪而做了这个抉择。与此同时,作者对她又有着一份多么深切的同情心,它充满细节,充满质感,充满诗情。写得太好了。

模式:瞬间激情／永恒之爱?

雪晴:我们说,拉辛关于时间的发现,源自于他对于情感模式的理解。拉辛写情感,写爱情,写男女之情,写无法达成之情感,有两种方式:瞬间激情与永恒之爱。我认为这构成了他技巧的一部分。可能这也是他的某种情感投射或者像您刚才提到潜意识里的某种认知造成的。在人类的情感模式中,它们或许并不冲突,而在拉辛悲剧中,这两类情感就是无法自如转换。瞬间激情无法过渡到持久之爱。

悲剧主人公往往因瞬间激情的产生,爱上某个不应爱上的人,或被某个不应爱的人爱上。由此悲剧主人公陷入两难,内心世界的挣扎与外部世界的斗争同时存在。在拉辛的悲剧中,瞬间激情不仅仅存在于当下世界,它同时存在于过往世界,它是费德尔在雅典望向依包利特的那一眼,是卑吕斯血洗特洛亚时望向昂朵马格的那一眼,也是尼禄在欲望之夜中望向朱妮的那一眼。但真正属于拉辛的悲剧技巧却不是过往世界的那一眼，而恰恰是在当下世界中，大幕拉开之后，这份瞬间激情势必会被再次唤起。

徐枫：事实上是这样的，在拉辛的作品里我们找不到"永恒之爱"。也可以这么理解，难道这个爱不是一直都"在场"吗？这件事是很重要的，它不是在某一个人身上的"永恒之爱"，它是爱的本体"在场"。如果没有这一点的话，拉辛就不是一个冉森教徒了。我们可以假定，阿丽丝对于依包利特的爱很永恒，事实上，它也并不是焦点所在。焦点所在是我们看见"爱永远在场"这件事，爱以不同的形态永远"在场"，这是"永恒之爱"。

六、戏剧文本、舞台与影像

雪晴：最后这个小话题。我们谈一谈谢侯导演的《费德尔》版本，对比戏剧文本、舞台演出与影像之间的微妙关系。

徐枫：古典戏剧的文本，台词的重要性太强了，特别是拉辛。因为看上去，它完全是建立在语言的文本之上的。

雪晴：确实，舞台动作少之又少。

徐枫：事实上，它有点取缔舞台动作的感觉。我们说，在拉辛的作品里找到行动是很困难的，而找到那个有力、有效的舞台行动更是极其困难的。当然关于《费德尔》，其实有过两个最经典的方案：一个是让演员站在那儿念台词，就完全靠语言本身的能量，就是剧本朗读。另外一个就是我们后来作为研究对象的2003年谢侯导演版的《费德尔》。这版的最大贡献之一，就是谢侯先生通过寻找文本的潜台词继而找到了作品中最强有力的舞台行动。他为舞台肢体的行动性找到了方法，这是非常天才的。

我跟谢侯导演本人接触过，我肯定不如他有气魄，但是我比他更细腻。我找行动的方式比他细腻。在这点上我更像克莱芒。比如对于阿丽丝形象的分析。当然，一千个人就有一千个哈姆莱特。我们对于文本的不同理解这也说明了另外一个问题，这个文本本身足够丰富，所具备的可能性足够大。

二幕五场费德尔向王子告白，其实原本没想告白，是厄诺娜建议的，她认为费德尔要和依包利特建立关系，共同抵御阿丽丝。费德尔的告白肯定不是由于她要抵御阿丽丝，而是她不可抑制自己的爱。谢侯先生的版本做了一个特别的处理，她让费德尔带着她的小儿子一块儿去，这个处理很特别。

我们要学会挖掘，无论如何，台词的连篇累牍，使我们有时候会对人物关系有所错失。二幕五场费德尔的告白是相当重要的。费德尔带着孩子去告白，这个孩子就起到了重要的作用。

其一，费德尔是试图以一个母亲的身份去见依包利特的，她不想失控，所以她带上了自己的小儿子。处理舞台动作的时候，费德尔会折回去拉一下小孩的手。她想告诉王子，我为你的弟弟来请求你，不要记着我这个母亲的不好。这样，谢侯先生让文本里原本没有出现的孩子出场了。

其二，孩子在场还起到了一个重要作用。费德尔对王子表白，起初是无意识的表白，后来变成喷涌的表白，没法自控的表白。原文本中厄诺娜是一直在场的，舞台提示她在舞台深处。那么，厄诺娜为何不上前阻止，厄诺娜不会允许自己的主人做出这样的举动，她是要用生命去捍卫主人的。谢侯先生的版本给出了解释，并且这个解释很合理。因为有孩子在那儿，厄诺娜要一直护着小孩，她不能让孩子看见这一幕。

雪晴：这样，就添加了一层隐含的人物关系。

徐枫：对，就是合理化乳母与费德尔的关系，合理化乳母与小王子的关系。谢侯先生做的另一个大胆尝试，就是强化动作的力度，通过人物的服装。我们知道在这个版本中，厄诺娜与仆人都是外套里面穿着内衣或者是马甲之类的，但是特别有意思的是，几个主角，依包利特和忒赛是不穿的，他们都是赤裸着上身，外面套了一件西服或者大衣。事实上对于有力量的男性肢体表现，在一定程度上也来自于古希腊。谢侯先生在接触这个剧本的时候不止对于拉辛感兴趣，他特别想越过拉辛去接触古希腊，这个东西带有明显的特征。里面是赤裸的身体，其实赋予了很多身体行动的力量。

而费德尔，尤其是她去告白的那场戏，事实上她里面也没有穿内衣，外面套了一件比较男性化的黑色西装，是女士裁剪，但整个形态是比较男性化的。她突然把那个衣服拉开，把自己的乳房亮出来。我们能看到，很明显，谢侯先生是形体戏剧或者身体戏剧类的导演，他特别强调身体的对撞，这是他非常典型的特色。

谢侯导演的身体戏剧需要的就是身体与身体之间的猛烈碰撞。特别是那一幕，说到激动处，费德尔拿起剑，把它抵到自己的乳房上面。对此大家的反应不同。有的人认为特别棒，有力量，有力度。但是有的人觉得这个太不保护演员了。在这个问题上，我认为，起码在艺术的效果上是接受的，毕竟它的力量在那儿。

我们在排《费德尔》的时候，我去掉了孩子这个处理。原因是我有一个判断，我认为费德尔无意识当中认为自己肯定忍不住，肯定没有办法维持理性状态，所以她绝不会带着孩子在身旁。

雪晴：这是对孩子的保护。在某些程度上，带着孩子有些自私了。

徐枫：我认为她绝对不敢带着孩子去见依包利特。费德尔和繁漪的情况不一样，繁漪想用周冲来留住周萍，她让周冲去把四凤抢回来，但是费德尔不会。我认为任何母亲都不敢做这样的事。她知道她有多疯狂，她知道她的疯狂会到什么程度，她绝不敢带着孩子去。但是这儿就出了一个问题，厄诺娜怎么办？我就想了一个办法，确实在文本中后面雅典的信使到了，费德尔的儿子成为国王。在他们这场冲突结束的时候，德拉曼尔带来的消息。

我做了这样一个处理：当费德尔正在对依包利特倾诉的时候，

费德尔的另一个仆人柏若帕冲进来了。就在她即将看到这一幕时，厄诺娜冲出去把她拦住了。当然拦住之后，剧情会顺着文本往下走。柏若帕肯定会带来消息，长老会来了。那么等到厄诺娜再次回来的时候，场面已经不可收拾了。同时，这样做还有一个好处，我们创造了费德尔与依包利特的独处时间。

当然，后面的问题是要如何处理阿丽丝，那个难题太大了。那么深和那么细的心理动作，我们怎么能把它表现出来？依包利特王子那种壮志满怀的一番陈述，怎么对她来说变成一个惊天动地的悲剧预兆。最终我们还是把它排出来了，我认为还可能有更好的方案。我们必须去找文本里暗含的行动方式、舞台的调度方式与舞台效果以及剧场环境之间的微妙关系，其实在这里面提出的东西特别多。

雪晴：排拉辛的作品非常困难。正如您刚才说的，文本中台词情感如此的充沛，要把它搬演到舞台上，不能单单让人物对话，这样会显得非常乏味。在这里如何去找人物的动作、人物的行动，其实就是解决我们对古典主义固有认知的问题。谢侯导演那版中，最后王子的死，那具尸体缓缓落下，让我叹为观止。

徐枫：那场戏特别棒。按照埃里克·卢浮的说法，因为古典悲剧是不能够看到血腥，不能够看见死亡的。但是谢侯在这里突破了一个极限，他把拉辛"莎士比亚化"了。他让我们看到尸体从上面垂下来，全是血污，给予我们视觉上极大的冲击。

雪晴：最后忒赛用血抹脸的这个行为，其实是把忒赛这个人物在某个程度上往人性的方面拽了一些，拽回到某些理性范围内可理解的程度。因为他承受了一个不可承受之痛，他永远地失去了自己的儿子。

徐枫：它属于我们情感可以理解的状态。那个行动做得特别好，场面调度也特别好。舞台的另外一边，整个尸体从上面垂吊下来，这是一个特别好的主意。无论如何，2003版事实上是一次使拉辛古典悲剧获得行动性的优秀尝试。

有人认为可以使《费德尔》更加政治化，而谢侯导演的处理却更接近普世情感的状态，没有特别清晰的政治倾向，这实际上是他后期很重要的特点。谢侯导演的前期作品是非常政治化的，他早期最重要的作品《尼伯龙根的指环》《争执》都具有清晰的、通过布莱希特陌生化来进行的历史和现实的批判色彩。而他后期的创作更趋向于对普泛问题的追问，对情感本身的追问。

前段时间，我在圣彼得堡的一个学生告诉我，他看了一版全男版的《费德尔》。所有演员都是男性。他说特别震撼。热内的《女仆》全男版我不意外，但是《费德尔》还是有一点出人意料。

雪晴：我挺难想象《费德尔》的全男版，对他要表达的东西很好奇。

徐枫：《费德尔》一直经久不衰，伊莎贝尔·于佩尔演过一版《费德尔》。据说伊莎贝尔·于佩尔版的费德尔，对历史上不同的费德尔做了一个陈列。

雪晴：最后的这个小话题，多少有些我的私心。因为我最近在做一个关于戏剧影像化的课题，当然"戏剧影像化"这个概念在戏剧界和学术界还有待争议，更多的是我基于由NTLive开始的高清戏剧影像放映这一现象展开的思考。从1964年理查德·伯顿（Richard Burton）录制于百老汇现场并放映于美国各大影院的《哈姆雷特》开始，"戏剧影像化"开启了它近一个世纪的发展历程。

刚才我们谈的谢侯导演的《费德尔》，其实也是一种类型的戏剧影像化。最直观的一个感受，我没有机会看到这场演出的现场版，但是通过影像，我们又能重温这次演出，这是十分有幸的。继而问题也出现了，戏剧影像化，由于它的放映媒介和形式，使得我们开始思考这个特殊形式与戏剧演出、剧场戏剧以及电影之间的区别到底在哪儿。

徐枫：是这样的，它不是界限的问题，而且关于这个问题其实有不同的答案。要看你到底创作的是什么样的作品。有一种东西事实上我们也可以叫作"舞台艺术片"，或者"舞台纪录片"。这种作品存在的原因就是为了给我们不能到现场去看剧的人看的。

但是在这个意义上来说，它的分镜以及所有的工作将全力做到的是，让观众在看的时候尽可能地抓住这台舞台演出的精华。

雪晴：谢侯导演的《费德尔》十分精彩，但我绝不会误以为自己在看电影，我们完全是将它当作一场戏剧演出观看的。

戏剧与电影这两种形式是否存在异同？在空间性、场域连续性的方面？当然，最大的一个不同之处，戏剧演出具有现场性，是"身体在场"，它具有一个特殊的观演关系，演员、观众处在同一时空，而电影则是通过媒介传播的，某种意义上它隔绝了共时性，观众的参与感是通过另一种方式来达到的。

苏珊·桑塔格认为，局限住戏剧的是合乎逻辑的、可以被连续使用的空间，而电影则能通过剪辑，也就是通过镜头（电影结构的基本单位）的变换，做到不合逻辑地和不连续地使用空间。她认为戏剧与电影最本质的区别是"空间连续性"的问题。在戏剧里，人物总是处在舞台空间"之内"或"之外"。"之内"时，他们总是可见的或在相互接触上成为可见的。而在电影里，不存在这种"必须可见"或者"成为可见"的关系。布列松说，一个影像是不可能根据自身来证明其正当性的，它和时间上相邻的其他影像有着一种能确切判定的关系，这种关系构成了它的"意义"。不知道我能不能把这份意义理解为由镜头剪辑所带来的意义。

这完全是现场戏剧演出无法做到的，但同时在戏剧影像化的形式中似乎可以达到。高清放映中的数码媒介、摄像机成为替代观众去"看"的那双眼睛。戏剧影像化被诟病的原因之一就是观众似乎失去了"自由",我们所看到的是我们"被告知"看到的最优的、最好的视野的戏剧演出。当然被诟病之二就是这个形式缺乏"现场性",媒介在场取代了身体在场。所以有人"振臂疾呼"高清放映、戏剧影像化正在毁掉戏剧,这一事物的流行会使得戏剧面临危机。我恰恰不这么认为,之前,就这个话题我也请教过您,戏剧会因为这个消亡吗?您认为完全不会。就像是电视媒介刚开始流行之时,有人错愕地说,电影会消亡一样,事实上电影也没有消亡。现在电影面临的最大危机可能是网络视频或是各种各样的流媒体吧,戏剧也是如此,所以戏剧影像化这个东西像"怪兽"一样出现了,很多剧场人都很恐惧他。短视频的流行、媒介的介入使得戏剧也同样面临危机。

徐枫:戏剧影像保持了戏剧的基本外貌,比如表演的空间环境、演员和观众的关系,基本的场面调度以及最核心的演员行动。它们都处在一个基本上无缝的状态,因此你能基本认同它是戏剧。还有拍得好不好的问题,如果拍的时候没有抓住他的行动,没有在这个行动中抓住他与人物之间的关系,那就失败了。所以在部分意义上说,确实得抓住舞台场面调度的精华。

谢侯导演开始极其不主张拍他的戏剧作品,他认为根本不可能拍出来。但是他早年导演的《尼伯龙根的指环》轰动世界,最后是一个美国电视台拍的。拍摄者是专门拍歌剧的,他拿着总谱在工作。拍得太好了,全球第一次全程播出。这对我们所有人来说都太重要了。留下1976年到1980年的百年版的《尼伯龙根的指环》是具有革命性意义的。当然这跟他的现场没法比，但是如果连这个都没有怎么办？还有一个，就是当电影拍，目的是电影而不是戏剧。伯格曼拍了一版《魔笛》，是电影，不是戏剧，虽然都是棚内拍摄的。约瑟夫·洛赛也拍了一版《唐璜》，大量的实景拍摄，只存在电影中的歌剧，不存在于舞台上。这个就有本质的区别。谢侯版《尼伯龙根的指环》是真正舞台留下的东西，太震撼了，我仍然觉得非常震撼。

还有一种更奇特的，它本身就是一个实验艺术作品。它的实验意义在于作品结合了电影艺术、装置艺术、表演艺术等各种各样的艺术。有的时候它会以舞台的方式呈现，比如说波兰导演瓦里科夫斯基，他的作品里用了大量的影像，但最终可能是属于舞台的。如果它最后的完成形式是电影，那么舞台就是工具。有的时候正相反，影像是工具。再比如说德国导演西贝尔伯格，他可以被放入实验电影领域中去，也可以作为艺术电影来研究，他的作品里就深具这种跨媒介的艺术特征。

雪晴：这个话题太大了。说到戏剧影像化，其实我们更应该关注的是戏剧的本质到底是什么，是什么使它成为独特的艺术形式，而不是其他的任何东西。

不断地虚构空间和采用时间的不确定性，这是电影叙事的特点，它的功能不仅仅在于制造"幻象"，而是给我们展示一个经过激烈改造的世界。想起理查德·伯顿当年在他放映于美国各大影院的《哈姆雷特》宣传海报上说，"这是从未发生过的。这种即时性，存在于那里的感觉，与你所知道的任何经历都不一样。这是未来的剧院。今天，正在你们的眼前成形"。可能我们的最后一个问题会是：戏剧影像化如何再现真实的世界吧。

很高兴今天能和徐枫老师谈拉辛，谈古典主义，谈费德尔。我们好像在对古典主义时期的拉辛提问，其实我们也在向当下的自己提问。正如罗兰·巴特所说的，"批评不同于科学。而它不同于科学之处，不在于研究对象和研究方法。科学是探索意义的，而批评是产生意义的"。罗兰·巴特提倡一种积极批评，向过去提问，回答的却是当代的问题。

这是我在博士论文中试图去做，去思考的，而今天和徐枫老师的探讨，又一次把我带回到2016年写论文的那段痛苦并快乐的时光，像是某种微妙的呼应，又像是一次破壳，因为只有在当下，我们才有可能进行这样的探讨。话题永远是鲜活的，迷人的。

感谢徐枫老师给我这样一个机会，向六年前的自己对话，和老师交流让我学习了很多，也收获了很多，再次感谢徐枫老师！

对谈时间：2022年3月25日

整理时间：2022年4月2日

文字整理：孙雪晴